ANDREA SCHACHT
Der Tag, an dem die Katze kam

ANDREA SCHACHT

Der Tag, an dem die Katze kam

Roman

LYX

EGMONT

Originalausgabe Mai 2016 bei LYX
verlegt durch EGMONT Verlagsgesellschaften mbH,
Gertrudenstr. 30–36, 50667 Köln

1. Auflage
Redaktion: Dr. Rainer Schöttle
Umschlaggestaltung & -illustration: bürosüd, München
Satz: Greiner & Reichel, Köln
Printed in Germany (670421)
ISBN 978-3-8025-9897-5

www.egmont-lyx.de

MIX
Papier
FSC® C083411

1

Träge Tage

Etwas Feuchtes bohrte sich in mein rechtes Ohr. Etwas, das von einem laut brummenden Motor angetrieben wurde. Das passte nicht zu dem, was ich eben geträumt hatte. In meinem seltsam verworrenen Traum ging es nicht um Motoren, sondern um kopflose Pferde.

Mühsam hob ich die Lider und tastete benommen an mein Ohr.

Meine Hand traf Pelz.

Der Motor wurde lauter, und eine Raspel fuhr über meine Wange.

Das störte mich, und ich drehte mich weg.

»Schurrrrrr!«

»Mhm?«

»Maumau!«

»Oh.«

»Ungerrrrr!«

»Ah!«

In mein vom Schlaf benebeltes Bewusstsein drang der herrische Befehl eines hungrigen Katers, der seine Morgenmahlzeit verlangte.

»Gleich, Ghizmo. Gleich. Gott, bin ich müde!«

Plumps.

Trappeln auf der Holztreppe.

Halb benommen drehte ich mich um und warf einen Blick auf den Wecker.

Das durfte doch nicht wahr sein. Halb elf?

Ich raffte meinen gesamten Willen zusammen und taumelte nach unten in die Küche, um dem Herrn des Hauses den Napf zu füllen.

»Du warst sehr geduldig, Ghizmo.«

In seinem Blick lag ein milder Vorwurf, dann stürzte er sich auf das Futter. Während er es laut schmatzend verputzte, streichelte ich entschuldigend über seinen Rücken. Es störte ihn nicht.

Also trottete ich wieder nach oben und versuchte, mit kaltem Wasser die Reste der Benommenheit abzuspülen. Es gelang mit Maßen.

Zwei Wochen war es her, dass der Fall des Pferdemörders gelöst worden war, und heimlich war ich ein bisschen stolz darauf, dass ich dazu beigetragen hatte.

Dann aber folgte der Fluch der Tat, und ich musste mich mit schlaflosen Nächten und Anfällen von Panik herumschlagen. Nach drei Tagen gab ich übernächtigt auf und rief Dr. Werla an. Die nette Psychiaterin aus der Klinik im Nachbarort gab mir umgehend einen Termin, hörte sich mein Jammern an und verschrieb mir Medikamente.

Damit konnte ich schlafen.

Aber um welchen Preis.

Wenn ich morgens das Bett verlassen hatte, wanderte ich wie ein Geist durch die Räume meines Hauses. Es gehörte seit dem vergangenen Monat mir, und ich hatte einiges an Renovierungsarbeiten in Auftrag gegeben. Meister Baumstark, der schmächtige Malermeister, hatte die Wände tapeziert und gestrichen, Isabell den grauenvollen Teppichboden entfernt und das darunterliegende Parkett so wunderbar bearbeitet, dass es golden im Licht schimmerte. Die alten Möbel waren in die Scheune geräumt worden, gestern waren die neuen gekommen. Eine Orgie von Blau, Türkis, Maigrün und roten und gelben Tupfern beherrschte den großen Wohn-/Essbereich jetzt und hätte mich aufmuntern sollen.

Mich munterte leider nichts auf, und Ghizmo war sauer. Er kam seit Tagen nur noch zu seinen Futterzeiten ins Haus.

Katzen lieben Veränderungen nicht, hatte ich damit gelernt. Und pünktlich serviert wurde zu allem Überfluss auch nicht mehr. Zumindest das konnte ich ändern. Ich würde mir den Wecker stellen, damit der arme kleine Kerl wenigstens regelmäßig sein Essen bekam. Und der magere Streuner in der Scheune ebenfalls.

Weshalb ich den nächsten Napf füllte und mich auf den Weg zu seinem Asyl machte.

Mein Anwesen – ha, wie sich das anhörte – bestand aus dem L-förmigen Wohnhaus, einer breiten Garage, in die ich mich bisher geweigert hatte, einen Blick zu werfen, und einer Scheune, die, als der Feyenhof noch landwirtschaftlich genutzt wurde, als Lager für Heu und Stroh und allen möglichen Müll benutzt worden war. Ich hatte sie entrümpeln lassen und wartete auf eine zündende Idee, was man aus ihr machen sollte.

Bis der Funke flog, nutzte ich sie wie mein Vorgänger – ich hatte Gerümpel darin angesammelt. Das ging erstaunlich schnell. Inzwischen war sie mit den betagten Sitzmöbeln, dem zerschrammten Esstisch, etlichen Stühlen, Kommoden und Regalen möbliert. Mehrere Decken, manche farbbekleckst, hatten sich auch eingefunden. Und auf einer davon, in der Ecke des Sofas, lag ein schwarzer Kringel.

Ich hatte den Verdacht, dass Ghizmo diesem zerzausten Streuner Gastrecht gewährt hatte. Der Kater trug die Blessuren eines langen, entbehrungsreichen Lebens an seinem Körper. Er war menschenscheu und unfreundlich, dennoch besaß er so viel Überlebenswillen, dass er das gebotene Fressen nicht ausschlug. Durch vorsichtiges Beobachten hatte ich bemerkt, dass der arme Kerl so gut wie keine Zähne mehr hatte.

Vermutlich hatte er auch noch diverse andere Leiden, aber ich konnte ihm nicht nahe genug kommen, um ihn in einen Tragekorb zu packen und zur Tierärztin zu bringen.

Krallen hatte er nämlich noch.

Als ich zu ihm trat und den Napf abstellte, schreckte er auf und fauchte mich an.

»Schon gut. Ist nur dein Futter.«

Grüne Augen funkelten mich an, aber ich vermeinte darin nicht nur Misstrauen, sondern auch ein wenig Gier zu sehen. Doch ich wusste schon, dass er erst über sein Mahl herfallen würde, wenn ich ihm den Rücken zugedreht hatte. Ich respektierte sein Verhalten und ließ ihn allein.

Irgendwann, wenn nicht mehr ganz so viel Watte in meinem Gehirn war, würde ich eine Entscheidung treffen müssen, was ich mit dieser Scheune anfangen wollte. Als Wohnraum war sie ungeeignet, außerdem war das Haus für mich groß genug. Isabell, die quirlige Schreinerin, hätte gerne einen Fitnessbereich daraus gemacht, samt Sauna und Whirlpool. Vermutlich hegte sie die Hoffnung, zur Mitnutzung eingeladen zu werden. Na ja, schick wäre das schon.

Kalt wehte der Herbstwind durch meinen Pyjama, als ich über den Hof zurück in meine warme Höhle hastete. Zeit, mir mein eigenes Frühstück zu richten. Oder sollte ich gleich mit dem Mittagessen beginnen? Entscheidungen zu treffen fiel mir schwer, aber die Kaffeemaschine setzte ich doch schon mal in Gang. Und ein molliger Trainingsanzug fand sich auch im Badezimmer.

Noch immer taumelig setzte ich mich mit Zeitung, Kaffee und ein paar Keksen an meinen schönen neuen Esstisch und döste vor mich hin. Die Tabletten hatten zwar die Anfälle von atemloser Angst verscheucht, aber alles war mir nun so gleichgültig. Und meine Konzentrationsfähigkeit ließ auch zu wünschen übrig.

Immerhin las ich mit einigem Interesse die lokalen Nachrichten, die von der Renovierung des Hallenbades, den Veranstaltungen des Reitvereins, dem Auftritt des Gesangsvereins und der Verhaftung einer Bande von Einbrechern berichteten. In diesem Zusammenhang bat die Polizei, wachsam die Nachbarschaft zu beobachten, und gab Ratschläge, wie Fenster und Türen zu sichern seien.

Meine Fenster und vor allem meine Haustür entsprachen, wie mir dabei klar wurde, nicht dem einbruchsicheren Standard. Aber fest verschlossene Türen machten mir mehr Angst als offen stehende. Und ich war auch leichtsinnig – mehr als einmal hatte ich schon vergessen, die Fenster zu schließen, wenn ich das Haus verließ.

Vielleicht sollte ich solchen Dingen zukünftig etwas mehr Aufmerksamkeit widmen.

Aber hatte man die Einbrecher nicht gefasst? Und gab es bei mir überhaupt etwas, das solche Leute reizen könnte, hier einzudringen?

Diese Gedanken gingen mir durch den Kopf und lösten sich wieder auf. Wichtig waren sie mir nicht.

Die übrigen Nachrichten fesselten mich ebenfalls nicht besonders, ich überlas sie flüchtig und blieb auf der letzten Seite lediglich an einem kleinen Artikel hängen, der von einem Banküberfall im Taunus berichtete. Zwei maskierte und bewaffnete Männer waren in einer Kleinstadt in die örtliche Bankfiliale gestürmt und hatten die Kassiererin bedroht, die ihnen fünftausend Euro in großen Scheinen aushändigte. Allerdings hatte sie dabei vergessen, den Alarm auszulösen. Das war dann erst dem Filialleiter eingefallen, nachdem die Räuber bereits das Weite gesucht hatten. Das Bild aus der Überwachungskamera war unscharf und zeigte nur zwei vermummte Typen.

Man hatte es den Tätern wahrlich leicht gemacht.

Leichtsinnig war also nicht nur ich. Komischerweise beruhigte mich das, und irgendwie verdämmerte ich den Nachmittag. Später ließ ich meine eifrige Putzfrau Inge ein, die wortreich die neue Einrichtung kommentierte – sie fand nicht wirklich ihre Zustimmung. Inge war der Typ für rustikale Eichenmöbel und wuchtige Polster in gedämpften Brauntönen. Ich entfloh ihr und machte einen gemächlichen Spaziergang zum herbstlich duftenden Wald.

Die kühle Luft endlich belebte meine Sinne, und auf dem Rückweg wechselte ich einige Worte mit meinem Nachbarn, Grandpa Woody, der in seinem Garten ein paar Blätter zusammenfegte.

»Die Kleine übt sehr eifrig mit ihrem neuen Pony«, sagte er und wies auf die Koppel gegenüber von meinem Haus.

»War Lili heute schon da?«

»Natürlich. Zwei Stunden hat sie ihre Runden gedreht. Ein munteres Ding, nicht wahr? Schön, dass sie jetzt wieder ein Pferdchen hat.«

Lili, die Tochter des Weingutbesitzers Raoul Pfeiffer, hatte ein weißes Pony namens Tinkerbell besessen, das bedauerlicherweise dem Pferdemörder zum Opfer gefallen war. Ihre Trauer war unermesslich gewesen, und da ihr Vater wegen eines Problems mit seinen Weingärten derzeit einen finanziellen Engpass zu bewältigen hatte, konnte er ihr keinen Ersatz beschaffen.

Ich hatte dafür gesorgt, dass Goldbeere auf die Weide kam. Aber das wusste niemand.

»Ich kann es schlecht beurteilen, Woody, aber möglicherweise ist sie eine recht begabte Reiterin.«

»Das ist sie ohne Zweifel. Und es war nett von Ihnen, ihr zu ermöglichen, ihre Fähigkeiten weiter zu vervollkommnen.«

»Was? Ich?«

»Aber Jenny …«

So viel zu niemand und wissen.

»Sagen Sie es ihr bloß nicht.«

»Gute Taten muss man nicht verheimlichen. Sie füttern ja auch einen Streuner durch, oder?«

»Ich scheine irgendein Plakat auf der Stirn zu tragen.«

Woody lachte leise und vergnügt.

»Ich bin ein alter Mann, Jenny. Ich habe viel Zeit, meine Mitmenschen zu beobachten. Aber keine Angst, Ihre kleinen Geheimnisse sind bei mir gut aufgehoben.«

»Oh, na dann. Sagen Sie, wo ist eigentlich Sandra? Ich habe Ihre reizende Pflegekraft schon einige Tage nicht mehr gesehen.«

»Sandra ist in ihre Heimat geeilt, um ihrer kranken Mutter zur Seite zu stehen. Sie kommt in zwei, drei Wochen zurück.«

»Kommen Sie denn ohne sie zurecht?«

»Schwester Immaculata vertritt sie. Das ist die Gemeindeschwester vom katholischen Sozialdienst.«

Woody schnitt eine kleine Grimasse.

»Die unbefleckte Schwester? Ist Nomen gleich Omen?«

»Sie ist sehr streng, sehr ordentlich, sehr diszipliniert und verlangt Gleiches von mir.«

Ich musste grinsen.

»Polnische Wirtschaft gefällt Ihnen besser?«

»Sandra ist auch streng …«

»Ja, ja. Aber Sie entkommen ihr häufig!«

»Verraten auch Sie meine kleinen Geheimnisse nicht weiter.«

»Wie könnte ich?«

Kleine Verschwörungen in der Nachbarschaft erleichterten das Zusammenleben. Grandpa Woody war ein angenehmer Nachbar. Er war Amerikaner, doch er hatte eine Deutsche geheiratet. Soweit ich wusste, war er in seinem Berufsleben Ingenieur gewesen, aber jetzt, mit Mitte siebzig und einer leicht angeschlagenen Gesundheit, widmete er sich seinem Garten, seinem Kater Jaromir und einem Haufen Büchern. Seine Frau war vor sechs Jahren gestorben, ein Einschnitt in seinem Leben, der ihn tief getroffen hatte. Seine beiden Söhne waren nach Amerika gezogen, und er war stolz auf deren Familien und Karrieren. Diese Dinge hatte er mir bei unseren gelegentlichen Treffen zu Kaffee und Kuchen anvertraut, kleine Besuche, die ihm große Freude zu bereiten schienen. Wahrscheinlich auch deswegen, weil Sandra dabei nicht zugegen war.

Die polnische Pflegerin mochte sich ja aufmerksam um ihn kümmern, aber ich mochte ihr zähnefletschendes Lächeln nicht sonderlich. Es wirkte so professionell aufgesetzt. Aber vielleicht tat ich ihr unrecht.

»Ach, Jenny. Ich müsste Sie um einen kleinen Gefallen bitten«, meinte Woody.

»Natürlich. Was darf's sein?«

»Die unbefleckte Schwester hat beim Einkaufen wieder einmal das Katzenfutter vergessen, und Jaromir und ich geraten langsam in ein kleines Problem. Könnten Sie uns mit ein, zwei Tütchen aushelfen?«

»Aber selbstverständlich. Was speist der Herr denn gerne?«

»Der frisst alles, einschließlich Socken und Bierdeckeln.«

»Meine Socken gehören mir!«

Ich hatte am Vortag unsere Vorräte aufgefüllt, mehr als üblich, da ja der Streuner Kostgänger geworden war, und brachte Woody eine kleine Auswahl an Futtertüten. Dann hörte ich mir noch eine Viertelstunde lang Inges Dorftratsch an und sank, als sie gegangen war, erschöpft auf mein neues knallblaues Sofa.

Der Tag ging in die Dämmerung über, doch ich war wieder zu träge geworden, um das Licht anzumachen. Mit meinen langsam dahinplätschernden Gedanken fragte ich mich, ob es wirklich ein solcher Gewinn war, schlafen zu können und die Angstzustände abzuwehren, dafür aber zu einem halb ausgewrungenen Waschlappen zu werden. Ich fühlte mich nicht unwohl, das nicht. Aber es ging alles so gemächlich ineinander über, und die Zeit verstrich auf seltsam unbemerkte Weise.

Das Klappen der Katzenklappe brachte mich endlich wieder in eine bewusstere Gegenwart zurück.

Mein Mitbewohner war von seinen Geschäften heimgekehrt und verlangte sein Abendessen. Mit mildem Erstaunen erkannte ich, dass es bereits acht Uhr und stockdunkel war. Wir richteten uns ein leichtes Mahl, von dem Ghizmo eine halbe Scheibe meines gekochten Schinkens erhielt. Dann füllte ich den Streunernapf und ging zur Scheune hinüber. Der Schwarze hatte sich eingefunden, funkelte mich an, fauchte aber nicht. Ein Fortschritt. Nur sein Fressen rührte er in meiner Gegenwart nicht an. Ich füllte die Wasserschüssel auf und ließ ihn allein.

Der Himmel, der den ganzen Tag bedeckt gewesen war, war inzwischen aufgerissen, und Sterne glitzerten zwischen den Wolken. Ich trat zu dem schmiedeeisernen Tor, das ich so sorgfältig restauriert hatte, und blickte über die Weiden. Gegenüber hob sich Goldbeeres Unterstand schwarz gegen den Himmel ab. Das Pony war nicht zu sehen, vermutlich hatte es sich an seine Krippe zurückgezogen. Auf der Weide daneben lehnten sich Bartels Pferde aneinander, und schräg gegenüber leuchtete mir das Licht aus Grandpa Woodys Küchenfenster entgegen.

Ich hatte Miriam, meine Anwältin und Freundin, gebeten, mir ein Haus in einer ruhigen Gegend zu suchen, und mit dem Feyenhof am Fuße des Pfälzer Waldes hatte sie wahrhaftig ein Goldstück gefunden. Er lag abseits, der Ort war fußläufig zwanzig Minuten entfernt, und die Straße, die an dem Haus vorbeiführte, wurde nur von wenigen Anliegern benutzt, die weiter oben am Waldrand ihre Ferienhäuser hatten.

Ich genoss die Stille des Abends, den leichten Wind, der über die Felder wehte, roch den Herbst in der Luft und beobachtete den roten Kater, der unter dem gelblichen Licht der Straßenlaterne seine Reviergrenzen kontrollierte.

Jaromir, Ghizmos Erzfeind.

Ihm folgte kurz darauf eine schlanke helle Katze mit dunklem Gesicht. Selena, wie ich wusste, eine hochnäsige Siamesin aus einem der Häuser weiter unten an der Straße.

Und dann erklang in der Ferne das tiefe Dröhnen eines schweren Motorrads.

Ich zog meine Jacke enger um mich, es war empfindlich kühl geworden. Dennoch blieb ich am Tor stehen. Denn gleich würde ich dem Teufel begegnen.

Die Scheinwerfer näherten sich, das Dröhnen wurde zu einem Blubbern, dann hielt die Maschine, und der Fahrer schob sein Visier nach oben.

»Und? Was geht ab, Schwester? Wieder Katzen gegen den Strich gebürstet? Oder es bei Menschen versucht?«

Mit bedrückter Stimme klagte ich:

»Selbst wenn ich spräche,
Die kalten Lippen wären
Nur Wind des Herbstes.«

Es war mir ein inniges Vergnügen, die Sprachlosigkeit des Bikers zu genießen.

Doch dann zitierte er:

»Sogar das Wildschwein
Mit allem anderen fortstob
Im Sturm des Herbstes.«

Mit einem röhrenden Lachen stob das Wildschwein davon und ließ mich perplex stehen.

Ich hätte nicht gedacht, dass dieser verrückte Biker, der auf der Rückseite seiner Jacke einen Totenkopf mit Schweineohren trug, auch die Haikus von Basho kannte. Seit ich hier wohnte, tauchte er regelmäßig auf, hielt an und ließ einen seiner losen Sprüche ab. Zuerst fürchtete ich, dass er ein aufdringlicher Stalker sein könnte, doch allmählich kam ich dahinter, dass er einfach seinen Spaß daran hatte, mit mir kleine Sticheleien auszutauschen. Vor zwei Wochen endlich war ich dahintergekommen, dass Darius Hellwig ein erfolgreicher Schauspieler war und derzeit an den Städtischen Bühnen den Mephisto gab.

Die Rolle des Teufels schien ihm zu liegen.

Mit einem Lächeln auf den Lippen kehrte ich ins Haus zurück.

2

Ghizmo macht sich Sorgen

Ghizmo knabberte einige Krümel Trockenfutter und lauschte. Ja, da kam sie. Das wurde aber auch Zeit. Das Licht in der Küche flammte auf, und sie ging um die Theke. Er ihr nach, umdrehen, große, hungrige Augen machen, klagendes Maunzen.

»Hast du schon wieder Hunger?«

Was heißt hier wieder?

»Ich habe dir doch … Oh, nein, habe ich nicht.«

Sie kramte im Schrank und – ahh – der Duft!

Und der Geschmack.

Mit Soße.

Als der Boden der Schüssel sauber geleckt war und Ghizmo seine abschließenden Waschungen beendet hatte, schlenderte er über den sanft glänzenden Holzboden zu den bunten neuen Möbeln. Er war mit den Veränderungen nicht einverstanden. Gar nicht einverstanden. Das war alles so neu und roch kein bisschen wie die eigene Höhle. Und auf dem Boden war er schon zweimal ausgerutscht, als er es eilig gehabt hatte. Mit der Nase gegen den Sessel war er geflogen. Einen grünen Sessel. Er hatte erwogen, dem ein paar Fetzen aus dem Bezug zu krallen, aber der Stoff hatte sich widersetzt. Nicht einmal ein Fädchen hatte er herausziehen können. Da war der Vorgänger doch ganz anders gestrickt gewesen. Den hatte er bis auf die Eingeweide zerfetzt. Jetzt stand er in der Scheune, weil Jenny ihn nicht mehr mochte.

Dumme Jenny.

Tagelang hatte sie ihn aus dem Haus vertrieben. Na ja, nicht sie selbst, sondern diese Leute. Die mit den Farben und den Eimern und den Heulmaschinen. Er hatte mal wieder Obdach im Unterstand suchen müssen. An kalten, feuchten Tagen. Aber wenigstens war dort wieder ein Pony eingezogen. Goldbeere hatte anfangs ein bisschen Angst vor ihm gehabt. Verständlich, denn schließlich waren solche Weidetiere wie sie einst die Beute seiner Vorfahren gewesen. Aber da er lediglich Mäuse und Spinnen im Stroh aufscheuchte, war sie ruhiger geworden. Schließlich hatte er sich dann in die Krippe gelegt, und Goldbeere traute sich näher. Ihren warmen Atem empfand er als tröstlich, und ihr leises Schnobern wiegte ihn in einen erholsamen Schlaf.

Den konnte er ja im Haus nicht finden.

Oder besser, er hätte ihn nachts finden können, doch da hatte er andere Verpflichtungen.

Außerdem war Jenny so komisch. Sie vergaß sogar manchmal, ihm sein Essen zu richten. Und morgens wurde sie nicht wach. Jetzt saß sie auch schon wieder so da.

Ghizmo umrundete das blaue Sofa, strich an Jennys Beinen entlang und sprang dann auf das Polster. Sie rührte sich nicht.

In den ersten Tagen seiner Bekanntschaft mit ihr hatte er manchmal eine Art grauen Nebel um sie herum bemerkt. Dann wirkte sie düster und betrübt. Aber das war es nicht. Nein, Düsternis lag nicht um sie herum, eher so etwas wie eine rosige Glasschicht. Man kam nicht so richtig durch. Meistens reagierte sie ganz ordentlich auf Blicke und Gesten, aber inzwischen musste man richtig laut und drastisch werden, damit sie einen bemerkte.

Er drückte seinen Kopf an ihren Arm.

Das funktionierte.

»Hallo, mein Kleiner.«

Hallo, Jenny.

Finger krabbelten durch sein Fell, streichelten, kneteten an den richtigen Stellen, kratzten ein bisschen. In seiner Kehle sammelte sich das Schnurren und durchbebte ihn lustvoll.

Es hätte länger anhalten können, aber dann erschlafften ihre Finger.

»Ich sollte zu Bett gehen.«

Könntest du.

Sie langte zu einem Päckchen, das auf dem Tisch lag.

»Ich sollte meine Tablette nehmen.«

Musst du?

»Dann würde ich gleich einschlafen.«

Macht die das?

Jetzt hielt sie eine kleine gelbe Kapsel in den Fingern und betrachtete sie nachdenklich.

»Ich weiß nicht. Es ist nicht schlecht, die ganze Nacht zu schlafen. Aber ich fühle mich so seltsam. Nicht so ganz wie ich selbst. Aber was soll's.«

Ghizmo sah zu, wie sie die kleine Kapsel in den Mund steckte und schluckte. Dann stand sie auf und ging langsam die Treppe nach oben, ohne ihn weiter zu beachten.

Ihm gefiel das nicht, und als er die Tür zum Badezimmer zufallen hörte, krallte er nach der Packung. Sie fiel auf den Boden. Eingehend beschnüffelte er sie, aber er roch nur Pappe. Darum kickte er sie über das glatte Parkett, und als sie unter das Regal rutschte, machte er sich nicht die Mühe, sie von dort wieder herauszuangeln.

Es war Zeit, sich draußen um die diversen Angelegenheiten zu kümmern.

Sein erstes Ziel war die Scheune. Wenigstens hier war seit einigen Tagen nichts verändert worden. In der Sofaecke lag der Schwarze und schlief. Der halb leere Napf stand auf dem Boden vor ihm. Offenbar hatte er nicht viel Appetit gehabt. Und besonders wachsam war er auch nicht. Ghizmo störte seinen Schlaf nicht, sondern schlüpfte nach draußen, um seine Runde zu beginnen. Im Garten lagen feuchte Blätter auf der Wiese, die Hecke durchfeuchtete sein Fell, als er sich hindurchwand, die Straße glänzte ebenfalls noch nass im Licht der Lampe. Jaromirs lässige Botschaft am Zaun sagte ihm, dass es keine besonderen Vorfälle gegeben hatte, Selena hatte ein paar helle Flusen an der Rinde des alten Apfelbaumes hinterlassen. Die großen Pferdebiester verhielten sich ruhig, und Goldbeere stand in ihrem Unterstand. Zu ihr begab sich Ghizmo, um sich ein wenig aufzuwärmen.

Das Pony begrüßte ihn mit einem leisen Schnauben und scharrte mit den Hufen. Das war neu und ungewöhnlich. Irgendetwas irritierte Goldbeere.

Vorsichtig sah Ghizmo sich um. Stroh lag auf dem Boden, die Krippe war gefüllt, das Geschirr hing wie üblich ordentlich an den Haken, an der Rückwand stapelten sich einige Heuballen, die süß nach Klee dufteten.

Hinter den Ballen lag ein Schwanz.

Ein strohfarbener verfilzter, schmutziger Schwanz aus langen Haaren.

Ghizmo schlug mit der Tatze darauf.

Der Schwanz zuckte.

Er schlug fester, aber noch immer mit eingezogenen Krallen.

Ein leiser Jammerlaut erklang.

Er legte die Pfote mit Krallen darauf und zog.

Es heulte.

Dann raschelte es. Der Schwanz verschwand, eine bräunliche Nase erschien, und zwei goldene Augen starrten ihn drohend an.

»Was machst du hier?«, fauchte Ghizmo die Fremde an.

»Geht dich nichts an.«

»Geht mich wohl. Du hältst dich in meinem Revier auf.«

»Na und?«

»Sag mal, bist du schwer von Verstand? Oder willst du Dresche?«

Die goldenen Augen wirkten verunsichert.

»Dresche?«

»Haue. Prügel. Hiebe.«

»N… nein. Will ich nicht. Ich will einen Platz zum Schlafen. Trocken und warm.«

»Dann geh nach Hause.«

»Hab kein Zuhause mehr.«

Goldbeere schnaubte wieder nervös. Zwei Katzen in ihrem Unterstand waren ganz offensichtlich zu viel für sie. Ghizmo schenkte der Fremden noch einen hochmütigen Blick und verließ die heimelige Stätte.

Er hatte immerhin ein Zuhause.

Auch wenn es jetzt sehr bunt war und noch nicht nach Höhle roch.

Aber vielleicht konnte man ja was daran ändern.

3

Lili weckt auf

Das Klingeln des Weckers hatte mir geholfen, aufzustehen und meinen Pflichten nachzukommen. Ghizmo blieb auch nach dem Frühstück noch eine Weile im Haus. Das mochte dem schlechten Wetter geschuldet sein, oder er vergab mir allmählich die Veränderungen an der Einrichtung. Als dann aber gegen Mittag die Sonne durch die Wolken brach, verließ er das Haus. Ich hatte mich schließlich aufgerafft, meine Korrespondenz zu erledigen, die überwiegend aus Rechnungen bestand. Es kostete mich noch immer ziemlich viel Zeit, diese Dinge am PC zu erledigen, aber schließlich musste ich mal ein wenig Routine darin entwickeln. Eben stand ich kurz davor, die Tastatur zu zertrümmern, nachdem mir eine Transaktion zum fünften Mal misslungen war, da rettete die Türklingel das Gerät.

Lili stürmte herein.

»Jenny, warum haben Sie mir das nicht gesagt? Ach, Jenny, Sie sind ja so lieb! Sie sind ja so ein Schatz! Sie sind die wundervollste Jenny, die es gibt!«

Ich wurde wild gedrückt und wild geküsst, und tränennasse Wangen schmiegten sich an mein Gesicht.

»Langsam, Lili.«

»Kann ich nicht. Ich hab's Papa entlockt. Er wollte es erst

nicht sagen, aber ich habe ihn so lange gelöchert, bis er gestanden hat. Sie haben Goldbeere für mich gekauft. Sie haben das getan. Ach Jenny …«

Man konnte sich aber auch auf niemanden verlassen.

»Woher wusste dein Vater das nur?«

»Er hat im Gestüt angerufen. Die haben gesagt, dass eine Frau Miriam Gardner das Pony gekauft hat. Und die hat sich doch auch um den Kauf dieses Hauses gekümmert. Das wusste er vom Hermann, der ist im Vorstand vom Gesangsverein.«

»So funktioniert also die Dorftrommel.«

»Ja, klasse, nicht?«

»Nein, gar nicht. Man kann nichts geheim halten.«

»Aber warum denn? Ich meine, das war doch eine furchtbar liebe Tat. Und ich bin so glücklich mit Goldbeere. Sie ist sanft und folgsam. Ein bisschen temperamentvoller als Tinkerbell, aber das macht auch mehr Spaß. Und wissen Sie, nächsten Monat werde ich vierzehn, und dann kann ich mit ihr an den Wettkämpfen teilnehmen.«

Lilis Überschwang erschlug mich beinahe.

»Könntest du ein bisschen langsamer mit einer alten Frau sprechen?«

»Wo ist hier eine alte Frau?«

Ich ließ mich auf mein blaues Sofa fallen, und Lili schien jetzt auch die Veränderung zu bemerken.

»Oh, wow! Das sieht ja irre aus hier. Mann, toll. In echt!«

»Gefällt es dir? Ghizmo ist nicht begeistert.«

»Katzen mögen es nicht, wenn Möbel umgestellt werden. Aber er wird sich dran gewöhnen. Vor allem, weil seine Klappe jetzt viel besser erreichbar ist.«

»Ich hoffe auch, dass das geschieht. Und nun noch einmal zum Sortieren: Was für einen Wettkampf willst du gewinnen?«

Lilis Kichern war ansteckend.

»Gewinnen … Ich will dabei sein. Voltigieren. Da darf man mit vierzehn antreten. Es gibt ein Pflichtprogramm, und ich denke, die Übungen beherrsche ich ziemlich gut. Und dann eine Kür von zwei Minuten. Da habe ich auch schon eine Idee. Wissen Sie, als wir neulich im Zirkus waren und diese gigantische Feuershow gesehen haben … also diese Musik, die würde ich gerne nehmen. Den Phoenix-Song. Was meinen Sie?«

»Ich sehe dich schon das Feuer-Poi auf Goldbeere schwingen.«

»Geniaaaal!«

»Spaß beiseite, Lili. Der Song ist nicht ganz einfach.«

»Ich weiß. Aber gerade das macht es so reizvoll. Ich würde gerne den Refrain am Ende nehmen. Da, wo sich Ignacias Stimme so gigantisch gegen das Orchester durchsetzt.«

»Da hast du dir aber wirklich Großes vorgenommen.«

»Klar, darum übe ich ja schon die Sprünge. Kleines Hoppeln geht da nicht.«

Plötzlich wirkte das Mädchen vollkommen versonnen und schwieg.

Ich konnte es verstehen. Der Phoenix-Song hatte äußerst dramatisches Potenzial. Wenn sie es gut choreografieren würde, könnte das eine beeindruckende Vorführung werden. Vom Voltigieren hatte ich wenig Ahnung, von Choreografie und Musik schon.

»Wenn es so weit ist, kann ich versuchen, dir zu helfen. Mit Musik habe ich mich eine Zeit lang intensiv beschäftigt.«

»Das wär super, Jenny. Ich wollte meine Musiklehrerin fragen, aber die mag moderne Sachen nicht so. Und für die Weihnachtsfeier wollte ich mit Joly zusammen ein Doppel einüben. Aber nur zu *Jingle Bells* oder so.«

»Ein Doppel? Ich dachte, Jolys Pony kann nicht mehr – mh – auftreten.«

»Nee, nicht mit zwei Ponys, sondern wir zwei auf Goldbeere.«

Ein ehrgeiziges Mädchen, das musste man ihr lassen.

»Das stelle ich mir nicht ganz einfach vor.«

»Ach, geht schon. Joly ist gut. Und sie ist etwas größer als ich. Sie wird mich heben können. Und ihre Mutter wird uns die Kostüme schneidern.«

»Mein Gott, ich seh es direkt vor mir: Zwei Engelchen auf einem weißen Pony!«

Das Kichern erreichte seine ekstatische Phase.

»Wir werden Lichterkränze auf dem Kopf tragen müssen«, keuchte sie schließlich.

»Einfache Heiligenscheine reichen.«

Irgendwie war das Herumalbern ansteckend. Und es tat mir richtig gut. Die lähmenden Schwaden verschwanden aus meinem Kopf, und ich fühlte mich wieder richtig lebendig.

»Ich sehe nur ein kleines Problem, Lili. Das Wetter wird unangenehmer und die Tage immer kürzer. Wo wollt ihr üben?«

»Ach, das ist nicht schlimm. Erst mal stellen wir die Übungen trocken zusammen, das können wir in der Sporthalle machen. Und dann bringen wir Goldbeere in die Reithalle von Bartels.«

Plötzlich wurde ihr sommersprossiges Gesicht ernst.

»Mist!«, sagte sie.

»Was ist?«

»Ich hab mich heute mit der Sauertopf angelegt. Das ist aber auch eine blöde Zicke.«

»Sauertopf hört sich nicht gut an. Was hast du ihr angetan?«

»Sie ist unsere Sportlehrerin. Und sie hat's irgendwie nicht wirklich drauf. Entweder wir müssen so Pipi-Übungen an den Geräten machen oder Völkerball spielen. Ich hab ihr gesagt, dass wir lieber richtig turnen wollen. Am Barren oder am Pferd.

Oder wenigstens Bodenübungen. Aber sie sagt, das steht nicht im Lehrplan. Und da hab ich ihr gesagt, wahrscheinlich ist sie zu steif dazu mit ihren alten Knochen. Und da hatte ich einen Eintrag weg. Mist.«

»Sagen wir mal – sehr höflich war die Bemerkung nicht.«

»Aber sie ist eine lahme Krücke und sollte besser Häkeln unterrichten statt Sport. Es ist so erbärmlich langweilig bei ihr. Das finden wir alle. Wirklich.«

»Hier wären möglicherweise die Eltern gefragt, damit die sich bei der Schulleitung darüber beschweren?«

»Vielleicht. Aber dann müsste ich Papa das alles erklären.«

»Und? Würde er dir nicht zuhören?«

Sie schien abzuwägen, dann nickte sie.

»Ich werde das versuchen. Denn von ihr brauchen wir die Genehmigung, in der Halle zu üben.«

Dann nahm sie plötzlich meine Hand und sagte in tiefernster Stimme: »Jenny, wegen Goldbeere – wenn Sie jemals etwas möchten, das ich für Sie tun soll, dann werde ich das machen. Egal, was es ist.«

»Das ist ein gefährliches Versprechen, Lili. Ich könnte etwas Ungesetzliches fordern …«

»Ach, Jenny. Sie doch nicht!«

Ich musste über ihr bedingungsloses Vertrauen lächeln. Ich sollte ihr wohl besser nie verraten, dass ich die letzten fünf Jahre im Gefängnis verbracht hatte.

Kurz darauf verließ mich Lili, und ich konnte von meinem Fenster aus zusehen, wie sie auf ihrem Pony ihre Kreise zog und dabei anmutig allerlei Übungen absolvierte.

4

Jaromirs Ärger

Lili brachte Goldbeere zurück in den Unterstand, und Ghizmo begrüßte sie mit einem leichten Kopfstoß an ihren Beinen. Sogleich wurde sein Gruß mit einem ausgiebigen Streicheln erwidert.

»Hab ich mir doch gedacht, dass du hier bist. Schau, ich habe dir ein paar Leckerchen mitgebracht. Hast du dich mit Goldbeere angefreundet?«

Lili war immer nett zu ihm gewesen, und in der schlimmen Zeit, als man ihm sein Haus versperrt hatte, hatte sie ihm oft Futter mitgebracht. Von dem Knabberzeug, das sie großzügig für ihn ausgestreut hatte, naschte er ein paar Krümel, doch er war noch zu satt, um alles zu fressen. Er schnurrte sie freundlich an und sah dann zu, wie sie sich um das Pony kümmerte. Das tat sie immer sehr aufmerksam, und Goldbeere schien es ihr auch zu danken. Als sie frisches Heu in die Krippe füllte, beobachtete er, wie der strohfarbene Katzenschwanz sich weiter hinter die Ballen verzog. Die Fremde war also noch immer hier, und sie hatte Angst. Er nahm sich vor, sie später, wenn Lili fort war, aus ihrem Versteck zu locken.

Das Mädchen bürstete ihr Pony ziemlich lange und sang dabei dieses Lied, das auch Jenny manchmal summte. Lilis

Stimme war klarer, Jennys war rau und kratzig. Aber die Melodie beherrschte Jenny besser. Zumindest so für Katzenohren. Dann verabschiedete Lili sich, und Ghizmo schlich sich zu den Heuballen an der hinteren Wand. Von dem Schwanz war nur die Spitze zu sehen.

»Komm raus. Lili ist weg.«

Es raschelte und kruschelte, und ein strohfarbener Kopf tauchte zwischen den Ballen auf. Die goldenen Augen blickten ängstlich, die Schnurrhaare bebten.

Ghizmo sah sie an und senkte die Lider, um ihr zu zeigen, dass er friedlich gestimmt war.

»Wer bist du?«, fragte er.

»Milena.«

»Komm raus, Milena.«

»Ist … ist da auch niemand?«

»Nur Goldbeere, und die ist freundlich, wenn du sie nicht erschreckst.«

Die Katze wand sich zwischen den Ballen heraus, und Ghizmo konnte sehen, dass ihr langes Fell verfilzt und schmutzig war. Außerdem machte sie einen sehr mageren Eindruck, schien aber nicht krank zu sein.

»Was ist dir passiert?«

»Sie sind weg. Haben mich rausgesetzt. Haben gesagt, eine Katze kommt alleine zurecht.«

»Sicher, tun wir doch auch.«

»Aber ich war noch nie … noch nie draußen. Es ist alles so … fremd. Und niemand gibt mir zu essen.«

»Hier im Stroh und draußen auf der Weide gibt es ausreichend Mäuse, Maulwürfe, Vögel …«

»Kann schon sein, aber ich weiß nicht, wie ich die fangen soll.«

»Hast du das nicht gelernt?«

»Hab keine Mama gehabt. Kam gleich zu meinen Menschen.«

Manche Menschen waren nicht sehr klug, eigentlich dümmer als manches Weidetier. Wie konnten sie eine Katze nur einsperren?

»Und wo sind sie jetzt?«

»Weg. Sie haben alles eingepackt und sind weg. Ich … ich wusste nicht, wohin ich sollte. Und es hat so geregnet. Und ich bin ganz schmutzig geworden, und niemand bürstete mein Fell aus.«

Nicht mal allein putzen konnte sie sich. Aber vermutlich war das schwierig, bei dem langen Fell. Ghizmo rollte sich zusammen und betrachtete das verwahrloste Tier.

»Hungrig bist du wohl auch.«

»Sehr.«

»Komm mit!«

»Wo… wohin?«

»Zu meinem Haus.«

»Ich trau mich nicht.«

»Warum nicht?«

»Da leben fremde Menschen. Ich mag fremde Menschen nicht.«

»Du musst sie nicht treffen. Es gibt da eine Scheune. Da stört uns keiner.«

»Muss ich über die Straße laufen?«

»Ja. Nun komm!«

Vorsichtig und langsam folgte Milena Ghizmo, doch als ein Auto vorbeifuhr, hetzte sie zum Unterstand zurück.

Ghizmo ließ sie ziehen. Seine Fürsorge aufdrängen wollte er ihr nicht. Immerhin lag noch das Trockenfutter auf dem Boden. Das würde sie wohl allein fressen können.

Er hätte zu seinem Haus zurückkehren können, aber es war

ihm nach kätzischer Unterhaltung. Um es genau zu sagen, nach einer kleinen Prügelei. Und wer war als Gegner besser geeignet als Jaromir, der rote Teufelsbraten? Es war nicht schwer, seine Fährte aufzunehmen. Er hatte seine Runde in der alten Apfelplantage beendet, die an Jennys Scheune grenzte. Die Äpfel waren nicht mehr geerntet worden, und viele lagen auf dem Boden, ein willkommenes Mahl für allerlei Kleingetier. Mäuse mit Apfelgeschmack hatten ein vorzügliches Aroma, und Ghizmo war nicht der Meinung, dass sie ausschließlich seinem Konkurrenten den Magen füllen sollten.

Jaromir verzehrte eben eine dieser Mäuse, als Ghizmo ihn fand. Er ließ ihn seine Beute auffressen, dann sprang er ihn aus seiner Deckung heraus an. Es war ein prächtiges Getümmel mit Kreischen und Fauchen, gesträubten Haaren und drohenden Gebärden, wilden Fluchten und wüsten Beschimpfungen.

Es endete damit, dass sie beide steif voreinander standen und sich mit starren Blicken maßen. Schließlich senkte sich Ghizmo auf seinen Bauch und machte zwei sehr langsame Schritte rückwärts.

Jaromir setzte sich auf seine Hinterpfoten und begann, ausgiebig sein Fell zu glätten. Ghizmo blieb noch einen Moment auf Distanz und verdaute seine Niederlage. Dann widmete er sich ebenso seiner Fellpflege, und als das zur Genüge erfolgt war, fragte er: »Gibt's was Neues?«

»Der Alte kann mit der Neuen nicht. Und ich auch nicht. Die ist giftig. Und muffelt.«

»Zeig ihr die Kralle.«

»Schwierig. Die hat ein dickes schwarzes Fell an.«

»Pinkel drauf.«

»Hab ich schon gemacht. Hat sie nicht bemerkt.«

»Zeig dem Alten die Kralle.«

»Niemals!«

»Du kannst in die Scheune ziehen. Da hat Jenny ihre Möbel reingestellt.«

»Ich will aber nicht aus dem Haus. Der Alte braucht mich.«

»Dann bleib. Ich bleib auch, obwohl Jenny alles umgestellt hat. Riecht nicht mehr richtig.«

»Verteil deine Haare überall, dann wird es besser.«

»Guter Plan.«

Sie schlenderten unter den Bäumen entlang und haschten dann und wann nach einem trockenen Blatt. Ghizmo überlegte, ob er von der fremden Katze bei Goldbeere berichten sollte, aber in der Sache war mit Jaromir nicht zu spaßen. Er würde sie verprügeln wollen. Und Milena wäre ihm wahrscheinlich hilflos unterlegen. Dafür sagte er: »Der Streuner ist krank.«

»Woher weißt du das?«

»Er liegt nur rum und frisst nicht.«

»Wo liegt der rum?«

»Auf dem Sofa. In der Scheune.«

»Du hast ihn in dein Revier gelassen?«

»Na und?«

»Weichpfote.«

»Stört' s dich?«

»Ist ja nicht mein Revier.«

»Bleib weg von ihm.«

»Mal sehen.«

»Könnte sein, dass meine weiche Pfote dir einen Fetzen aus deinen Schlappohren krallt.«

»Schaffst du nie!«

»Pah!«

Und schon fing das Gerangel wieder an. Blätter flogen, matschige Äpfel rollten, Spinnen flüchteten, grelles Kreischen durchbrach die nächtliche Stille.

Es endete in einem langen, sonoren Brummen, und diesmal war es Jaromir, der sich langsam von dannen schlich.

Zufrieden mit dem Ergebnis trottete Ghizmo zu seinem Haus, huschte durch die Klappe und prüfte die Futterschüssel in der Küche. Ein paar Knabberfischchen knusperten zwischen seinen Zähnen, dann begutachtete er den Sessel.

Haare drauf.

Eine Option. Er sprang auf das Polster und wälzte sich darauf. Das Gefühl war recht angenehm. Und so rollte er sich nach ausgiebigem Putzen zusammen und wanderte in sein Traumland.

5
Schauriges Erwachen

Er erwachte aus dem Traumland. Aus einem Land wirrester Träume. Musik war da gewesen. Laute. Und Farben. Wild zuckende. Genau wie Menschen. Eine Party? Träge schüttelte er den Kopf. Der brummte. Es war schwierig, sich richtig zu erinnern. Ein Mädchen, weich und heiß und verschwitzt vom Tanzen. Ein Glas mit einem kühlen, süffigen Getränk. Stickige Luft, Enge, Wärme. Und Musik. Tosende laute Musik, hämmernde Bässe.

Ah, es war diese Diskothek, jetzt fiel es ihm wieder ein. Freunde hatten ihn mitgenommen. Ihn da reingeschmuggelt, weil ihm noch so ein dämliches Jahr zur Volljährigkeit fehlte. Er hatte ihnen die erste Runde Getränke dafür ausgegeben. Die zweite auch. Danach verlor sich das etwas. Sie hatten Mädchen angesprochen, die anderen hatten weitere Getränke spendiert. Er hatte getanzt. Ja, getanzt hatte er, obwohl er das gar nicht konnte. Aber die Bässe, die Beats – es war plötzlich ganz einfach.

Und jetzt?

Totenstille.

Dunkelheit.

Und ein fürchterlich brummender Kopf. Der lag auf irgend-

was Nachgiebigem. Der Rest seines Körpers ebenfalls. Eine Luftmatratze. Über ihm eine Decke.

Jemand hatte ihn von dort weggebracht.

Okay, das war nett gedacht. Einem Menschen mit einem Filmriss aus einer Disko zu bringen war vernünftig. Auf gute Freunde war eben Verlass.

Gute Freunde?

Viele hatte er nicht von denen.

Inzwischen hatten sich seine Augen an das Dunkel gewöhnt, und er erkannte einen Lichtschimmer, der durch eine hohe Öffnung in der Wand fiel. Und dieser Schimmer fiel auf eine Wasserflasche gleich neben ihm.

Wie ein Verdurstender griff er nach ihr.

6

Treppensturz

Ghizmo hatte ganz offensichtlich die Nacht auf dem grünen Sessel verbracht. Eine feine Schicht grauer Katzenhaare überzog die Sitzfläche. Ich wischte sie weg und legte eine gelbe Decke darauf, auf der er schon mal gelegen hatte. Viel Hoffnung, dass er sie demnächst als Liegeplatz benutzen würde, hatte ich zwar nicht, aber es war einen Versuch wert.

Weil ich mich wieder leicht benommen fühlte, beschloss ich, meinen Kopf an der frischen Luft zu lüften und einkaufen zu gehen. Vornehmlich Katzenfutter, da auch Jaromir seinen Anteil brauchte. Der Gang in den Ort brachte den gewünschten Erfolg, doch als ich mit einem Beutel Trockenfutter und einer Kiste Huhn in Gelee bei Woody klingelte, blieb die Tür verschlossen. Das wunderte mich etwas, denn um die Mittagszeit war der alte Herr immer zu Hause. Ich stellte meine Last ab und ging den Seitenweg um das Haus, um zu schauen, ob er sich hinten im Garten aufhielt. Aber auch da war keine Spur von ihm zu sehen. Also war ich so dreist und ging an das Terrassenfenster.

Und hier hörte ich es.

»Hilfe! Hilfe!«, drang es leise aus dem Haus.

Kurz überlegte ich, ob ich mein Handy nehmen und ihn anrufen sollte, aber dann wurde mir klar, dass er, wenn er ans Telefon könnte, sicher schon jemanden alarmiert hätte.

Wie kam ich in das Haus?

Die Haustür war verschlossen, einen Schlüssel hatte ich nicht. Vermutlich hatte die Pflegerin einen, aber deren Telefonnummer kannte ich nicht. Blieben die Fenster. Vielleicht war eines offen. Ich ging noch einmal um das Haus herum, aber nirgendwo war eines auch nur gekippt. Meine Fähigkeiten als Einbrecher ließen zu wünschen übrig, und wie man ein geschlossenes Fenster aushebelte, wusste ich bedauerlicherweise nicht.

Woody rief noch immer um Hilfe. Es musste ihm etwas Gravierendes passiert sein.

Ein Stein fiel mir in die Hand.

Das Fenster an der Vorderseite des Hauses schien mir das günstigste für meinen Einbruch. Die bodentiefen Terrassentüren würden vermutlich fürchterlich splittern. Zum Glück handelte es sich um ein Kassettenfenster mit kleinen Scheiben. Ich wickelte mir meinen Schal um die Hand und schlug mit dem Stein auf die Scheibe neben dem Griff. Ein Riss bildete sich. Mehr nicht. Also mehr Kraft dahintersetzen. Der Riss verbreiterte sich. Noch mal zuschlagen. Es klirrte, als die Scherben nach innen fielen. Ich warf den Stein zur Seite und holte mir einen der Gartenstühle, um das Fenster zu öffnen und einzusteigen. Es war eine turnerische Leistung, die Lili sicher weit eleganter gelöst hätte. Aber dann saß ich auf der Küchenarbeitsplatte neben der Spüle und rief Woody zu: »Ich komme und helfe Ihnen!«

»Jenny! Hier!«

Er lag mit einem abgewinkelten Bein unten an der Treppe in der Diele, sein Stock außer Reichweite. Jaromir saß neben ihm und sah mich an, lief aber nicht weg.

»Gefallen?«

»Ausgerutscht. Ich fürchte, mein Bein ist gebrochen.«

»Bleiben Sie noch einen Augenblick liegen. Ich rufe den Notarzt.«

Man versprach mir Hilfe innerhalb der nächsten zehn Minuten. Ich setzte mich zu Woody auf den Boden und half ihm in eine bequemere Position.

»Ich habe das Küchenfenster eingeschlagen. Aber ich rufe gleich Isabell an, damit sie sich darum kümmert.«

»Jenny, wenn die mich ins Krankenhaus bringen, sorgen Sie bitte für Jaromir? Der unbefleckten Schwester traue ich nicht.«

»Aber selbstverständlich. Ich habe ohnehin schon das Futter für ihn mitgebracht.«

»Mein Haustürschlüssel liegt in der Dielenkommode, oberste Schublade. Nehmen Sie ihn an sich.«

Ich zog eben die Schublade auf, als der Notarzt und die Sanitäter vor der Tür hielten. Ich öffnete ihnen und wartete, bis sie Woody versorgt und in den Krankenwagen gebracht hatten. Dann rief ich Isabelle an und bat sie, das Fenster zu reparieren.

»Heute schaffe ich das nicht mehr. Lassen Sie einfach die Jalousie runter, ich komme morgen vorbei und nehme das Aufmaß. Montag sollte dann die neue Scheibe eingebaut werden.«

»Danke, dass Sie so schnell reagieren.«

»Ich mag Grandpa Woody. Kümmern Sie sich um das Haus?«

»Natürlich. Und auch um den Kater.«

Was meine nächste Handlung war. Jaromir strich irgendwie ratlos durch das Wohnzimmer. Er hatte offensichtlich verstanden, dass sein Menschenfreund ein Problem hatte.

»Jaromir, er kommt wieder zurück. Versprochen.«

Der Rote blieb stehen und sah mich an.

»Ich komme dreimal am Tag zu dir und fülle dein Futter auf, einverstanden?«

Jaromir trabte in die Küche. Hier lag eine gepunktete Matte auf dem Boden, auf der drei leere Schüsseln standen. Ich wusch sie aus und füllte zwei mit Trocken- und Feuchtfutter. Die dritte – tja – ein Blick in den Kühlschrank zeigte mir, dass Sahne vorhanden war.

Ich erhielt einen dankbaren Blick und wurde mit einem lauten Schmatzen belohnt. Eben wollte ich ihm über sein schönes glänzendes Fell streichen, da ließ mich ein gellendes Schreien zusammenzucken.

»Hilfe! Zu Hilfe! Einbrecher!«

Jaromir schoss davon, ich drehte mich um.

Schwester Immaculata stand in der Tür.

Sie kam auf mich zu wie eine Dampfwalze, packte mich an den Armen, schubste mich in den Abstellraum und knallte die Tür zu. Der Schlüssel drehte sich im Schloss.

Ich war gefangen zwischen Staubsauger, Putzmitteln und Konservendosen.

Im Dunkeln.

Gnadenlos stieg die Panik in mir auf, und ich brach, um Luft ringend, auf dem Boden zusammen.

Die Zeit verlor ihre Bedeutung, das Elend beherrschte mich. Sie würden kommen und mich verhören. Sie würden mich quälen und demütigen. Ich würde mich nicht wehren können. Keines meiner Worte würde gehört werden. Meine Schreie nutzlos verhallen …

Die Tür wurde aufgerissen, ein Mann in Uniform zerrte mich an den Armen hoch.

Ausgeliefert.

Hilflos.

»Wer sind Sie?«

Nur ein Keuchen kam über meine Lippen.

Der Mann schüttelte mich.

Ich sackte wieder zusammen.

»Nennen Sie mir Ihren Namen. Weisen Sie sich aus!«

»J… Jenny.«

»Jenny wer?«

Ich versuchte zu schlucken.

»Eine gemeine Landstreicherin. Eine Drogensüchtige! Eine gottlose Einbrecherin!«, schrillte die schwarze Frau. »Sie hat das Fenster eingeschlagen. Am helllichten Tag!«

»N… Nachbarin.«

Der Polizist lockerte seinen Griff, und ich sank auf die Fliesen.

»Stehen Sie auf.«

»Kann ich nicht.«

Offenbar schien dem zweiten Mann hinter ihm allmählich zu dämmern, dass etwas nicht stimmte.

»Seien Sie bitte still, Schwester«, sagte er und beugte sich zu mir. »Kommen Sie, ich helfe Ihnen auf. Frank, bring ihr ein Glas Wasser. So, hier, mein Arm. Das geht schon.«

Es gelang mir mit seiner Hilfe auf die Füße zu kommen, und er führte mich zu einem Küchenstuhl. Ein Glas wurde mir in die Hand gedrückt, und nach einigen langsamen Schlucken legte sich die Angst ein wenig. Ich konnte wieder denken.

Woodys Haus, Woody verletzt.

»Jenny van Rosmalen. Ich wohne gegenüber. Ich habe Herrn Woodrow Futter für seinen Kater gebracht. Er hat nicht geöffnet, und da hörte ich seine Hilferufe. Ich habe keinen Schlüssel, deshalb habe ich das Fenster eingeschlagen. Er war die Treppe hinuntergefallen. Ich habe den Notarzt angerufen.«

»Ausgezeichnet, Frau van Rosmalen. In welches Krankenhaus hat man ihn gebracht?«

»Weiß ich nicht. Das nächste vermutlich.«

Der andere Polizist tippte auf seinem Telefon, und wir alle schwiegen.

Das Elisabethenkrankenhaus schien meine Aussagen zu bestätigen.

Schwester Immaculata zog ein mürrisches Gesicht. Ihr gefiel die Wendung nicht, das war deutlich zu sehen.

»Sie hätten nicht unbedingt ins Haus eindringen müssen, Frau van Rosmalen«, sagte der erste Polizist mit drohendem Unterton. »Ein Notruf hätte gereicht.«

»Hätte ich den alten Herrn verbluten lassen sollen? Oder an Herzversagen sterben lassen? Ich wusste doch nicht, wie schlimm es um ihn stand.« Meine Lebensgeister erwachten wieder, und Wut flammte in mir auf. »Diese selbstgerechte Schwester dort hätte mich einfach nur zu fragen brauchen, was ich hier tue, dann wär dieses ganze Theater nicht notwendig gewesen.«

Schwester Immaculata pumpte sich auf, aber der Polizist neben ihr ließ die Luft aus ihrem wilden Gebaren.

»Frau van Rosmalen hat recht. Darf ich fragen, was Sie hier im Haus zu suchen hatten?«

»Ich betreue Herrn Woodrow. Und die Tür war offen!«

»Woraus Sie auf einen Einbruch schlossen?«

»Hier sind Banden unterwegs. Das wissen Sie doch.«

»Sie hielten Frau van Rosmalen für eine Bande?«

Hoppla, der Polizisten-Franz hatte so etwas wie Humor?

Die unbefleckte Schwester nicht. Sie stotterte Rechtfertigungen vor sich hin, und ich stand auf.

»Darf ich jetzt in mein Haus zurückkehren? Ich glaube, die Angelegenheit hier hat sich geklärt.«

Sie ließen mich gehen, und als ich auf mein schönes blaues Sofa sank, erlaubte ich mir einige Minuten lang hemmungsloses Zittern. Noch immer war ich nicht frei von diesen würgenden Angstanfällen. Gegen das Eingesperrtsein und gegen uniformierte Männer waren selbst die Tabletten wirkungslos.

Atemübungen beruhigten mich jetzt, vorhin hatte ich vergessen, wie ich mir in solchen Fällen helfen konnte. Noch einmal ging ich den ganzen Vorfall in Gedanken durch und kam zu dem Schluss, dass ich nichts falsch gemacht hatte. Die dämliche Schwester Immaculata aber hatte bei mir keine Sympathien geweckt. Ich hoffte nur, dass sich unsere Wege nicht mehr kreuzten. Selbst die zähnefletschende Sandra war mir da noch lieber.

Um mich weiter abzulenken, zog ich meine Gartenschuhe an und bewaffnete mich mit Besen und Schippe, um meinen Hof vom Laub zu befreien. Die Streifenwagen waren verschwunden, und nur ein zerschrammter beiger Kombi parkte vor Bartels Weide. Die Pferde schien er nicht zu stören, also beachtete ich ihn auch nicht weiter.

7

Kätzische Beobachtungen

Es hatte Aufregung in Jaromirs Haus gegeben, und Ghizmo verzichtete darauf, seinen Erzfeind herauszufordern. Der Rote saß verloren an der Hecke, die Schnurrhaare hängend, der Blick trübe.

»Er ist weg. Sie haben ihn aufgesammelt und weggekarrt. Wie einen Müllsack. Er ist kaputt.«

Sie mochten Grenzstreitigkeiten haben und ihr Gezänk lieben, aber Ghizmo wusste sehr wohl, dass Jaromir seinem Menschen innig zugetan war.

»Aber Jenny war bei ihm«, sagte er.

»Sie hat die Fremden gerufen, die ihn weggekarrt haben.«

»Dann sorgt sie auch dafür, dass sie ihn wiederbringen.«

»Ist sie so?«

»Sie sorgt ja sogar für den Streuner. Wie kaputt ist der Alte denn?«

»Ist die Treppe runtergepoltert. Hat geschrien. Und ist liegen geblieben. Hat sein Hinterbein festgehalten.«

»Dann ist das kaputt gegangen. Das heilt wieder. Vielleicht haben sie ihn zur Tierärztin gebracht. Die macht so was wieder ganz.«

»Ich weiß nicht …«

Der Kater war völlig verstört, fand Ghizmo. Man musste ihn wohl ablenken.

»Gehen wir zu den Pferdebiestern. Hinten am Gebüsch habe ich neulich mehrere Mauselöcher gesehen. Die Mäuse sammeln ihre Wintervorräte und sind schön fett.«

»Bin nicht hungrig.«

»Musst sie ja nicht fressen. Nur ein bisschen jagen. Los, komm!«

Widerwillig folgte Jaromir ihm die Straße entlang zu den Weiden. Die Dunkelheit senkte sich schon über das Land, und die Pferde beachteten sie nicht, als sie am Koppelzaun entlangstrichen. Die hintere Begrenzung der Weide bildete dichtes Buschwerk, hinter dem wiederum ein Feldweg entlangführte, auf dessen anderer Seite ein abgeerntetes Getreidefeld lag. Ein reiches Gebiet für Körnerfresser und Beerensammler.

»Da sind Menschen«, stelle Jaromir fest, als sie die Sträucher erreicht hatten.

»Wächter?«

Als der Pferdemörder sein Unwesen trieb, hatten an der Stelle zwei Männer in ihrem Wagen die Nacht verbracht, um auf die Pferde aufzupassen. Aber ein kurzer Blick auf das Auto, das jetzt dort stand, sagte Ghizmo, dass sich andere Gestalten hier eingefunden hatten.

»Die habe ich heute Nachmittag schon mal an der Straße gesehen. Komisch. Was machen die hier?«

Neugier, einer der stärksten Triebe der Katzen, lenkte die Schritte beider näher an das Fahrzeug heran. Die Türen standen offen, zwei junge Männer darin bedienten sich aus einer Pappschachtel mit Futter. Sie unterhielten sich in gedämpften Stimmen.

»Glaubst du, dass der recht hatte?«

»Hatter wohl«, muffelte der andere mit vollem Mund.

»Mann, Scheiße, Egor.«

»Mhm.«

»Was machen wir denn jetzt damit?«

»Kannste nicht mit bezahlen, wenn's stimmt. Dann haben sie uns gleich. Mann, echt Scheiße.«

Der Junge nestelte an seiner Hosentasche und zog ein Portemonnaie hervor. Das Deckenlicht flammte auf, und Ghizmo sah, wie er einige große Scheine herauszog und sie gründlich betrachtete.

»Vergiss es, Luca. Die Chips erkennst du nicht. Das kann man nur mit diesen Lesegeräten.«

»Die hat nicht jeder.«

»Jeder Supermarkt, jede Tankstelle, jede Bank. Haben wir doch gesehen. Und, verdammt, wer nimmt schon Fünfhunderteuroscheine?«

Einen Moment herrschte Schweigen. Dann sagte Egor: »Hat die Banktussi uns die deshalb so einfach gegeben?«

»Kann sein. Ey, der Jeremyn weiß so was, Mann. Dessen Vater ist doch Banker.«

»Verdammte Scheiße. Wir müssen die Dinger loswerden.«

»Dann haben wir kein Geld mehr.«

»Beschaffen wir uns anderes. Hey, das Haus da vorne. Das steht leer, seit die den Alten da weggeschafft haben. Und die Tuss hat das Fenster eingeschlagen. Ist null Problem.«

»Na dann. Auf geht's!«

Ghizmo und Jaromir duckten sich tiefer ins Gebüsch, als die beiden an ihnen vorbeigingen.

»Folgen wir ihnen.«

»Nein.«

»Doch. Die gehen zu meinem Haus.«

Jaromir lief los, und Ghizmo zögerte. Die Männer waren ihm nicht geheuer. Worüber sie gesprochen hatten, war ihm nicht ganz klar, das Prinzip Geld war Katzen nicht geläufig. Aber dass sie irgendwas Unrechtes getan hatten, war ihm klar geworden. Und ebenso gefiel es ihm nicht, dass sie in Woodys Haus wollten. Reviergrenzen mussten auch Menschen respektieren.

Darum eilte er also doch Jaromir hinterher.

Als er sich durch die Hecke wuselte, sah er gerade noch, wie der zweite Mann durch das Fenster einstieg. Der Kater saß vor seiner Klappe und zögerte.

»Willst du nicht hinterher?«

»Ich trau mich nicht. Die könnten mir was tun.«

Den Einwand verstand Ghizmo und blieb neben Jaromir sitzen. Im Haus bewegte sich etwas, doch das Licht ging nicht an. Leise Stimmen erklangen, aber was gesprochen wurde, konnten sie nicht verstehen.

»Ich geh nach drüben, Jaromir. Wenn du willst, kannst du mitkommen.«

»Vielleicht später. Ich passe hier noch eine Weile auf.«

Ghizmo lief zu seinem Haus zurück, schob sich durch die Katzenklappe und fand Jenny auf allen vieren auf dem Teppich herumkriechen.

»Hast du meine Tabletten gefressen, Ghizmo?«

Ich? Wieso ich?

»Verflixt, gestern lagen sie doch noch hier auf dem Tisch. Ob Inge die weggeräumt hat?«

Jenny erhob sich und fing an, auf der Küchentheke herumzuwühlen. Dann stützte sie die Hände auf und sagte: »Puh!«

Ghizmo ging zu seinem Futterplatz und klapperte mit der Schüssel. Man könnte sie durchaus noch mal auffüllen, bedeutete er ihr damit.

Sie gehorchte. Nette Jenny.

»Weißt du was, Ghizmo? Ich glaube, ich kann auf die Dinger auch verzichten. Geholfen haben sie mir heute eh nicht, und ich fühle mich so duselig damit. Wenn ich nicht schlafen kann, dann bleibe ich eben wach. So schlimm ist das auch nicht.«

Ghizmo ließ sie plappern und putzte sich das Gesicht. Die komische rosa Glaswand um sie herum war heute nicht ganz so dicht, und darum bestand die Möglichkeit, dass sie sich wieder darauf besann, dass er ein Kater war, der es durchaus genießen konnte, durchgekrault zu werden. Er beschloss, diese Dienstleistung augenblicklich einzufordern, wenn sie unter ihre Decke geschlüpft war.

Das dauerte auch nicht mehr allzu lange, und als er zu ihr ins Bett sprang, kam sie ihrer Verpflichtung auch umgehend nach.

Zum Dank schnurrte er sie beide in den Schlaf.

8

Konzepte und Visionen

Eine schnurrende Katze ersetzt jedes Schlafmittel.

Das war meine Feststellung, als die Morgendämmerung das Viereck über mir erhellte. Ich kuschelte mich noch etwas tiefer in die Decken und döste vor mich hin. Ich liebte mein Schlafzimmer mit dem Dachfenster über meinem Bett. Wenn der Himmel klar war, konnte ich in die Unendlichkeit des Sternenhimmels schauen. War er bedeckt, folgte ich dem Wandern der Wolken, regnete es, wiegten mich die Tropfen in den Schlaf. Oder auch nicht. Aber meine chronische Schlaflosigkeit machte mir hier in diesem wundervollen Zimmer nichts mehr aus.

An diesem Morgen saßen zwei Elstern auf dem Dach und gaben ihr unmelodisches Krächzen von sich. Wenn ich die Augen schloss, klang es fast so, als ob sich zwei alte Leute zankten. Ghizmo war bereits aufgestanden, und vermutlich absolvierte er seine morgendliche Runde durch den Garten.

Was mich an meine Verpflichtungen erinnerte.

Als ich nach unten ging, stutzte ich. Auf der gelben Decke im Sessel lag etwas Rotes.

»Jaromir!«

Der Kater öffnete seine grünen Augen. Neugierig, nicht

ängstlich. Ein kluger Kerl. Er hatte erkannt, dass Woody nicht zu Hause war, und wusste, dass er bei mir Futter bekam.

»Ich sollte ein Katzenhotel aufmachen. Bed and Breakfast für die Herrschaften.«

Jaromir hüpfte vom Sessel und strebte in die Küche.

Der Futterplatz war ihm also auch bereits bekannt. Einen nächtlichen Imbiss hatte er augenscheinlich schon zu sich genommen, die Trockenfutterschüssel war ratzekahl leer geputzt.

»Gut, mein Junge, dann muss ich nicht nach drüben gehen. Hier, bitte.«

Er hatte gute Manieren, kleckerte nicht, spielte nicht mit dem Futter herum, futterte es schweigend und gründlich auf, während ich die Kaffeemaschine in Betrieb nahm. Nach einer kleinen Katzenwäsche schlenderte er zur Klappe und verschwand.

Ich widmete mich ebenfalls meiner Wäsche, danach kam Ghizmo, und mit ihm zusammen frühstückte ich. Danach versorgte ich den Streuner in der Scheune, der lethargisch auf dem Sofa lag und mich keines Blickes würdigte.

Da ich meine Tabletten am Vorabend nicht gefunden hatte, fühlte ich mich an diesem Morgen weitaus energischer. Es gelang mir auch deutlich besser, mit dem Laptop umzugehen. Ich fand eine E-Mail von Lili, die mir Bilder von ihren Übungen auf dem Pony geschickt hatte und einen Vorschlag zu ihrer Kür zum Phoenix-Song unterbreitete. Sie war wirklich fleißig gewesen, aber die Choreografie schien mir doch etwas zu anspruchsvoll. Offenbar wollte sie den größten Teil der Vorführung in der Luft verbringen.

Ich überarbeitete das Programm, soweit ich die Übungen verstand, die sie vorgeschlagen hatte. Musik brauchte ich nicht dazu, das Lied war in meinem Kopf fest verankert.

Danach rief ich im Krankenhaus an und erreichte Woody, der mir recht aufgekratzt erzählte, sein Bein sei fixiert worden und am Montag, also morgen, würde er wieder nach Hause kommen.

Ich hätte ihn gerne besucht, aber zum Mittagessen hatte sich Miriam angekündigt. Ich erprobte meine neu erworbenen Kochkünste an Bratkartoffeln, zu denen ich kaltes Roastbeef und eine selbst gemachte Remoulade servierte.

»Ich denke, ich sollte mir bald ein Auto kaufen«, sagte ich zu Miriam, als wir mit dem Essen fertig waren.

»Warte noch, Jenny. Du bist noch nicht ganz gesund. Und du kannst dir ein Taxi durchaus leisten.«

Vielleicht hatte sie recht, aber es war schon eine Einschränkung, zumal mein Haus doch recht weit außerhalb der Zivilisation lag.

»Na gut, diese Woche noch nicht. So, und nun mach endlich deine edle Aktentasche auf und zeig mir, was du aus deinen Leuten herausgewrungen hast.«

»Nicht gewrungen.«

Miriam hatte, was ihre Arbeit anbelangte, nur einen verschwindend geringen Sinn für Humor. Aber sie war effizient. Seit ich ihr von dem Kloster oben im Wald berichtet hatte, das zu Raoul Pfeiffers Grundbesitz gehörte, war sie von meiner Idee angetan, in der Ruine eine Gastronomie einzurichten. In mir war schon bei der ersten Besichtigung des malerischen Gebäudes die Vorstellung erwacht, dass man die alte Kirche und den Kreuzgang wunderbar für Hochzeiten und andere Feierlichkeiten nutzen könnte. Von der Klosterkirche standen nur noch die Mauern, das Dach hatte der Zahn der Zeit abgenagt. Den Boden bedeckte ein samtiger Rasen voller Gänseblümchen, in den Mauern hatten sich Wildblumen und Farne angesiedelt, und in den Nischen nisteten Tauben und Singvögel. Der alte steinerne Altar war moosüberwachsen, ein Weißdorn und Heckenrosen flankierten ihn. Durch die leeren Fensterbögen wehte das Weinlaub herein, das die Außenseite der Kirche fast vollständig bedeckte. Ich stellte mir gusseiserne Kerzenständer, hängende Laternen und Blumenkübel vor, Lautenmusik oder Chorgesänge, Kohlebecken und Fackeln an kalten Abenden.

Aus diesen Bildern erwuchsen mir weitere Fantasien, wie man die Klosterruine nutzen könnte, aber ich kannte mich gut genug, um zu wissen, dass ich Unterstützung brauchte, um sie mit der Realität abzugleichen.

Miriam war durch und durch Realistin, und als ich ihr von meinen Visionen erzählt und sie das Kloster aufgesucht hatte, war sie ebenfalls infiziert.

»Hier sind die ersten groben Konzepte«, sagte sie und zog drei Hefter aus dem Aktenkoffer. »Wir haben die Nutzung als Restaurant, als reinen Veranstaltungsort und als Gartenlokal ausgearbeitet. Ich muss dir gleich sagen, das mit dem Restaurant dürfte die aufwendigste Lösung sein.«

»Das hatte ich schon vermutet. Man braucht Parkplätze dafür und eine Profiküche.«

»Und vor allem ein Dach.«

»Ja, wäre wohl sinnvoll, aber das würde den Reiz des Gemäuers beeinträchtigen. Und vermutlich den Denkmalschutz auf die Bühne rufen.«

»Die beiden anderen Lösungen schließen dafür eine Nutzung an Regentagen und im Winter aus.«

»Wer wandert schon an Regentagen durch den Wald?«

»Du nicht, aber an schönen Wintertagen tun das sicher viele. Vielleicht könnte man einen reduzierten Service anbieten.«

»Glühwein und Erbsensuppe aus dem Kessel im Refektorium. Mit Kaminfeuer.«

»Mhm. Nicht schlecht. Wir werden das berücksichtigen.«

Ich tippte auf den Hefter, der mit »Veranstaltungen« beschriftet war.

»Ich denke, das wird zu wenig sein. Man braucht die ganze Festausstattung, aber der gemeine Wanderer hat nichts davon.«

»Es ist dennoch die günstigste Variante, weil man mit einem Caterer zusammenarbeiten könnte, der das Equipment stellt.«

»Woran der Caterer verdient, nicht aber der Besitzer.«

»Lies dir alle drei Vorschläge in Ruhe durch. Aber zuerst sollten wir mal die Möglichkeiten der Finanzierung überdenken. Du hast zwar gesagt, dass du in dieses Projekt investieren möchtest, aber es gibt noch andere Möglichkeiten, die ein geringeres Risiko für dich bedeuten.«

»Schön, welche?«

»Gehen wir davon aus, dass Pfeiffer kein Geld für den Ausbau des Klosters hat. Aber die Gemeinde Feyenbach sollte durchaus daran interessiert sein, eine Touristenattraktion zu haben. Und die wäre das Kloster mit einer Bewirtschaftung durchaus.«

»Ich spinne schon wieder – ja, vor allem, wenn man zusätzlich Kultur hineinbringen könnte. Konzerte, Ausstellungen, Lesungen …«

»Manchmal hast du wirklich brauchbare Ideen, Jenny. Versuch, das dem Gemeinderat schmackhaft zu machen. Finde heraus, welche Vereine es hier gibt, die sich da engagieren würden. Versuch, Sponsoren zu finden.«

Ich seufzte. Visionen sind ja ganz schön, aber das roch nach Arbeit. Und ich wollte doch nur meine Ruhe haben.

»In so was bin ich nicht gut«, sagte ich leise.

»Doch. Jenny, du hast mit einundzwanzig deine eigene Band aufgebaut. Du hast dich an die Spitze gekämpft in einer Branche, die einem mörderischen Haifischbecken gleicht. Und jetzt glaubst du, du könntest nicht mal den Bürgermeister überzeugen, sich für ein Kulturerbe einzusetzen? Wenn dein Herz dabei ist, schaffst du das.«

Das Bild einer Gruppe Musikanten in der grünen Kirche tauchte vor meinen Augen auf. Harfenklänge, Flöten, Trommeln … An einem warmen Sommerabend, an dem die Glühwürmchen flogen und der Sternenhimmel das Dach bildete.

Ja, mein Herz hing an solchen Bildern.

Mehr als an meiner Ruhe?

»Gut, ich kümmere mich um den Bürgermeister.«

»Morgen!«

»Morgen mache ich einen Termin mit ihm aus.«

»Gut. Dann lasse ich dich jetzt mit den Unterlagen alleine. Die neuen Ideen lasse ich einarbeiten, und sobald das geschehen ist, bekommst du die aktualisierten Berichte. Danke für das Essen. Ich muss jetzt los.

»Es ist Sonntag …«

»Ja und?«

»Am siebten Tag ruhte selbst der Herr.«

»Die Herrin jedoch nicht. Ciao!«

Und Miriam, die Herrin, verließ das Haus.

Ich legte die drei Hefter vor mich auf den Tisch. Aber ich begann nicht damit, sie durchzulesen, sondern dachte an Miriam. Wir kannten uns schon viele Jahre, und sie war die einzige Freundin, die immer zu mir gehalten hatte. Und das, obwohl wir grundverschieden waren. Ich hatte sie kennengelernt, als ich gerade anfing, meine ersten erfolgreichen Schritte in meiner Karriere als Rocksängerin zu machen. Sie war zu der Zeit ebenfalls dabei, ihr Leben als Anwältin aufzubauen. Als Angestellte einer Kanzlei war sie mit dem Vertragswesen in der Musikbranche beschäftigt, und so kamen wir eines Tages zusammen. Sie muss mich damals für ein blauäugiges Huhn gehalten haben, sicher zu Recht, denn ich hatte mich ein paarmal böse über den Tisch ziehen lassen. Sie änderte das gründlich, und ich gewann zunehmend Respekt vor ihren Fähigkeiten.

Sie schien die meinen bemerkenswert zu finden, auch wenn sie erstaunlich wenig von Musik verstand. Wir hatten nur einmal eine ernsthafte Auseinandersetzung, und das war, als ich ohne ihr Wissen einen Vertrag mit einem Agenten abschloss, der meine Auftritte vermitteln wollte. Sie mochte Tamino Jungmann nicht. Ich hingegen sehr. Mein Fehler, wie ich später einsehen musste. Aber zunächst verhalf er mir wirklich zu meinem Durchbruch, zu höchst lukrativen Verträgen, zu Erfolg und Ruhm. Bis ich, oder besser Miriam, bemerkte, dass er sich an meinen Gagen schadlos hielt. Eine sehr hässliche Kündigung folgte, bei der er kräftig bluten musste.

Mich hatte die ganze Angelegenheit entsetzlich mitgenommen, und darum nahm ich mir eine Auszeit von zwei Monaten, um mich davon zu erholen. Ein langer Urlaub mit Sand, Strand und Meer sollte mir dabei helfen.

Es wurden fünf Jahre daraus, und weder Strand noch Meer hatten in der Zeit irgendeine Bedeutung. Denn bei einer überraschenden Razzia wurden bei mir im Hotelzimmer etliche Beutel mit Drogen gefunden, die ich dort zwar nicht platziert hatte, das aber nicht beweisen konnte. Drogenbesitz und Handel damit waren in der Türkei nicht gut gelitten. Erst die unermüdlichen, penetranten und listenreichen Anstrengungen von Miriam führten dazu, dass ich aus dem türkischen Gefängnis freikam.

An den Folgen dieser traumatischen Zeit litt ich, jetzt nach vier Monaten, noch immer. Zwar hatte ich mich gleich nach meiner Rückkehr nach Deutschland in eine psychiatrische Klinik begeben, um mich einer Therapie zu unterziehen, aber mit dem Leben musste ich selbst wieder klarkommen. Auch hier war Miriam hilfreich – sie hatte dieses abgelegene Haus für mich gefunden, in dem ich allmählich und in Ruhe genesen wollte. Es war wohnungsmäßig tatsächlich ein Glücksgriff. Nur mit der Ruhe war es nicht weit her.

Immerhin hatten mich die Renovierungsarbeiten vom Grübeln abgelenkt, ich hatte unerwartet schnell freundliche Menschen kennengelernt und mich mit Ghizmo, dem Kater des Hauses angefreundet.

Und Miriam? Miriam wachte über mich. Sie hätte es weit lieber gesehen, wenn ich in eine Stadtwohnung gezogen wäre, ländliche Abgeschiedenheit war nicht ihr Stil. Aber sie unterstützte mich wirklich mit aller Kraft, wieder in ein selbstbestimmtes Leben zurückzukehren. Das Klosterprojekt schien ihr zu gefallen, und da sie in den vergangenen Jahren höchst verantwortungsvoll meine Finanzen verwaltet hatte, war sie durchaus erfreut, dass ich mir über eine sinnvolle Investition Gedanken machte.

Ich war nämlich leider schrecklich reich, wie sie mir sagte.

Das hatte Vor- und Nachteile. Der Vorteil war, dass ich nicht groß nachdenken musste, wenn ich mir ein paar neue Möbel kaufen wollte. Der Nachteil war, dass ich mich nie um meine Finanzen gekümmert hatte – was wiederum dieser Idiot von Agent schamlos ausgenutzt hatte. Mir waren Anleihen und Fonds, Wertpapiere und Guthaben so was von gleichgültig. Ich verstand nichts von Geldgeschäften, auch wenn Miriam sich die größte Mühe gab, mir zu erklären, was sie alles in die Wege geleitet hatte. Also hatten wir uns darauf geeinigt, dass mir ein Konto bei der hiesigen Bank eingerichtet wurde, auf das sie mir einen monatlichen Betrag aus meinem Vermögen überwies, von dem ich meine laufenden Kosten bestritt. Bei größeren Investitionen bat ich sie um die Regelung. Auf diese Weise hatte ich dieses Haus erworben und beispielsweise Lili das Pony gekauft. Inzwischen hatte ich aber auch schon gelernt, meine Handwerkerrechnungen selbst zu begleichen. Na ja, mit einigen Fehlschlägen und unter Fluchen und Wutanfällen. Geläufig waren mir die Funktionen meines neuen Laptops noch immer nicht.

Aber ich hatte zumindest Geduld gelernt und damit die Hoffnung noch nicht aufgegeben, dass ich mit der Zeit auch diese Schwierigkeiten meistern würde.

Die drei Hefter lagen noch immer unaufgeschlagen vor mir.

Ich schob sie zusammen und nahm sie mit auf mein blaues Sofa, legte die Füße hoch und widmete mich dem ersten Bericht.

9

Nacht bei Woody

Jaromir hatte seine Einladung angenommen, und Ghizmo hatte dafür eine Zusammenfassung der nächtlichen Ereignisse in Woodys Haus erhalten. Der Rote war dann doch nach einiger Zeit durch seine Klappe geschlüpft, nachdem im Haus alles ruhig geworden war. Eine kurze Inspektion hatte ihm gezeigt, dass die beiden jungen Männer sich in der Küche am Kühlschrank bedient hatten. Verpackungen von Wurst und Käse lagen aufgerissen auf dem Tisch, Brotkrümel auf dem Boden, zwei leere Bierflaschen standen neben der Spüle. Im Wohnzimmerschrank waren einige Schubladen aufgezogen, ebenso in der Diele. Aus dem Schlafzimmer drang Gemurmel. Er hatte sich zur halb offenen Tür geschlichen und gesehen, dass die beiden es sich im Bett seines Menschen gemütlich gemacht hatten. Vor Wut hatten sich seine Rückenhaare aufgestellt, und nur mit großer Willenskraft konnte er ein Fauchen unterdrücken. Die hatten sein Revier beschmutzt! Und er konnte nichts dagegen tun.

Mit Mühe hatte Jaromir sich wieder beruhigt und sich aufs Lauschen konzentriert.

»Unergiebig. Mann, nur zweihundert Euro. Und auch sonst nix, was man verticken kann.«

»Nur altmodischer Kram. Kannst auf'n Flohmarkt bringen.«

»Und diese Klamotten! Nicht mal anständige Unterhosen hat der Kerl.«

»Aber wir haben ein vernünftiges Bett für heute Nacht. Gestern im Auto, das war schon krass.«

»Und ein paar Flaschen mit anständigem Schnaps stehen da unten. Die nehmen wir mit.«

»Wir müssen Jeremyn was zu fressen bringen, sonst nippelt der uns ab.«

»Morgen. Ist das eine Scheiße, dass dieser Banker sich nicht meldet.«

»Keiner von denen meldet sich. Was ist das nur für ein Volk? Keinen Familiensinn, die Leute.«

»Die vermissen ihr Söhnchen nicht. Ich fass es nicht.«

»Vielleicht machen die das extra?«

»Wieso sollten sie?«

»Weil sie die Bullen alarmiert haben?«

»Ja, Scheiße. Vielleicht.«

»Warten wir morgen ab. Schlaf jetzt.«

Das Gemurmel verstummte, und Jaromir schlich sich aus dem Haus. Er war noch immer zu empört, um sich eine Maus zu fangen, und hatte eine Weile im Garten verbracht. Im Morgengrauen war er in Ghizmos Revier eingedrungen und wurde geduldet.

Ghizmo hatte seinen Ärger geteilt und ihm sogar den Sessel überlassen. Er hatte stattdessen eine Weile in Jennys Bett geschlummert, was die aber nicht bemerkt hatte. Bevor sie wach wurde, hatte er das Haus verlassen, fand in der Scheune den schwarzen Streuner schlafend vor und besuchte das Pony in seinem Unterstand. Das Trockenfutter, das Lili ausgestreut hatte, war bis auf den letzten winzigen Krümel verschwunden, Milena ebenfalls. Er entdeckte sie bei den Büschen, wo sie den

Tau von den Blättern leckte. Sie sah ungepflegt und heruntergekommen aus, aber ihre goldenen Augen sahen ihn freundlich an, als er sich bemerkbar machte.

»Danke für das Futter.«

»Schon gut. Pass mal auf!«

Ghizmo hatte die Witterung einer Maus aufgenommen, die sich unter den Zweigen bemühte, eine rote Beere zu ihrer Höhle zu tragen. Mit angespannten Muskeln setzte er sich zum Sprung bereit, und als sein Opfer versuchte, zu dem Erdloch zu fliehen, flog er förmlich darauf zu, packte das Tierchen im Nacken und brachte es zu der ihn bewundernd beobachtenden Milena.

»Fang!«, forderte er vollmundig und ließ die Maus fallen.

Milena klatschte mit der Pfote drauf.

Die Maus entwischte.

»Mit Krallen!«

Milena patschte noch einmal zu. Die Maus blieb unter ihrer Vorderpfote und quiekte.

»In den Nacken beißen. Feste!«

»Igitt!«

»Milena, du bist eine Katze!«

Die goldenen Augen blickten traurig.

»Mach schon!«

Milena machte. Die Maus starb.

»Friss sie.«

»Urgs.«

»Du, das ist besser als Dosenfutter. Schön warm und saftig und ganz frisch.«

»Die hat aber noch Fell an.«

»Das kotzt du nachher aus, wenn du es nicht magst.«

»Kotzen darf man nicht.«

»Klar darf man.«

»Urgs.«

»Bist du nun hungrig oder nicht?«

»Doch.«

Und Milena fraß. Und putze sich das Gesicht. Ghizmo ließ sie damit allein. Eine weitere Einladung in sein Revier sprach er nicht aus. Es reichte schon, dass der Streuner und jetzt noch Jaromir sich darin herumtrieben.

10

Zerbrechende Freundschaft

Freunde? Freunde wollten das sein? Die zwei Ekel hatten ihn verschleppt und in diese miese Kammer eingesperrt. Wütend marschierte er auf und ab. Sechs Schritte in die eine Richtung, sechs Schritte in die andere. Wieder und wieder. Mit der Fußspitze trat er gegen die leere Pizzaschachtel. Er solle das verstehen, hatten sie versucht, ihm zu erklären. Nur für ein paar Tage. Bis sein Daddy sich meldete.

Na toll!

Der würde kochen, wenn er das hörte.

Falls er davon erfuhr.

Die Chancen standen gering, sie würden ihn nicht erreichen, die Tollpatsche. Hatten sie ihm doch sein Smartphone weggenommen. Aus dem Auto geworfen. Ja, glaubten sie denn, er hätte sein Adressbuch im Kopf abgespeichert?

Und zu Hause war niemand.

Er solle sich was einfallen lassen, hatten sie gesagt. Und gedroht, ihm nichts mehr zu essen und zu trinken zu bringen. Ob sie der Meinung waren, wenn er hier verreckte, würden sie mehr aus ihm herauskriegen?

Wie hatte er nur annehmen können, dass sie seine Freunde seien?

Eingeschleimt hatten sie sich.

Er war aber auch ein Idiot gewesen. Es war im Café Mathilde gewesen, wo er trübe über einer Latte Macchiato über seine verlorenen Chancen bei Wilma nachgedacht hatte. Irgendwie wollte es mit den Mädchen nicht klappen. Wahrscheinlich lag es an den drei Pickeln in seinem Gesicht. Oder an seiner Nase. Oder daran, dass er beim Basketball so ein verdammter Loser war. In sein tiefstes Selbstmitleid waren die beiden Jungs hineingestolpert. Über ihn gestolpert. Hatten sich an seinen Tisch gesetzt und herumgealbert. Hatte ihn mit einbezogen. Sie hatten ein Auto, einen uralten Kombi. Aber das war mehr, als *er* hatte. Also war er mit ihnen herumgefahren. Sie hatten Mädchen angemacht. Und diese Art Mädchen hatten sich nicht an seinen drei Pickeln, seiner schiefen Nase und vor allem nicht an seinen mageren Leistungen im Sport gestört.

Gut, die beiden ersten Abende waren wirklich witzig gewesen. Nie zuvor hatte er einen solchen Spaß gehabt. Mit den beiden war es echt cool gewesen. Und dann diese Disco. War seine Schuld gewesen. Er hätte ja nicht mitgehen müssen. Und schon gar nicht hätte er diese blöden Cocktails trinken dürfen.

Hatte er aber, und den Filmriss hatte er sich selbst zuzuschreiben. Noch immer fehlte ihm ein Teil seiner Erinnerung. Sie mussten ihn in ihr Auto verfrachtet und hierhergebracht haben. Wo immer das war. Dazu wollten sie einfach nichts sagen. Sogar von der Pizzaschachtel hatten sie den Teil abgerissen, auf dem die Adresse des Ladens stand. In manchen Dingen waren sie clever.

In anderen nicht. Die Schote mit den gechippten Euroscheinen hatten sie ihm glatt geglaubt.

Er ließ sich auf die Luftmatratze fallen. Es war ätzend langweilig hier. Ein paarmal hatte er es probiert, die Tür einzutreten, aber die war fest verriegelt. Und zu dem schmalen Fenster kam er auch nicht hoch. Mehrmals hatte er schon versucht, an den Sims zu springen und einen Klimmzug zu machen.

Er hätte sich im Sport vielleicht doch ein bisschen mehr anstrengen sollen. Er hing oben mit brennenden Muskeln wie eine lahme Makrele. Selbst Wut half da nichts.

Weiter trabte er sechs Schritt auf, sechs Schritt ab und überlegte, wie er beim nächsten Zusammentreffen diese beiden Idioten überlisten konnte.

Das sollte ihm doch nicht so schwerfallen!

11

Väterliche Hoffnungen

Jaromir war auch am Abend und am nächsten Morgen wieder zur Futterzeit im Haus erschienen, auch wenn er es ganz offensichtlich vermied, gleichzeitig mit Ghizmo aufzutauchen. Es mochte ja sein, dass die beiden, wenn sie aufeinandertrafen, ständig Raufereien anzettelten, aber auf ihre eigenwillig kätzische Art schienen sie sich zu respektieren. Aber sein Aufenthalt bei mir endete mit Grandpa Woodys Ankunft am späten Vormittag.

Der Kater schien übersinnliche Fähigkeiten zu haben, denn kaum war das Taxi zu hören, schoss er schon aus der Katzenklappe nach draußen und sprang über die Straße. Ich folgte ihm unter Benutzung der Haustür und kam gerade dazu, als der alte Mann von dem Taxifahrer über den Gartenweg gebracht wurde. Er humpelte an zwei Krücken, doch als er Jaromir sah, blieb er stehen, und ich hörte, wie er sich bei dem Kater für sein Fortbleiben entschuldigte.

»Wie schön, dass Sie wieder zu Hause sind«, grüßte ich ihn, und Woody strahlte mich an.

»Oh ja, sehr schön. Junger Mann, vielen Dank für Ihre Hilfe, aber jetzt wird Jenny mir weiterhelfen«, sagte er zu dem Taxifahrer. Der verabschiedete sich, und ich schloss für Woody die Haustür auf. Jaromir flitzte an seinem fixierten Bein vorbei nach drinnen, wir folgten langsamer.

»Haben Sie die fleckenlose Schwester schon benachrichtigt? Sie werden wohl leider ihre Hilfe benötigen.«

»Sie weiß Bescheid. Aber für eine Weile … Verdammt, was war denn hier los? Jenny?«

»Was? Ich? Ach du liebes bisschen! Nein, nein, das war ich nicht. Ich war überhaupt nicht in Ihrem Haus, weil Jaromir zu mir zum Futtern gekommen ist. Es muss jemand eingebrochen sein.«

In der Küche war eine ziemliche Schweinerei angerichtet worden.

»Helfen Sie mir ins Wohnzimmer!«

Ich tat es, und wir fanden auch hier Unordnung – aufgerissene Schränke, durchwühlte Schubladen, einen zerbrochenen Bilderrahmen. Woody ging an eine der Laden und nickte.

»Mein Bargeld. Nicht viel, vielleicht zweihundert Euro. Und … zwei Flaschen Cognac, eine halbe Flasche Whiskey, Knabberkram.«

»Hungrige und durstige Einbrecher. Bleiben Sie hier unten, ich sehe in den anderen Räumen nach.«

Vorsichtig half ich dem zittrigen alten Mann in den Sessel, wo er sich mit beiden Händen das Gesicht rieb.

In der oberen Etage befanden sich zwei Schlafzimmer und ein Bad. In dem einen war das Doppelbett zerwühlt, auch der Schrank durchsucht. Das Bad stank, da die ungebetenen Besucher zwar die Toilette benutzt, aber die Spülung ignoriert hatten. Pfui Deibel.

Ich eilte zu Woody zurück und nahm das Telefon aus der Wiege.

»Sie wissen ja, wie gut ich auf die Polizei zu sprechen bin. Rufen Sie dort an und melden Sie den Einbruch. Jemand muss hier übernachtet haben. Vielleicht Landstreicher oder Penner. Zwei, denke ich. Und zwar ziemlich unzivilisierte Gestalten.«

»Was für ein Ärger …«, grummelte er.

»Ja, aber viel haben sie nicht kaputt gemacht. Kommen Sie nachher zu mir rüber. Ich rufe Inge von Blitzrein an, damit sie hier aufräumt und sauber macht.«

»Schon gut, schon gut.«

Er tippte den Polizeinotruf ein und schilderte recht gefasst, was er vorgefunden hatte. Ich blieb noch einen Augenblick, dann schickte er mich aus dem Haus.

Dort machte ich meinen Anruf bei »Blitzrein« und bestellte den Reinigungsservice, danach rief ich Isabelle an, die ganz hektisch über einen Notfall plapperte, aber versprach, im Laufe der nächsten Stunde mit dem neuen Fenster vorbeizukommen.

Draußen fuhr der Streifenwagen vor, gleichzeitig traf Schwester Immaculata ein. Nun ja, wenigstens die würde ihre Freude haben. Endlich doch ein Einbruch!

Es dauerte bis zum Nachmittag, bis Woody anrief und mir mitteilte, dass die hilfreiche Inge eingetroffen sei, um das Haus wieder in Ordnung zu bringen. Ich lief nach drüben und half ihm, den Weg zu mir zu bewältigen. Er stellte sich mit den Krücken ganz geschickt an.

»Ist nicht das erste Mal, dass ich an den Dingern hänge. Vor ein paar Jahren, da war ich noch auf einer Baustelle in Abu Dhabi, da bin ich mal von einem Gerüst gefallen. War schlecht gesichert. Das hat mich weit mehr demoliert als das hier. Ein halbes Jahr bin ich mit solchen Krücken herumgestelzt.«

»Gewiss eine Geschichte, bei der es sich lohnt zuzuhören.«

»Ach was, alte Kamellen. Schwester Immaculata hat Ihnen Ärger gemacht, hörte ich?«

»Wir werden keine engen Freundinnen werden. Sie kann recht rabiat auftreten.«

»Ich auch. Und das hat sie vorhin erfahren dürfen. Ah, die neue Einrichtung. Sehr aufmunternd, diese Farben!«

Ich half ihm auf das meerblaue Sofa, und Ghizmo, der auf seiner gelben Decke lag, hob träge seinen Kopf und blinzelte Woody an. Der blinzelte zurück. Damit war für den Kater die Sache erledigt, er legte sich den Schwanz über die Ohren und schlief weiter.

»Er hat Jaromir gestattet, zu mir zu kommen. Ich fürchte, Ihr Kater hat den nächtlichen Besuch in Ihrem Haus nicht sonderlich geschätzt.«

»Kluge Tierchen, beide.«

Ich stellte die Kaffeemaschine an und brachte Tassen zum Couchtisch.

»Wie lange werden Sie denn diesmal auf die Krücken angewiesen sein?«

»Vier bis sechs Wochen«, sagte er und verzog das Gesicht. »Ärgerlich, ich weiß. Aber die alten Knochen brauchen ihre Zeit, um wieder zusammenzuwachsen.«

»Gibt es außer der unbefleckten Schwester noch jemanden, der sich um Sie kümmern kann? Können Sie Sandra erreichen? Vielleicht kann sie in den nächsten Tagen zurückkommen?«

»Ich habe eine bessere Lösung gefunden. In zwei Tagen kommt mein Sohn Martin zu mir. Also muss ich die Immaculata nur noch anderthalb Tage erdulden.«

»Oh, das ist aber schön für Sie.«

»Na ja. Der Anlass ist es eigentlich nicht. Aber praktisch ist es schon. Martin ist mein Jüngster, wissen Sie. Er ist CEO in einem Lebensmittelkonzern in Minneapolis. Seine Frau war Mannequin, aber nach den zwei Kindern war sie nicht mehr so sehr erfolgreich. Sie hat ihm daran die Schuld gegeben und sich mit einem anderen Mann eingelassen. Vor zwei Monaten hat sie die Scheidung eingereicht. Martin hat es aus heiterem Himmel getroffen.«

»Wohl kaum«, entfuhr es mir.

»Sagt er. Ich glaube es auch nicht. Zumindest die Kinder haben es schon seit einiger Zeit gewusst. Shiloh, die Elfjährige, hat in ihren Mails mehrmals Andeutungen über den Freund ihrer Mama gemacht. Ach, verdammt, es ist so schwer, auf die Entfernung zu helfen.«

»Ihr Sohn ist erwachsen, Woody. Er wird sich selbst zu helfen wissen. Als Jammerlappen wird man nicht der Geschäftsführer eines Unternehmens.«

»Ich meinte nicht ihn, Jenny. Ich dachte an die Kinder.«

Das hätte ich mir eigentlich denken können. Mein Familiensinn war wohl etwas verkümmert.

»Wer bekommt das Sorgerecht?«

»Die Mutter, wie es aussieht. Das wird noch ein übler Streitpunkt zwischen den beiden. Shiloh versteht es vielleicht schon, aber Brian ist erst acht und hängt sehr an seinem Vater. Wir werden sehen. Martin will einen klaren Schlussstrich ziehen, und für ihn heißt das, dass er hierher zurückkommen will. Er hat schon einige Kontakte zu hiesigen Firmen hergestellt. Einerseits würde mich das ja freuen, aber es scheint mir ein ziemlich drastischer Schritt zu sein.«

»Er muss bös verletzt worden sein.«

»Ach, ich weiß nicht. Virginia ist nicht die warmherzigste aller Frauen. So richtig habe ich mich nie mit ihr angefreundet. Sie ist blendend schön, zweifelsohne. Aber auf Dauer mag das alleine nicht gereicht haben. Auf jeden Fall ist Martins Rückkehr für mich derzeit ein Glücksfall.«

»Das ist es vermutlich. Erzählen Sie: Was hat die Polizei Ihnen zu dem Einbruch sagen können?«

»Wenig in diesem konkreten Fall. Das Küchenfenster war eine offene Einladung für sie, obwohl Sie die Rollläden heruntergelassen hatten. Die mussten das Haus vorher beobachtet haben. Vermutlich haben sie sogar gesehen, wie mich der Krankenwagen abgeholt hat.«

Schuldbewusstsein übermannte mich, und Woody musste es mir angesehen haben.

»Jenny, um Himmels willen, machen Sie sich keine Vorwürfe. Sie haben in bester Absicht gehandelt. Nicht das offene Fenster war der Grund für deren Eindringen, sondern die Tatsache, dass das Haus leer stand. Die hätten auch selbst eine Scheibe einschlagen können.«

»Ich hätte gleich die 112 anrufen sollen.«

»Jenny! Wenn jemand um Hilfe ruft, würde ich in ein brennendes Haus stürzen. Hören Sie auf, sich Vorwürfe zu machen. Es ist ja nicht viel passiert. Es haben sich zwei Rüpel aus meinem Kühlschrank bedient und in meinem Bett geschlafen. Penner, die eine gute Gelegenheit gewittert haben, eine Nacht im Warmen zu verbringen. Sie haben ein bisschen Bargeld und ein paar Flaschen Alkohol mitgenommen, und das war auch schon alles. Diese Bande, die vor einigen Tagen festgenommen worden ist, hat viel mehr Schaden angerichtet. Das waren Vandalen, die aus Frust oder Lust die ganze Einrichtung zertrümmert haben.«

»Haben die Polizisten irgendwelche Verdächtigen im Auge?«

»Keine Ahnung. Sie haben nur ein paar Fragen gestellt, sich das Haus angesehen und mir ein paar ungebetene Ratschläge erteilt. Ich glaube nicht, dass ich noch einmal etwas dazu höre. Und, wie gesagt, der Schaden ist nicht groß. So, und jetzt erzählen Sie mir, wie Jaromir sich benommen hat.«

Ich tat es, und so kamen wir von Jaromir zu Ghizmo und von Ghizmo zu dem Streuner und besuchten den in der Scheune. Dann brachten Ghizmo und ich Woody in sein Haus zurück.

12

Die Katze kommt

Ghizmo hatte halb schlummernd, halb dösend auf dem Sessel gelegen, der inzwischen erfreulich kätzisch roch. Oder besser, die gelbe Decke tat es. Die grummelnde Stimme des alten Mannes fand er beruhigend, Jennys Worte klangen auch wieder munterer, und als er seinen Namen hörte, beschloss er, richtig wach zu werden. Als die beiden dann in die Scheune gingen, trabte er hinterher, bemerkte, dass der Schwarze apathisch wirkte, und lief voraus zu Jaromirs Revier. Als Jenny dort dessen Menschen zurückgelassen hatte, fand er, dass es möglicherweise nicht schlecht wäre, wenn er Jenny dazu überredete, Goldbeere zu besuchen. Sie war aus ihrem rosagläsernen Kokon herausgekommen und zeigte wieder Interesse an seinen Unternehmungen.

»Was streichst du mir denn so um die Beine, Ghizmo? Soll ich dich irgendwohin begleiten?«

So war's gemeint!

Er lief voraus, und sie folgte brav. Gehorsame Jenny!

»Du hast dich mit dem Pony angefreundet?«

Hast du was anderes erwartet?

»Aber ja, ganz offensichtlich. Goldbeere freut sich schon, dass du kommst.«

Goldbeere schnaubte freundlich, scheute auch nicht vor Jenny zurück. Ghizmo sprang in die Krippe und warf ein wenig Heu hinaus. Dann drehte er sich zur rückwärtigen Wand und starrte auf den zerfransten Katzenschwanz hinter den Ballen. Er musst zweimal maunzen, bis Jenny aufhörte, das Pony zu streicheln, und seinem Blick folgte.

»Ghizmo? Was ist das? Ein Fuchs? Nein, der würde flüchten.« Sie ließ von Goldbeere ab und näherte sich ganz langsam der zuckenden Schwanzspitze. »Da versteckt sich eine Katze«, murmelte sie.

Richtig erkannt.

Ghizmo sprang aus der Krippe und näherte sich ihr. Mit Schwung patschte er auf den Schwanz, und fauchend tauchte Milenas Kopf auf.

»Oje. Oje, die sieht aber nicht gut aus. Sie versteckt sich hier schon geraume Zeit, was?«

Auch richtig erkannt.

»Und du meinst, ich sollte ihr helfen, nehme ich an.«

So dachte ich.

»Futter. Bürste. Tierarzt.«

Wenn du meinst.

»Na gut, Futter und Bürste, dann sehen wir weiter.«

Jenny kniete nieder und versuchte, auf Milena einzureden. Die sah sie verstört an und zitterte leicht. Ghizmo gab ein beruhigendes Gurren von sich. Einen ganz kleinen Schritt kam die Katze weiter hinter den Heuballen hervor.

Doch in dem Moment trat Lili mit einem fröhlichen Juchzer in den Unterstand, und Milena verschwand.

»Hallo, Jenny. Was machen Sie denn hier?«

»Lili, pst! Hier versteckt sich eine Katze. Ich glaube, sie braucht Hilfe.«

»Oh. Ich hab hier noch keine gesehen.«

»Sie ist sehr scheu. Und soweit ich erkennen kann, auch ziemlich heruntergekommen.«

Lili kniete sich neben Jenny und starrte auch auf die Stelle, an der Milena verschwunden war.

»Ich hab für Ghizmo ein paar Knabberkringel mitgebracht. Vielleicht können wir sie damit hervorlocken.«

»Gute Idee. Aber gehen wir ein Stückchen zurück.«

Lili streute eine Handvoll brauner Kringel auf den Boden, und Ghizmo wollte sich darüber hermachen.

»Nix da, Ghizmo!«

Doofe Jenny!

Verärgert brummend tatzte er nach ihr, wurde aber energisch zurückgedrängt. Schmollend blieb er neben Lilis Tasche sitzen. Es dauerte jedoch nicht lange, da tauchte die braune Nase wieder auf, ängstliche Blicke trafen die Menschen, dann schnappte Milena sich ein paar Bröckchen und verschlang sie.

»Sie hat Hunger«, flüsterte Lili.

»Dann kriegen wir sie auch weiter aus ihrem Versteck heraus. Hol mal die Decke da hinten. Wir wickeln sie ein und bringen sie in meine Scheune. Da kann ich sie besser versorgen.«

Leise und vorsichtig stand Lili auf und angelte die graue Pferdedecke vom Stapel. Milena krabbelte auf der Suche nach weiterem Futter fast ganz aus den Heuballen heraus, und widerwillig bewunderte Ghizmo, wie Jenny mit einer flinken Bewegung die Decke über sie breitete, sie fest um die zappelnde Katze wickelte und sie hochhob.

»Hier!«

Lili hatte die Äpfel aus einem Korb geschüttet, was Goldbeere mit einem erfreuten Wiehern begrüßte, und Jenny packte das Bündel hinein.

»Ich laufe nach drüben. Hoffentlich entwischt sie mir nicht.«

»Ich komm mit.«

Lili spurtete los, Jenny ihr nach, und Ghizmo folgte den beiden auf dem Fuße. Zwei Autos mussten sie vorbeilassen, dann waren sie über der Straße im Hof, und Lili öffnete die Tür zur Scheune. Kaum waren sie drin und die Tür wieder geschlossen, schoss Milena aus ihrem Gefängnis. Entsetzt sah sie sich um und verkroch sich dann unter dem zerfetzten Sessel.

»Mag sie sich da unten von ihrer Entführung erholen«, meine Jenny. »Ich gehe rüber und hole ihr einen Teller mit Futter.«

»Was ist mit dem da?«, wollte Lili wissen und zeigte auf den schwarzen Kater, der kaum eben ein Ohr gespitzt hatte.

»Er will nur in Ruhe gelassen werden. Aber komm ihm nicht zu nahe, er schlägt gerne um sich.«

Ghizmo rieb seinen Kopf an Lilis Bein und bekam seine Aufmerksamkeit. Milena war ihm ziemlich gleichgültig. Sie war eine ängstliche Katze, die sich selbst im Weg stand. Obwohl … manche Menschen waren schon widerlich. Aber sie war viel zu früh von ihrer Mama verlassen worden und war bei Leuten aufgewachsen, die ihr kein richtiges Verhalten beigebracht hatten. Er selbst hatte wenigstens die ersten sechs Monate seines Lebens mit seinen Geschwistern auf einem Bauernhof gelebt und nicht nur Spielen, sondern auch Kämpfen und Jagen gelernt. Erst dann hatte der vorherige Bewohner dieses Hauses ihn zu sich genommen. Und er hatte ihm die Möglichkeit geboten, durch die eigene Haustür ein und aus zu gehen. So hatte er ein freies Katzenleben genossen und gleichzeitig einen warmen Unterschlupf gehabt. Allerdings war Florian auch eines Tages verschwunden, und die Katzenklappe war verschlossen geblieben. Immerhin, er hatte ein ordentliches Revier gehabt, was diese arme Socke von Milena nicht besaß. Ghizmo hatte sich damals oft gefragt, was mit dem Maler passiert war. Er hatte ihn eines Morgens versucht zu wecken, aber er hatte sich einfach nicht gerührt. Deshalb war er murrend in den Garten gelaufen, um sich selbst zu verpflegen. Und als er später zurückkam, hatten ein paar Leute um ein Auto gestanden und ihn weggefahren. Ohne Abschied, ohne alles.

Weil er sich daran erinnerte, hatte er auch Jaromir erlaubt, in sein Haus zu kommen. Den alten Woody hatte man auf ähnliche Weise weggebracht. Nur – der war wiedergekommen.

Menschen konnte man manchmal nicht verstehen.

Vielleicht waren Milenas Leute auch weggebracht worden? Oder? Sie hatte gesagt, die hätten alles eingepackt und weggeräumt. Das hatten weder Florian noch Jaromirs Mensch getan.

Jenny kam zurück und stellte einen Teller mit – ahhh – Pute in Gelee auf den Boden. Ghizmo drängelte sich vor.

»Wieder nix, Ghizmo. Das ist für die verhungerte Katze.«

Findest du das gut?

»Ghizmo!«

Als wär ich nicht auch halb verhungert.

»Ghizmo!!«

Doofe Jenny.

Der Duft war so verlockend, dass sich Milena trotz aller Angst unter dem Sessel hervorwagte und zu schlingen begann. Lili ging langsam in die Hocke und betrachtete sie gründlich.

»Jenny, ich glaube, ich habe die schon mal gesehen.«

»Tatsächlich?«

»Wenn ich mit dem Fahrrad hier hochfahre, komme ich an einem großen Mietshaus vorbei. Sie wissen schon, das mit den hässlichen grünen Balkonen.«

»Ja, ich weiß, welches du meinst.«

»In der einen Parterrewohnung, da sitzt oft eine Katze auf der Fensterbank. Zwischen zwei Orchideentöpfen. Das könnte die hier sein. Allerdings sah die immer viel gepflegter aus.«

»Weshalb ich an eine Bürste dachte. Ich glaube nicht, dass dieses arme Tier in der Lage ist, sich selbst den ganzen Schmutz aus dem Fell zu waschen.«

»Wenn sie sich das gefallen lässt …«

»Sie soll sich erst mal satt fressen und etwas Vertrauen fassen. Aber vielleicht sollten wir mal bei dem Haus vorbeischauen.«

»Ich guck auf dem Heimweg. Und wenn die Katze nicht im Fenster sitzt, klingel ich mal und frag nach ihr.«

»Tu das. Und ruf mich an, wenn du etwas herausgefunden hast.«

»Mach ich, aber jetzt muss ich mit Goldbeere üben.«

Ghizmo verließ mit Lili die Scheune und trottete zu den Apfelbäumen. Wenn man ihm schon keine Pute in Gelee servierte, würde er sich wenigstens eine fette Apfelmaus gönnen.

13

Einbrecher

Lili hatte mich am Abend angerufen und mir mitgeteilt, dass in der Wohnung, an deren Fenster sie früher die sandfarbene Katze gesehen hatte, die Rollläden heruntergelassen waren. Man war also ausgeflogen. Sie schlug vor, am nächsten Tag auf ihrem Weg zur Koppel dort bei den Nachbarn nachzufragen, ob die Leute in Urlaub gefahren seien und wo die Katze geblieben war.

Ich stimmte zu und brachte meinen Gästen noch ein Abendessen. In der Scheunenwand bildete eine morsche Planke einen Durchschlupf, den sowohl der schwarze Streuner als auch Ghizmo zu nutzen wussten. Kurz erwog ich, ihn zuzustellen, aber dann ließ ich es doch bleiben. Wenn die Katze verschwinden wollte, dann sollte sie es tun.

Danach widmete ich mich noch einmal den Unterlagen zum Kloster, die mir Miriam überlassen hatte, denn in drei Tagen hatte ich meinen Termin beim Bürgermeister. Ich war stolz auf mich, dass ich diesen Anruf getätigt hatte. Ich hatte mir damit selbst bewiesen, dass ich doch noch in der Lage war, selbstständig ein Unternehmen anzustoßen. Eine Weile überlegte ich, ob ich vorher mit Raoul Pfeiffer die Vorschläge zur Nutzung seiner Ruine durchsprechen sollte, aber dann verwarf ich den Gedanken. Es wäre besser, wenn ich ihm ein etwas kompletteres Projekt vorstellen könnte. Besonders wünschenswert schien mir dabei vor allem ein vernünftiger Finanzierungsvorschlag. Denn ich befürchtete, dass er das Ganze womöglich als ein Luftschlösschen einer leicht spinnerten Frau betrachten würde, wenn ich nur über Erbsensuppe im Winter und Biergarten im Sommer plauderte.

Gegen zehn ließ meine Kreativität allerdings nach, ich legte den Bleistift zur Seite und klappte den Hefter mit meinen Notizen zu. Die Tabletten, die mich so wundervoll schlafen ließen, hatte ich noch immer nicht wiedergefunden. Aber ich hoffte, dass ich müde genug war, um einige Stunden Schlaf zu finden. Ghizmo trieb sich noch draußen herum, als ich zu Bett ging und tatsächlich gleich einschlief.

Zwei Stunden hielt diese köstliche Phase an, um Mitternacht war ich wieder hellwach. Aus Erfahrung wusste ich, dass jetzt an Schlaf nicht mehr zu denken war, also schaltete ich das Licht an und stand auf. Ich würde mir einen Tee kochen und mich mit einem langweiligen Buch über den spitzfindigen Dichter Kleist unten auf mein knallblaues Sofa legen. Das würde hoffentlich meine Schlafneigung fördern.

Gerade hatte ich zwei Seiten gelesen, als mich ein leises, ungewöhnliches Geräusch in der Stille der Nacht aufhorchen ließ. War das das Gittertor an meiner Hofeinfahrt?

Angestrengt lauschte ich.

Schritte auf dem Pflaster?

Ich angelte nach dem Telefon.

Aber wen sollte ich anrufen? Die Polizei? Gewiss nicht. Woody? Der konnte mir nicht helfen.

Ich stand auf, schaltete das Licht aus und schlich mich ans Dielenfenster. Der Hof lag leer im Licht des halben Mondes. Oder? Bewegte sich da nicht gerade die Scheunentür? Und wenn? Viel zu klauen gab es da nicht. Aber das mochte die Einbrecher dazu bewegen, hier ins Haus zu kommen.

Mist.

Vielleicht sollte ich mich bemerkbar machen? Jemand, der auf der Suche nach Geld und Wertgegenständen war, wollte gewöhnlich nicht entdeckt werden. Aber man wusste ja nie … Ich entschloss mich endlich, überall Licht anzumachen und auch die Hofbeleuchtung einzuschalten. Dann kehrte ich auf mein Sofa zurück, umfasste meine Teetasse mit zitternden Händen und hielt die Ohren gespitzt.

Nichts tat sich.

Ich wachte im Morgengrauen auf, zunächst irritiert, warum ich, in meinen Bademantel gewickelt, nicht im Bett lag. Dann fiel mir wieder ein, was vorgefallen war. Ich sollte wohl mal in der Scheune nachschauen, ob sich dort tatsächlich jemand herumgetrieben hatte. Das ferne Brummen eines Motorrads machte mich mutig.

Darius Hellwig hatte sich schon einmal als tatkräftiger Helfer erwiesen. Wer immer unbefugt eingedrungen war, würde das Fürchten lernen.

Dass mir die Haare wirr vom Kopf abstanden und Schlaffalten mein Gesicht ramponiert hatten, störte mich im Augenblick wenig. Ich schlüpfte in die Gartenschuhe und ging zum Tor. Es war kalt, und Feuchtigkeit lag in der Luft. Das Motorengeräusch kam näher, und ich öffnete das Tor.

Es war Verlass auf den Biker. Er hielt an und schob das Visier hoch. Er betrachtete mich grinsend von oben bis unten, und ich zog meinen Morgenmantel enger um mich. Dabei fiel mir etwas ein, was ich in der Nacht gelesen hatte, und mit der hochnäsigsten Miene, die mir gegeben war, zitierte ich: »›Ein Kleid, das sie heute einen Schlafrock nennen, tragen sie morgen zum Tanze und umgekehrt.‹«

»In der Tat. ›Man muss groß genug sein, sich seinen Freunden zu zeigen, wie man ist.‹«

Ich hätte es wissen können, dass er auch seinen Kleist beherrschte. Und in meine Überraschung hinein fragte er: »Willst du tanzen?«

»Nein. Aber einen Begleiter brauche ich dennoch. Ich fürchte, ich habe ungebetene Gäste in meiner Scheune.«

»Menschlicher Natur?«

»Das gilt es herauszufinden.«

»Dann schauen wir mal nach.«

Er stieg ab und ging energischen Schrittes voraus. Mit einem schnellen Griff riss er die Tür auf und schaute ins Halbdunkel.

»Gewöhnlich haust hier ein schwarzer Streuner und seit gestern eine verwahrloste Fremde«, erklärte ich.

»Und wer von ihnen hat den Pizzaservice bestellt?«

»Wohl kaum eine der beiden Katzen.« Ich betrachtete die schmierigen Pizzaschachteln und die Bierdosen. »Sie saufen auch nicht.«

»Die anderen Besucher fanden die Einrichtung auch einladend.«

Die zerwühlten Decken auf dem alten Sofa bezeugten dies.

»Es müssen die gleichen Penner gewesen sein, die auch bei meinem Nachbarn übernachtet haben, während er im Krankenhaus war.«

Darius drehte sich zur Tür um und betrachtete den einfachen Riegel.

»Was hältst du von einem Vorhängeschloss?«

»Hält das Penner ab?«

»Es lädt sie zumindest nicht ein.«

»Da ist was dran.«

Er tippte sich grüßend an den Helm, sagte »Bye, bye Baby!« und stiefelte zu seinem Motorrad.

Ein Herr von seltsamen Manieren.

Ich sah dem entschwindenden Gefährt nach. Und dann fiel es mir auf. *Wo* waren die Katzen?

Offenbar hatte ihnen der Besuch nicht zugesagt, und entweder hatten sie die Flucht ergriffen oder sich so gut versteckt, dass ich sie nicht finden konnte. Auch Ghizmo hatte sich noch nicht blicken lassen. Ich fror in meinem Morgenmantel und sagte mir, dass ich einfach darauf vertrauen musste, dass der Hunger die drei schon wieder zum Haus treiben würde. Mich tat es das gewiss. Eiligst begab ich mich zurück in meine warme Behausung.

Es war noch früh am Tag, und die Nacht war nicht sonderlich erholsam gewesen. Mit Kaffee und Zeitung trödelte ich herum, machte vage Pläne für die nächsten Stunden, die einen Besuch im Ort beinhalteten. Nicht nur, um ein Vorhängeschloss zu kaufen, sondern auch, um vielleicht doch einmal bei der Friseurin vorbeizuschauen. Miriams ständiges Genörgel zeigte seine Wirkung. Ich hatte mich gerade fertig gemacht und wollte vorher noch mal zur Scheune gehen, um das Futter bereitzustellen, als mich vom Tor eine Frau grüßte. Die Dame war mittleren Alters, elegant im kleinen Pelzchen, und die dauergewellten Blondhaare lagen wie Zuckerwatte um ihr sorgenvolles Gesicht.

»Verzeihen Sie die Störung bitte, aber ich suche Selena. Ich habe gehört, dass Sie Katzen haben. Könnte es sein, dass sie Ihnen zugelaufen ist?«

»Guten Morgen. Ich habe einen schwarzen Kater aufgenommen, und gestern haben wir eine sandfarbene Katze gefunden.«

»Oh bitte, kann ich die sehen? Und verzeihen Sie, ich bin so unhöflich. Mein Name ist Ava Rosetti. Ich habe meinen Nachbarn angeboten, während ihrer Abwesenheit auf Selena aufzupassen. Und gestern ist sie mir ausgerissen.«

»Gestern. Mhm. Die Katze, die sich drüben im Ponystall versteckt hat, muss schon länger unterwegs sein. Wie sieht Selena denn aus?«

»Sie ist eine Siamesin, ganz hell, mit einem dunklen Gesicht.«

»Ach, die ist das. Nein, unser Findling ist eine langhaarige, sandfarbene Katze. Aber Selena habe ich schon einige Male gesehen. Sie sitzt gerne auf den Zaunpfosten der Pferdekoppel. Haben Sie sie dort schon gesucht?«

Frau Rosetti schaute auf ihre Füße, die in hellen Wildlederpumps steckten.

»Ja, wenn man auf Katzensuche ist, empfiehlt sich rustikales Schuhwerk«, erlaubte ich mir milde zu erwähnen.

»Ich scheine nicht die begnadetste Catsitterin zu sein.«

»Machen Sie sich nicht so viele Gedanken um Selena. Wie lange sind ihre Leute fort?«

»Sie sind vor drei Tagen abgereist und kommen am Wochenende zurück.«

»Ich werde nach ihr Ausschau halten, Frau Rosetti. Wie erreiche ich Sie?«

»Hier. Hier ist meine Karte. Rufen Sie mich an, egal um welche Zeit.«

»Natürlich.«

»Meine Güte, ich mache mir solche Sorgen. Wenn sie jemand eingefangen hat …«

»Dann hätte er es auch schon früher tun können. Haben Sie ein Foto von der Katze?«

»Die Besitzer haben welche. Warum?«

»Hängen Sie eine Suchmeldung an die Laternenpfähle und Bäume hier in der Gegend. Aber sorgen Sie sich nicht zu sehr. Katzen nehmen sich manchmal eine Auszeit.«

»Danke. Ich danke Ihnen, Frau van Rosmalen.«

Sie entschwand und hinterließ einen Hauch von einem delikaten Parfum.

Vielleicht mochte Selena es nicht.

Ich hingegen ging endlich zur Scheune und sah mich um. Aber auch von dem Streuner und der Katze war keine Schwanzspitze zu sehen. Also räumte ich erst einmal die Spuren meiner nächtlichen Besucher weg, legte die Decken zusammen und füllte zwei Futterschalen auf. Dabei überlegte ich, ob ich wegen der Eindringlinge irgendetwas unternehmen sollte. Vermutlich wäre es sinnvoll, die Polizei über den Einbruch zu informieren. Aber meine Abneigung gegenüber den Uniformierten war stärker als mein staatsbürgerliches Pflichtgefühl. Immerhin schaute ich, bevor ich in den Ort ging, bei Woody vorbei und erzählte ihm von dem Ereignis.

»Lassen Sie es auf sich beruhen. Es ist ja kein Schaden entstanden. Das mit dem Vorhängeschloss scheint mir aber eine gute Idee zu sein. Brauchen Sie Hilfe dabei?«

»Wenn, dann rufe ich Isabelle an. Ach ja, und sollte Ihnen eine Siamkatze begegnen – sie wird vermisst –, dann melden Sie sich bei mir, Woody.«

»Selena ist ausgebüxt?«

»Ihrer Catsitterin.«

»Die kommt schon wieder. Die ist umtriebig.«

Der Hochnebel hatte sich verzogen, und im Herbstsonnenschein machte ich mich auf den Weg, meine Einkäufe zu tätigen.

14

Besuch in der Scheune

Ghizmo drückte sich durch die Katzenklappe ins Haus. Sein geschulter Blick erkannte, dass Jenny ausgegangen war, und seine sensible Nase roch das Futter, das für ihn bereitstand. Er war lange ausgeblieben, denn in der Nacht – gerade, als er auf dem Rückweg war – waren die zwei Männer in seinen Hof eingedrungen, und der Schwarze war aus der Scheune geflüchtet. Er hatte sich ihnen angeschlossen. Der Streuner war nicht weit gekommen, er schien schwächer geworden zu sein. In einer Graskuhle unter den Apfelbäumen hatte er sich zusammengerollt und sich in Schweigen gehüllt. Ghizmo selbst hatte eine Weile neben dem Brunnen gelauert und sich dann zum Lauschen an die Scheunenwand begeben. Es war alles ruhig da drinnen. Im Haus hingegen waren alle Lichter angegangen. Das gefiel ihm nicht. Nachts hatte es dunkel zu sein. Also war er in den Garten gezogen und hatte sich in die Katzenminze gelegt. Das Kraut förderte einen erholsamen Schlaf.

Nach seiner ausgiebigen Mahlzeit – Jenny war nicht kleinlich mit den Portionen, das musste man ihr lassen – zog Ghizmo sich auf die Fensterbank neben der Tür zurück, um einen Blick auf den Hof zu haben. Tat sich da noch was?

Es musste so gegen Mittag sein, als der Schwarze langsam und müde zu der morschen Planke schlich und in der Scheune verschwand. Ghizmo war nach Gesellschaft, und da Jenny noch immer nicht zurückgekommen war, verließ er das Haus und folgte dem Kater.

Der Streuner hatte sich wieder in die Sofaecke verkrochen, hatte den Kopf unter den Pfoten vergraben und war nicht ansprechbar. Dafür bemerkte Ghizmo eine Beule unter einem alten Teppich. Als er seine Nase unter die Wölbung streckte, fand er Milena zitternd darunter.

»Willst du nichts essen?«, fragte Ghizmo sie.

»D…doch.«

»Dann komm raus.«

»Sind die Menschen weg?«

»Kein Mensch hier. Nun komm schon.«

Vorsichtig wuselte die Katze sich aus ihrem Versteck und sah sich ängstlich um.

»Die waren die ganze Nacht hier. Ich mochte die nicht.«

»Kann sein. Aber jetzt sind sie weg, und Jenny hat Futter hingestellt.«

Milena traute sich schließlich an den Teller und fraß ihn gierig leer. Dann versuchte sie, ihr verfilztes Fell zu putzen, was aber wenig Erfolg zeigte. Ghizmo hatte sich eine der Decken auf den alten Möbeln gesucht und schaute ihr träge zu. Als Schritte im Hof erklangen, schoss Milena unter den Sessel.

Die Tür öffnete sich, und Lili trat mit einer fremden Frau ein.

»Gestern hat Jenny sie hergebracht, Frau Schüttler. Aber sie ist sehr scheu und versteckt sich«, sagte Lili und sah sich suchend um.

»Armes Würmchen. Ich versteh ja nicht, wie die Müllers das machen konnten. Einfach so ein Tier aussetzen.«

»Wo sind sie denn hingezogen?«

»Nach Hannover. Er hat da eine neue Stelle angenommen. Tja, das wussten sie schon seit Monaten, aber keiner von denen hat sich wohl Gedanken darüber gemacht, was mit der armen Milena passieren sollte. Angeblich dürfen sie in der neuen Wohnung keine Tiere halten. Aber dann hätten sie die Katze wenigstens ins Tierheim bringen sollen.«

»Sie war wohl eine Wohnungskatze? Ich habe sie nie draußen gesehen.«

»Die haben sie vor zwei Jahren als Winzling angeschleppt. Ja, sie durfte nicht nach draußen. Wo ist sie denn?«

»Ich suche sie schon, Frau Schüttler. Ich glaube, sie hat sich versteckt.«

»Die da ist sie aber nicht!«

Ghizmo hob den Kopf und starrte die Frau an.

»Nein, das ist Jennys Kater Ghizmo. Und der schwarze Kringel da ist ein Streuner, der hier manchmal Unterschlupf findet. Ah, da! Schauen Sie, unter dem Sessel.«

Lili lockte mit leisem Gurren, aber Milena traute sich nicht hervor. Die Frau ging in die Hocke und schaute sich die verschüchterte Katze an.

»Ja, das ist sie. Aber du meine Güte, was ist sie schmutzig.«

»Wir wollten sie heute bürsten. Sie muss aber erst Vertrauen fassen.«

»Mhm.«

Frau Schüttler schien das Interesse an Milena verloren zu haben und sah sich animiert in der Scheune um.

»Hübsche Einrichtung«, bemerkte sie. »Hier wohnt Frau von Rosmalen?«

Lili begann zu kichern und zeigte mit gestrecktem Arm zum Heuboden hoch.

»Schick, nicht? Vor allem die Galerie da oben.«

Ghizmo setzte sich auf und fauchte empört. Was wollte das Mädchen hier mit der Frau? Die hatte in der Scheune nichts zu suchen. Das war Katzenrevier. Ständig kamen Menschen hier rein. Und zu allem Überfluss stand Jenny jetzt auch noch in der Tür.

»Lili?«

Das Kichern verstummte, und betroffen drehte diese sich um.

»Entschuldigung. Ich habe Frau Schüttler mitgebracht, weil sie die Katze kennt. Milena, die wir gestern gefunden haben.«

»Ah so.«

Jenny streckte die Hand aus und sagte: »Ich bin Jenny van Rosmalen.«

»Nadine Schüttler. Die Nachbarin von Müllers. Die letzte Woche weggezogen sind. Milena ist jetzt ein herrenloses Tier.«

Ghizmo wäre ihr gerne an die Waden gesprungen und hätte sie gekratzt. Was war das denn für eine Bemerkung? Welche Katze wäre je herrenlos gewesen?

Jenny korrigierte das dann auch sogleich und sagte:

»Eher eine obdachlose Katze.«

»Nun, sie hat es in Ihrer Wohnung ja recht hübsch, nicht?«

»Sie kann eine Weile bleiben.«

Jenny hörte sich plötzlich verschnupft an, fand Ghizmo. Irgendwas ärgerte sie. Er stand auf, stelzte auf die Frau zu und starrte sie drohend an.

»Tja, dann will ich mal nicht länger stören.«

Ein scharfes Fauchen beschwingte ihren Abschied. Weder Jenny noch Lili stellten sich ihr in den Weg, als sie die Scheune verließ.

»Sie wollte unbedingt mitkommen«, sagte Lili leise. »Ich hab bei ihr geklingelt und nach der Katze gefragt.«

»Na ja, immerhin wissen wir jetzt, dass sie Milena heißt und ausgesetzt wurde. Aber diese Frau einfach herzubringen, das war ein bisschen leichtsinnig. Heute Nacht sind hier in der Scheune ein paar Penner eingebrochen.«

»Oh. Ist etwas passiert?«

»Sie haben die Katzen vertrieben. Und haben hier übernachtet.«

»Es ist ja auch sehr gemütlich.« Und dann kicherte Lili wieder. »Frau Schüttler glaubt, dass das hier Ihre Wohnung ist, Jenny.«

»Das habe ich befürchtet. Es wird meinen Ruf als Exzentrikerin festigen.«

Lili biss sich auf die Unterlippe. Ghizmo streifte ihr um die Beine. Und Milena schob sich wieder vorsichtig aus ihrem Versteck. Langsam ging Jenny auf die Knie und streckte ihr die Hand entgegen. Ein leises Schnurren kam aus ihrer Kehle. Verdutzt sah die Katze sie an und traute sich noch etwas näher. Sehr bedächtig berührte ihre braune Nase die Fingerspitzen.

»Arme kleine Milena«, flüsterte Jenny. Und Milena ließ es sich gefallen, dass sie gekrault wurde.

»Grrrr!«, sagte Ghizmo.

Lilis Streichelhände beruhigten ihn. Aber als die beiden dann das sandfarbene Fell mit der Bürste zu bearbeiten begannen, verzog er sich missgelaunt wieder nach draußen. Ein paar im Wind tanzende Blätter weckten seinen Jagdtrieb, und mit munteren Bocksprüngen haschte er nach ihnen. Dabei entfernte er sich mehr und mehr vom Haus und geriet in das Revier von Boris Halbschwanz. Nicht, dass dieser Kater auf Krawall gebürstet war. Er war von gutmütigem Charakter und beteiligte sich eine Weile am Blätterfangen. Als ihnen das Spiel zu langweilig wurde, setzten Ghizmo und Boris sich auf einem Papiercontainer zurecht und betrachteten das Leben auf der Straße.

»Die da, das sind ein paar komische Menschen«, bemerkte Boris, als der klapprige beigefarbene Kombi vorbeifuhr.

»Die kennst du?«, wollte Ghizmo wissen.

»Die sind neu im Revier. Die wohnen in dem Auto.«

»Nicht immer. Die waren auch schon in Jaromirs Haus. Und in meiner Scheune. Letzte Nacht.«

»Dürfen die das?«

»Ich glaube nicht.«

»Vorhin haben sie miteinander gezankt. Da standen sie hinter Selenas Haus. Beinahe hätten sie sich gebalgt. Ich hätte gerne zugeguckt. Sie haben auf diesem kleinen Ding rumgeknipst, in das die Menschen immer reinsprechen. Aber das funktionierte nicht mehr. Und sie gaben sich gegenseitig die Schuld daran, dass es leer sei. Und sie kein Ladegerät hatten. Dann sind sie losgefahren, um sich ein neues Knipsdings zu organisieren.«

»Jenny hat auch so ein Knipsdings. Das trillert manchmal. Blödes Geräusch.«

Versonnen starrten beide in die blasse Sonne.

»Guck mal, da kommt Selena«, stellte Ghizmo nach einer Weile fest.

»Die hat schlechte Laune«, erklärte Boris, und sein Stummelschwanz zuckte nervös. »Ich glaube, ich verschwinde besser.«

Die Siamesin verharrte an einer Mülltüte und beschnupperte sie aufmerksam. Boris wurde unsichtbar, Ghizmo jedoch blieb auf dem Papiercontainer sitzen. Die Gelegenheit, ihr von oben herab eine Gehässigkeit zuzufauchen, wollte er sich nicht entgehen lassen. Selena war so vertieft in die Wunder der Mülltüte, dass sie ihn nicht bemerkte.

»Sind deinen Leuten die goldenen Döschen ausgegangen, Schleckermaul?«

Ein giftiger Blick traf ihn, der dunkelbraune Schwanz peitschte wütend hin und her.

»Mir sind die Leute ausgegangen«, giftete Selena zurück. »Hast du sie mit deinem Charme vertrieben?«

Ein wütender Krallenhieb zerfetzte den Plastikbeutel, und Selena steckte ihre hochmütige Nase in einen Joghurtbecher.

»Gammelfutter!«, spöttelte Ghizmo. »Gleich musst du kotzen.«

Die Nase kam aus dem Becher, und ein hässliches Schimpfwort fegte Ghizmo um die Ohren.

»Benehmen wie eine Gossenkatze.«

»Sagt das Lumpenpack.«

Selena setzte sich auf die Hinterpfoten, bereit zum Sprung nach oben. Ghizmo brummte sie an. Die Kätzin sackte plötzlich zusammen.

»Die sind weggefahren und haben der Nachbarin gesagt, sie soll sich um mich kümmern. Ich mag die blöde Wachtel nicht. Die riecht so rollig, und die nennt mich immer Mieze.«

Schon wieder unzuverlässige Menschen, stellte Ghizmo für sich fest. Es war ein Jammer mit diesen Aufrechten.

»Vielleicht kommen sie wieder.«

»Tun sie. Aber bis dahin bleib ich draußen.«

»Wird nachts aber kalt.«

»Und?«

Ghizmo betrachtete Selenas dünnes Fell. Aber sie war ein unfreundliches Geschöpf, und darum bot er ihr keine Hilfe an. Er verließ den Papiercontainer und wandte sich seinem warmen, sicheren Heim zu.

15

Vergebene Liebesmüh

Vier Tage hing er hier jetzt schon herum. Der Kater war inzwischen verflogen, die Wut einer irgendwie dumpfen Teilnahmslosigkeit gewichen. Sie wurde nur unterbrochen von den beiden Jungs, die ihm Essen und Getränke brachten. Er kickte die leere Coladose in die Ecke, aus der sie abprallte und zurückrollte. Eine Weile beschäftigte er sich mit diesem Spiel.

Dann versank er wieder in dumpfes Brüten.

Es war Angst, die nach und nach aufdämmerte.

Das, was seine beiden sogenannten Freunde da trieben, war gefährlich. Er verdammte sich selbst, dass er ihnen den Bären mit den gechippten Geldscheinen aufgebunden hatte. Wenn sie die nicht in der Kirche entsorgt hätten, würden sie nicht diese verwünschten Einbrüche machen. Sie lachten zwar darüber und sahen es als großen Spaß an, in leeren Häusern zu übernachten und sich aus den Vorräten zu bedienen. Aber was, wenn sie erwischt würden?

Was würde dann aus ihm?

Würden sie zugeben, dass sie ihn entführt und eingesperrt hatten? In diesem Keller eines Hauses, das offenbar von keinem Menschen sonst betreten wurde?

Aus dem schmalen Fenster konnte man nur ungepflegtes

Grün erkennen. Hochgewachsene Gräser und Brennnesseln. Ob sich dahinter eine Straße oder wenigstens ein Weg befand, vermochte er nicht zu erkennen. Und es war auch noch nie ein Mensch in die Nähe gekommen, bei dem er sich mit Hilferufen hätte bemerkbar machen können. Ebenso wenig, wie je ein anderer an der Tür vorbeigekommen war.

Überhaupt – was für eine Art von Haus hatte so einen Keller? Mit einem festgestampften Lehmboden, Wänden aus Granitblöcken, einer massiven Tür aus hartem Holz? Immerhin mochte hier schon einmal ein Gefangener gehalten worden sein. Es waren Ritzspuren in dem Rahmen. Vielleicht eine Aufzählung von Tagen. Mit wachsendem Entsetzen hatte er dreihundertfünfzig Striche gezählt. Und der letzte war ein Kreuz. Hatte man hier etwa jemanden fast ein Jahr gefangen gehalten, der dann gestorben war? Oder den man gar getötet hatte?

Manchmal packte ihn Übelkeit.

Und dann kamen die Jungs wieder und hatten allerlei Kram dabei. Karierte Unterhosen, einen Hoody, eine Autozeitschrift, eine Flasche Wodka …

Nachdem sie die geleert hatten, war es ihm ziemlich egal, was die Zukunft brachte.

16

Notwendige Entscheidung

Isabelle, die Schreinerin, erwies sich als hilfreich, als es darum ging, das Vorhängeschloss an der Tür der Scheune anzubringen. Und sie baute auch gleich die Katzenklappe, die ich gekauft hatte, in die Wand ein, dort, wo die schadhafte Planke den Tieren bisher den Einschlupf gewährt hatte.

»Haben Sie sich inzwischen entschieden, was Sie mit der Scheune machen wollen?«, fragte sie mich, als sie ihre Arbeit beendet hatte.

»Immer noch nicht. Derzeit scheint sie sich zu einem Katzenasyl zu entwickeln.«

»Tja, wenn Sie wollen, dann baue ich Ihnen ein paar Drahtwände ein und Sie machen eine Katzenpension daraus. Ich habe das mal für einen Mann gemacht, der Hunde aufnimmt. Der verdient ganz gut daran. Er nimmt die Schätzchen auf, wenn ihre Leute in Urlaub fahren und so.«

»Mag ja sein. Aber eigentlich möchte ich meine Ruhe haben. Drängeln Sie mich nicht immerzu, Isabelle. Ich habe doch schon mein Haus renoviert.«

»Ja, haben Sie. Und es ist ziemlich hübsch geworden.«

Als sie gegangen war, zog ich mich für eine Weile auf mein blaues Sofa zurück und gönnte mir eine Stunde Mittagsschlaf.

Der wurde unterstützt von Ghizmo, der heimgekommen war und es sich auf meinem Bauch gemütlich gemacht hatte. Er schnurrte beglückt, als ich ihn träge streichelte, und ich ließ meinen Gedanken freien Lauf. Am Vormittag hatte ich nicht nur meine Einkäufe getätigt, sondern auch den Friseursalon von Evita aufgesucht. Ein wahrhaft erschreckendes Erlebnis, das ich nicht zu wiederholen die Absicht hatte. Die Meisterin trug starre Drahtwolle auf dem Kopf und schlug mir vor, meine braunen Haare in einen rotblonden Schopf zu verwandeln. Das gemahnte mich viel zu sehr an mein früheres Aussehen, und ich lehnte dankend ab. Aber irgendetwas musste mit meinen Haaren geschehen – so wirr, wie sie derzeit um meinen Kopf standen, konnten sie auch nicht bleiben. Vielleicht sollte ich mich doch überwinden und den viel gepriesenen Salon der türkischen Friseurin aufsuchen. Ich könnte ja mal versuchen, meine inneren Widerstände zu überwinden.

Als ich mich aufsetzte, sprang Ghizmo beleidigt auf den Boden und schlenderte in die Küche. Gleich darauf hörte ich ihn sein Trockenfutter knuspern.

Im Telefonbuch fand ich die Nummer von Kerima Tosun und bekam einen Termin in einer halben Stunde. Mein vormittägliches Bewegungspensum hatte ich bereits absolviert, also erlaubte ich mir eine Taxifahrt in den Ort. Der Salon machte einen weit besseren Eindruck, und die junge Besitzerin widmete sich eingehend meinem Strubbelkopf.

»Schneiden, denke ich. Hier und hier kürzer, dann fallen sie von selbst in Form. Oder möchten Sie die Haare geglättet haben?«

»Nein, möchte ich nicht.«

Wir unterhielten uns eine Weile über mögliche Variationen, als eine weitere Kundin eintrat und von Karimas Gehilfin in Empfang genommen wurde.

»Stellen Sie sich nur mal vor, bei uns ist am helllichten Tag eingebrochen worden. Heute Mittag, meine Tochter war noch in der Schule, und ich bin nur kurz zur Post gegangen. Als ich zurückkam, stand die Terrassentür offen und jemand hatte die Zimmer durchwühlt.«

»Du meine Güte! Ist etwas gestohlen worden?«

»Sie werden es nicht glauben, aus dem Kühlschrank die Milchtüten und das Brathuhn von gestern. Aus dem Zimmer meiner Tochter das alte Handy. Aus der Waschküche ein paar gerade gebügelte Kleidungsstücke. Und etwas Bargeld. Viel habe ich ja nie im Haus. Aber was mich tierisch geärgert hat, war, dass sie mir das Buch geklaut haben, das ich gerade angefangen habe zu lesen. Ich hab's mir letzte Woche aus der Bibliothek geholt, drei Monate habe ich darauf warten müssen, bis sie es endlich dahatten. Kennen Sie das? *Im Namen der Rose* heißt es, ein ganz düsterer Mittelalterkrimi. Ich habe erst zwei Seiten gelesen, und jetzt ist es weg. Ich weiß gar nicht, wie ich das der Bibliothekarin erklären soll!«

Die Frau verbreitete Empörung und Aufregung, aber ich verkniff mir die Frage, ob das angeblich aufgebrochene Fenster möglicherweise angekippt gewesen war. Mir schwante, dass die Einbrecher mit meinen und Woodys Übernachtungsgästen identisch waren. Landstreicher oder Penner, die sich mit Lebensmitteln und Geld versorgten. Dass sie jedoch literarische Interessen hatten, ließ mich schmunzeln. Aber vermutlich würden sie die Seiten des Buches für ganz andere Zwecke verwenden. Das sagte ich jedoch nicht laut, bemerkte aber, dass die Gedanken meiner Friseurin in eine ähnliche Richtung abglitten. Wir beide unterdrückten ein Grinsen. Und wahrscheinlich würden diese Einbrecher über kurz oder lang erwischt werden. Oder die Gegend verlassen.

Karima beteiligte sich nicht an dem Gespräch, sondern

schnipselte konzentriert an meinen Haaren herum. Das Ergebnis ließ sich sehen. Abgestuft fielen die Locken kinnlang um mein Gesicht, und wenn ich den Kopf schüttelte, lagen sie gleich wieder in ordentlicher Form am Platz. Ich überlegte, ob ich mir ein Taxi rufen oder übermütig meinen neuen Look in ein Café tragen sollte. Weil der Wind mir in den Haaren spielte, als ich auf die Straße trat, beschloss ich dann aber, stattdessen einen kurzen Spaziergang zu machen und mir in der Chocolaterie eine Süßigkeit zu kaufen. Ich fand ein paar Leckereien und nahm auch eine kleine Schachtel Pralinen für Woody mit. Danach bummelte ich die Gasse weiter hinunter und fand mich vor der Kunstgalerie Bestermann wieder. Schon einmal hatte ich vor dem Schaufenster gestanden und darin das Gemälde einer Katze entdeckt, die meinem Ghizmo sehr ähnlich sah. Beim ersten Mal war der Laden geschlossen gewesen, aber heute brannte Licht in den Räumen. Als ich die Tür öffnete, begrüßte mich ein fröhliches Glockenspiel. Das war zunächst alles. Nun gut, es gab genug zu sehen. Ich blickte mich um und widmete mich als Erstes dem Katzenbild. Die größte Kunstkennerin war ich nicht, aber dass es ein Ölgemälde nach dem Leben war, konnte sogar ich erkennen. Und bei genauerem Hinsehen bestätigte sich meine Vermutung – die Signatur wies auf den verstorbenen Vorbesitzer meines Hauses hin. Florian Malchow hatte eindeutig Ghizmo gemalt. Oder einen seiner Vorgänger? Nein, das Bild war vor zwei Jahren entstanden. Die Galerie bot aber noch weitere Werke von Interesse. So einige Skulpturen aus rostigen Metallteilen, die an urzeitliche Schrotthaufenwesen gemahnten, Statuen aus glänzendem Marmor, die anmutige, doch abstrakte Formen aufwiesen, Betonblöcke, aus denen mich Glasaugen unterschiedlichster Farben anstarrten, und natürlich weitere Gemälde, gerne in Gold gerahmt. Einige stellten Postkartenidyllen von sonnengefleckten Gärten dar, andere beschworen nachtfinstere Albträume. Einige waren monochrome Flächen mit originellen Namen.

»Hallöchen, Hallöchen«, unterbrach eine flötende Stimme meine Kunstbetrachtungen. Ich drehte mich um und sah mich einem Herrn gegenüber, von dessen Arm mich zwei schwarze Knopfaugen aus weißem Flauschfell anstarrten. Eine hellblaue, weiß gepunktete Schleife hielt den Pony des Tierchens aus der Stirn, passend zu der Schleife am Hals seines Herrchens.

»Guten Tag«, sagte ich und unterdrückte das Vibrieren in meiner Stimme. Der Herr tänzelte auf mich zu, und der zart schwelende Ambraduft seines Eau de Toilette umwehte mich. So ganz traute ich meinen Augen nicht, doch es war wohl nicht ganz ausgeschlossen, dass ein Hauch hellblauen Lidschattens seine Augen umspielte.

Schwuler ging nicht.

»Ingo Bestermann.«

»Ihnen gehört die Galerie?«

»Aber natürlich, meine Liebe. Und Sie bewundern die Werke meiner Künstler?«

Na ja, bewundern …

»Recht originelle Stücke sind darunter.«

Der Knopfaugenhund knurrte mich leise an. Offenbar verstand er den skeptischen Unterton.

»Still, Aurelia. Du bist unhöflich«, säuselte Bestermann.

»Möglicherweise irritiert ihn dieses Katzengemälde. Es wirkt sehr naturgetreu.«

»Hach ja, der Hofkater. Hat *er* Sie zu uns hineingelockt?«

»Er hat eine auffällige Ähnlichkeit mit dem Kater, der in mein Haus eingezogen ist. Und wenn ich es richtig entziffert habe, war der Maler ein Florian Malchow.«

»Flori, richtig.« Ein abgrundtiefes Seufzen begleitete diese Aussage. »Er verließ uns im vergangenen Jahr. Und alle seine Bilder hat die Generalin – ich fasse es noch immer nicht – dem hiesigen Gesangsverein vermacht. Sie müssen wissen, dass er alles seiner Großmutter hinterlassen hat. Doch auch sie segnete kurz nach ihm das Zeitliche.«

Bestermann hatte wohl darauf spekuliert, dass er Erbe der Werke würde. Welche Enttäuschung.

»Nun, sein Haus hat sie ebenfalls diesem Verein vererbt. Sie muss vielfältig musisch interessiert gewesen sein.«

»Die Sangesbrüder waren ihrem Gatten wie eine zweite Familie. Verständlich, möchte man meinen, wenn man die Generalin kennt.«

Abgründe taten sich auf! Der Herr General gab den Vereinsmeiern den Vorzug vor seiner Gemahlin. Das sprach nicht eben für ein glückliches Familienleben.

»Ich bin der Generalswitwe leider nicht mehr begegnet. Aber ich habe das Haus gekauft.«

Bestermann erleuchtete förmlich.

»Sie?! Oh mein Gott, welch wunderschöne Überraschung«, trällerte er beglückt, und Hundi fiepste ekstatisch. »Dann müssen Sie dieses Gemälde mitnehmen. Ganz gewiss. Es stellt Ihren Hof dar. Oder eines von den Blumenstücken. Flori hat so gerne in seinem Garten gesessen und gemalt. Er liebte diese trauliche Stimmung. Ach, wie oft habe ich in stiller Andacht dort neben ihm gesessen und meinen Wein mit ihm geschlürft.«

Flori auch eine Schwuchtel? Das war möglicherweise der Grund dafür, dass die Generalin ihm so ablehnend gegenübergestanden hatte. Sie und ihr Gatte waren gewiss von geringer Toleranz homoerotischen Beziehungen gegenüber. Ich konnte mir nicht verkneifen zu fragen: »Herr Malchow war ein guter Freund von Ihnen?«

»Ein Künstlerfreund. Ein sensibler Mensch von stillem Talent. Vielleicht nicht avantgardistisch, doch von feinem Gefühl für das Sujet. Kommen Sie, gnädige Frau. Als seine Nachfolgerin im Feyenhof möchten Sie sicher sein gesamtes Œuvre kennenlernen.«

Geschäftstüchtig war der Mann. Hundi wurde zu Boden gelassen und folgte ihm in den hinteren Bereich der Galerie. Hier lagerten auf Staffeleien und an die Wand gelehnt weitere Kunstwerke. Mit zierlichen Bewegungen enthüllte Bestermann einige davon, und ich musste zugeben, dass mich ein gewisses Staunen erfüllte. Florian Malchow hatte durchaus Sinn für dramatische Effekte gehabt. Und ganz sicherlich eine Vorliebe für die Natur und ihre Geschöpfe. Ein Grünspecht saß auf einem Ast, an dem nur noch ein gelbes Blatt hing, zwei Eichhörnchen spielten im Schnee, rote Hagebutten leuchteten in kahlem Dornengestrüpp und sonnengelbe Rudbeckien explodierten vor einer Ziegelwand. Vor allem aber schien Ghizmo sein Studienobjekt gewesen zu sein. Hier sonnte er seinen Bauch zwischen fedrigen Kräutern, dort haschte er nach einem roten Blatt, doch am meisten faszinierte mich ein leuchtend blaues Bild, aus dem nur sein Kopf und sein Schwanz hervorschauten. Dennoch war sein Körper, neugierig angespannt, in seinen Konturen zu erkennen. Ich musste lächeln.

»Das ist herrlich.«

»Ungewöhnlich für Flori, muss ich zugeben. Gelegentlich experimentierte er.«

»Können wir das mit nach vorne nehmen?«

»Aber selbstverständlich, meine Liebe.«

Es bestand kein Zweifel mehr in mir, als ich Ghizmos Bild auf dem roten Eimer neben dem anderen sah: Ich musste beide haben!

Dann fiel mir ein, dass ich vielleicht doch mal nach dem Preis fragen sollte. Und erfuhr eine Überraschung. Bestermann bestand darauf, dass ich das blaue Bild als Draufgabe zu dem Katzenporträt auf dem roten Eimer bekommen sollte. Vermutlich war es ein so ausgefallenes Liebhaberstück, dass er froh war, es aus seinem Lager zu befreien. Und der Preis für Ghizmos Bild im meinem Hof war moderat.

»Lassen Sie die Gemälde bitte zu mir bringen, Herr Bestermann.«

»Das ist mir ein Vergnügen, liebste Frau van Rosmalen. Wann sind Sie zu erreichen?«

»Ich gehe jetzt nach Hause, in einer halben Stunde …«

»Aber, aber! Sie wollen zu Fuß zum Feyenhof gehen? Kommt gar nicht infrage. Selbstverständlich fahre ich Sie nach Hause.«

Bestermann überschlug sich geradezu vor Zuvorkommenheit. Offenbar machte er nicht oft solche Geschäfte wie das mit mir eben. Ich stimmte erfreut zu und saß kurz darauf in den Ledersitzen seines Wagens, in dessen Kofferraum, sorgfältig in Folie eingeschlagen, die Kunstwerke ruhten. Aurelia blieb schmollend in der Galerie zurück.

»Sie schätzt die Begegnung mit Katzen nicht«, entschuldigte Bestermann ihr Verhalten.

Mir dämmerte allerdings, dass nicht pure Liebenswürdigkeit mir den Lieferservice bescherte, sondern pure Neugier.

»Ich habe einige Veränderungen an dem Haus vorgenommen, seit ich eingezogen bin«, bereitete ich den Galeristen vor.

»Natürlich, meine Liebe. Flori war – nun ja – ein wenig anspruchslos, was seine Wohnung anbelangte. Und die Generalin hatte das Haus nie sonderlich geschätzt.«

»Und ihren Enkel kurzgehalten?«

»Sehen Sie, ihre Tochter Gerania, Floris Mutter, war eine Enttäuschung für sie. Nicht nur, dass sie einen unehelichen

Sohn hatte und nie verraten wollte, wer sein Vater war, sie verschwand auch eines Tages grußlos und ließ den Jungen bei den Großeltern.«

»Von denen ich annehme, dass sie mit dem Werdegang ihres Enkels auch nicht einverstanden waren?«

»Der General wollte ihn zu einer Karriere beim Militär überreden …«

»Ein Klassiker. Denn der kunstsinnige Junge scheute den soldatischen Drill und zog den brotlosen Weg des Künstlers vor.«

»So war es tatsächlich. Er kehrte erst zurück, als der General gestorben war, und bekam von der Großmutter das Wohnrecht im Feyenhof. Sie hielt nicht viel von seiner Beschäftigung, aber er konnte sich einigermaßen über Wasser halten.«

»Armer Florian.«

»Er sah es nicht so. Ich habe ihn immer als einen zufriedenen Mann erlebt. Dass er so plötzlich gestorben ist, hat mich fassungslos gemacht.«

»Ich dachte, er sei krank gewesen«, schubste ich ein wenig nach, obwohl ich bisher so gut wie nichts von Florian Malchow wusste.

»Nein, nein. Kerngesund war er. Und dann wachte er eines Morgens nicht mehr auf. Herzversagen, hat der Arzt gesagt.«

Starben wir letztendlich nicht alle, wenn das Herz versagte?

Mir blieb eine Antwort erspart, denn wir hatten das Tor erreicht, und ich erbot mich, es zu öffnen, sodass Bestermann in den Hof fahren konnte.

Als Bestermann ausstieg, nickte er, offensichtlich mit den Veränderungen zufrieden.

»Sie haben das Tor gestrichen, sehr schön. Und der rote Eimer kommt zwischen den Gartenmöbeln am Brunnen auch gut zur Geltung. Wo ist der Herr des Reviers?«

»Vermutlich patrouilliert er an den Grenzen seines Reiches.«

Ich öffnete die Haustür, und Bestermann trug die Gemälde hinein. Im Wohnzimmer blieb er stehen und begann dann zu lachen.

»Ich verstehe, warum das blaue Bild Sie entzückte, meine Liebe. Sehr hübsch – Sie hängen es an die Wand hinter dem blauen Sofa?«

»So war das gedacht.«

Und so machten wir es dann auch.

Die Wirkung war eindeutig entzückend.

17

Schwanengesang

Ghizmo ignorierte die neuerlichen Veränderungen in seinem Heim. Die Bilder hingen zu hoch, um störend seine Wege zu blockieren, und der feine Duft nach Ölfarben und Firnis war ihm vertraut. Jenny allerdings roch auch anders, irgendwie künstlich. Und als er eine Weile auf ihrem Bauch verbracht hatte, war ihm auch klar, woher das kam: Sie hatte etwas mit ihren Haaren angestellt. Aber dafür war sie recht fröhlich. Die rosa Glaswand war vollends verschwunden, und auch der graue Nebel hüllte sie nicht ein. Nur leider hatte sie keine Ruhe in den Knochen. Ihre Schmusezeit endete schon bald, weil sie aufstand, um an ihrem Tippkasten herumzuklickern.

Aber es gab für einen Kater auch noch andere Beschäftigungen.

Die Klappe klappte hinter ihm zu, die Abenddämmerung umfing ihn. In der kühlen und feuchten Luft lag der Herbstgeruch von moderndem Laub. Seine feine Nase aber witterte auch Selenas Anwesenheit. Sie hatte unbefugt seinen Garten betreten, aber als er sie suchte, um ihr eine Belehrung zu verpassen, musste er feststellen, dass sie bereits weitergewandert war. Ihr zu folgen war nicht sein Begehr. Ghizmo trottete zur Scheune, um nach Milena zu schauen. Nicht, weil er sonderlich fürsorgliche Gedanken für sie hegte, sondern weil er sehen wollte, ob man mit ihr einen kleinen Streit anfangen konnte.

Konnte man nicht, musste er kurz darauf feststellen. Milena, inzwischen recht ordentlich durchgebürstet, ließ sich durch seine Sticheleien nicht aus der Ruhe bringen. Sie beschäftigte sich eingehend mit einer zerknüllten Zigarettenpackung, aus der sie das silberne Papier herauszukrallen versuchte.

»Wenn du meinst, dass ich eine stumpfnasige Kröte bin, dann gut. Dann bin ich das.«

»Nicht nur stumpfnasig, auch stumpfsinnig. Du hockst den lieben langen Tag unter dem Sessel und pupst in dein eigenes Fell.«

»Stört dich das?«

Es störte Ghizmo natürlich nicht, es war ihm eigentlich gleichgültig. Ihn störte nur die unerträgliche Gelassenheit der Braunnasigen.

Zum Glück klapperte die Klappe und brachte Abwechslung in die Scheune.

Jaromir tänzelte auf die Futternäpfe zu.

Ghizmo schoss fauchend auf ihn zu.

Die Rangelei war vom Feinsten und endete mit einem Gleichstand an Hieben und Hauen.

»Was willst du hier?«, fragte Ghizmo, während er sein Fell glättete.

»Nach Futter schauen. Bei uns war wieder Durcheinander. Die schwarze Hexe hat mir nichts gegeben. Der Alte war weg, und dann kam der Neue. Und um den ist der Alte dann herumgewuselt und hat mich vergessen.«

»Kannst mein Futter haben«, kam es aus der Sofaecke, und der Streuner richtete sich mühsam auf.

»Danke«, schnurrte Jaromir und trabte mit hoch aufgerichteten Ohren an Ghizmo vorbei. Milena, die bemerkte, dass die Streitigkeiten vorüber waren, wagte sich unter ihrem Sessel hervor. Sie sah zu dem Schwarzen auf seinem erhöhten Sitzplatz auf.

»Du willst uns etwas sagen?«, fragte sie mit leiser Stimme.

Ghizmo sah sie erstaunt an. Bisher hatte der Streuner sich ungewöhnlich ruhig verhalten. Er war ihm angeschlagen und schwach vorgekommen. Aber tatsächlich saß er jetzt recht würdevoll auf seinem Platz, mager zwar und mit mattem zerlumptem Fell, doch durchaus ehrenhaft.

Jaromir hörte auf zu schmatzen.

Milena richtete sich auf.

Ghizmo spitzte die Ohren.

»Ja, ich will etwas sagen«, begann der Schwarze mit rauer Stimme. »Es ist an der Zeit, etwas zu sagen.« Er wischte sich mit der Pfote über das Gesicht und schien sich zu sammeln. Dann fuhr er fort: »Viele Jahreszeiten sind an mir vorübergezogen. Manche waren lieblich, andere schrecklich. Ich habe mein Leben in der Obhut einer wild lebenden Mutter begonnen, die mir beibrachte, auch bei widrigen Verhältnissen zu überleben. Ich lernte früh das Kämpfen, fand mein eigenes Revier und verteidigte es. Ich lernte Hunger und Entbehrung, aber ich fand auch die geheimen Verstecke von Mäusen, Maulwürfen, jungen Kaninchen und Eichhörnchen. Vögel fing ich im Flug, Fische angelte ich aus Bächen und Teichen, und manchen Napf Hundefutter habe ich geplündert. Menschen habe ich immer gemieden, ihre Behausungen nie betreten. Ich sah meine Brüder verblutend auf der Straße liegen, verlor meine Söhne und Töchter an die Jäger mit ihren todbringenden Gewehren. Eine Kätzin, zu der ich Zuneigung empfand, wurde von Menschen vergiftet, ein Freund in einer Falle gefangen und verschleppt. Nein, die Menschen mied ich.«

Er machte eine Pause, atmete schwer, richtete sich dann aber wieder auf.

»Ich habe glückliche Sommer erlebt, mein Fell von der Sonne durchglühen lassen, mich in den lauen Nächten mit rolligen Kätzinnen gebalgt. Ich habe mit meinen Kindern gespielt und sie das Jagen gelehrt. In den kalten Wintern habe ich mir eine Höhle unter den Wurzeln eines alten Baumes gesucht. Mich in meinem eigenen Fell gewärmt und die langen Träume geträumt. Und so weiß ich jetzt, wohin ich gehe, wenn dieses Leben beendet ist.«

Ghizmo hatte andächtig zugehört, ebenso wie die beiden anderen Katzen. Die Stille, in der der Schwarze nun neue Kraft sammelte, unterbrachen sie nicht, sondern richteten weiter ihre Aufmerksamkeit auf ihn. Seufzend streckte der sich und nickte.

»Mag sein, dass auch ihr schon eure Träume geträumt habt. Mag sein, dass ihr das noch tun werdet. Mag auch sein, dass es nie geschieht. Dann mögt ihr wissen, dass die Goldenen Steppen auf mich warten. Ich werde das unter immerwährendem Sonnenschein liegende Land betreten, ein Land, durch das silberhelle Bäche fließen, deren sanfte Ufer von Lilien bestanden sind. In blühenden Bäumen singen die Vögel, auf bemoosten Steinen ruht man im flirrenden Schatten, und alles Leid, alle Schmerzen sind vergessen. Ich bin bereit, in jene andere Welt zu wechseln. Das Leben hier ist mir zur Qual geworden. Meine Zähne habe ich verloren, mein Augenlicht ist fast erloschen. Mein Körper ist schwach geworden, und mein Gedärm schmerzt mich.«

Milena krabbelte etwas näher zum Sofa.

»Die Menschen haben Menschen, die Schmerzen wegmachen können«, brummelte sie zögernd.

»Die Menschen haben Menschen, die Schmerzen verursachen.«

»Sie hat dennoch recht«, stimmte auch Jaromir zu. »Ich habe es selbst erlebt.«

»Wenn ihr das sagt. Doch das Alter können auch sie nicht heilen. Hier ist es warm und trocken, das reicht mir für meine letzten Tage.«

Milena begann leise zu schnurren, und Ghizmo und Jaromir stimmten mit ein. Der Streuner lauschte und begann seinen Gesang. Ein Lied ohne Worte, doch schwer von Erinnerungen an ein langes, abenteuerliches Leben. Es war das Lied eines alten Katers, der frei und ungebunden gute und schlechte Jahre durchlebt hatte, in der Wildnis sein Heim gefunden und seine Weisheit erworben hatte. Sein Gesang mischte sich mit dem Schnurren der drei anderen Katzen zu einer innigen Weise. Doch dann wurde er schwächer und leiser. Und mit dem letzten Ton sagte der Schwarze: »Es ist vorbei. Und wie wunderlich – trotz allem, was ich erlebt habe – in den letzten Stunden meines Lebens nehme ich dennoch die Obhut eines Menschenheims an. Nie hätte ich das gedacht.«

Damit rollte er sich zusammen und schloss müde die Augen.

Ghizmo blieb noch eine Weile still sitzen, Milena krabbelte wieder unter ihren Sessel und zupfte an dem Zigarettenpäckchen herum. Das innere Papier hatte sie schon herausgezogen, jetzt zerlegte sie den Rest in kleine Fetzen. Jaromir putzte sich gemächlich den Schwanz. Die andächtige Stimmung war verflogen.

»Wer ist der Neue bei deinem Alten?«, wollte Ghizmo schließlich wissen.

»Der ist sein Sohn. So nennt er den. Aber der ist ein ausgewachsener Mann. Er hat sein Revier weit fort von hier und ist jetzt zurückgekommen. Er will mal nach Frankfurt, weil er da etwas in Aussicht hat. Sagt er.«

Aussicht kannte Ghizmo, die hatte man von Jennys Schlafzimmer aus. Da konnte man gut Vögel in den Bäumen beobachten.

»Will der da sitzen bleiben?«, fragte er.

»Das hat er nicht gesagt. Vielleicht bleibt er auch hier. Das wäre nicht gut. Den beachtet der Alte viel mehr als mich. Ich werde verhungern und von der schwarzen Hexe aus dem Haus getreten werden.«

»Kannst du ihn rausekeln?«

»Weiß ich noch nicht. Bisher hat er keinerlei Angst gezeigt.«

»Hat er schon nach dir getreten oder so was?«

»Das nicht. Aber er guckt mich nicht an. Anders als die Hexe. Die starrt.«

Ghizmo bedachte das. Starren war ganz schlecht. Unter Katzen bedeutete das Krieg. Bei Menschen war es manchmal nur schlichte Unhöflichkeit, aber einige starrten mit unverfälschter Bosheit. Die waren gefährlich. Jaromir war wirklich in einer verzwickten Situation. Gleich zwei Menschen mehr in seinem Revier, und der Alte angeschlagen.

»Die Hexe musst du loswerden.«

»Versuch ich doch schon.«

»Nicht drastisch genug. Mach ihre Sachen kaputt. Wofür hast du Krallen?«

»Dann tritt sie mich.«

»Lass dich nicht erwischen. Hey, du bist doch sonst kein Hasenfuß.«

»Mhm.«

»Siehst du!«

Jaromir versank in kreatives Nachdenken, und langsam begannen seine Augen zu funkeln.

»Es gibt da Möglichkeiten …«, sinnierte er. »Doch, Möglichkeiten.«

Und mit hoch erhobenem Schwanz marschierte er aus der Scheune.

Ghizmo blieb noch eine Weile, aber da weder Milena noch der Schwarze etwas zu einer Unterhaltung beizutragen gewillt waren, machte er sich kurz darauf auch auf den Weg zurück ins Haus. Vielleicht war Jenny ja bereit, ihm etwas Kurzweil zu bieten.

Sie war es und zeigte ihm, wie man mit einem langen Lederband wunderbare Spiele spielen konnte.

Nette Jenny!

18

Money, Money

Die neue Frisur erfüllte ihre Pflicht. Selbst gleich nachdem ich aus dem Bett gestiegen war, fielen die Haare anmutig um meinen Kopf. Ein paar Bürstenstriche vollendeten das Werk. Meine Laune war darüber so gehoben, dass ich mir einen sonnengelben Pullover anzog, den ich eigentlich als übermütigen Fehlkauf in der Schublade hatte verschwinden lassen wollen. Aber mir war an diesem Morgen nach Sonnengelb.

Die Katzenkolonie in der Scheune hatte sich um Jaromir vergrößert, der offensichtlich Woodys Besuch als ungebetenen Eindringling betrachtete. Der Schwarze öffnete ein Auge und sah mich müde an. Fast hätte ich es gewagt, ihm über den Kopf zu streicheln, aber ein Rest Zurückhaltung hinderte mich daran. Seine Schnurrhaare hatte er angelegt, und wenn er auch nicht fauchte, so schien mir das doch Warnung genug, seine Privatsphäre nicht zu durchbrechen. Milena kam einigermaßen zutraulich zu mir, als ich ihr den Napf hinstellte. Seit wir unseren Bürsteneinsatz gehabt hatten, ließ sie sich auch anfassen, und darum streichelte ich ihr über den Kopf. Sie schnurrte zwar nicht, aber ließ es sich ruhig gefallen. Auch Jaromir war geneigt, sich, wenn auch nur kurz, kraulen zu lassen.

»Ich werde gleich deinen Woody besuchen, Jaromir, und

nachsehen, was da los ist. Es ist nicht in Ordnung, dass du aus deinem Haus vertrieben wirst.«

Der getigerte Kater sah mich an, als versuche er, meine Worte zu verstehen. Aber dann lenkte der Napf seine Aufmerksamkeit ab.

Ghizmo hatte das Haus schon in der Frühe verlassen, und ich spähte über die Straße. Die Rollläden von Woodys Haus waren hochgezogen, also war man bereits aufgestanden. Ich griff nach meinem Schlüssel und machte mich auf den Weg, mein Versprechen zu erfüllen.

Nicht der alte Herr öffnete mir, sondern sein jüngeres Ebenbild. Hochgewachsen, lässig in einem grauen Sweatshirt mit der Aufschrift einer amerikanischen Universität, verwaschenen Jeans und barfuß lächelte er mich freundlich an.

»Guten Morgen. Schwester Immaculata?«

Manche Männer konnten es wohl nicht lassen, mich als Schwester zu betrachten. Bei dem Biker mochte das noch eben durchgehen, bei diesem Exemplar bedurfte es dringend einer Korrektur.

»Mitnichten. Jenny van Rosmalen, die Nachbarin von dort drüben.«

»Oh, Sie sind Jenny. Na, das hätte ich mir ja denken können. Ich bin Marten, treten Sie ein. Mein Vater wird sich freuen, Sie zu sehen. Wir frühstücken eben. Ich hoffe, Sie mögen Pfannkuchen.«

Ein Mann von überschwänglicher Freundlichkeit. Und verdammt gut aussehend. Ganz unempfindlich war ich doch noch nicht geworden.

»Ich nehme gerne eine Tasse Kaffee an, aber gefrühstückt habe ich bereits.«

Vater und Sohn saßen an einem üppig gedeckten Tisch in der Küche, und Woody strahlte mich an.

»Marten kann Pancakes«, sagte er zur Begrüßung. »Lassen Sie sich die nicht entgehen.«

»Doch, doch. Sonst gibt's heute kein Mittagessen.«

Ich setzte mich auf einen höflich für mich vorgezogenen Stuhl, und ein Topf Kaffee wurde zu mir hingeschoben.

»Sie sehen gut aus, Woody«, stellte ich fest.

»Es geht mir auch gut. Mein Sohn ist ein seltener Besuch, und ich freue mich, dass er einige Wochen hierbleiben wird.«

»Nicht andauernd, aber zumindest die nächste Woche. Danach habe ich einige Termine, die ich wahrnehmen muss. Aber wie ich hörte, hat mein Vater ja eine Betreuerin.«

Woody zog ein schiefes Gesicht.

»Eine makellose. Sie wird gleich auftauchen und uns aus der Küche verscheuchen.«

»Jaromir hat sich in weiser Voraussicht in meiner Scheune eingefunden.«

»Er mag sie absolut nicht«, erklärte Woody seinem Sohn. »Er faucht und zischt, wenn sie in seine Nähe kommt, und verdrückt sich, sobald er kann.«

»So machen das Tiere eben, Dad. Lass den Kater. Wenn er Hunger hat, wird er schon wiederkommen.«

Offenbar hatte Marten noch nicht erkannt, was Jaromir Woody bedeutete. Und ganz gewiss hatte er selbst kein Haustier. Aber er war ja auch, wie ich aus früherer Erzählung wusste, ein erfolgreicher Manager, der CEO eines Lebensmittelkonzerns und vermutlich mehr an seiner Karriere als an Häuslichkeit interessiert. Mein Blick fiel auf einen aufgeklappten Laptop, der auf der Arbeitsplatte stand. Offenbar beabsichtigte er auch hier nicht untätig zu bleiben. Jetzt wandte er sich mit einem überaus charmanten Lächeln an mich.

»Sie haben dieses hübsche Häuschen gegenüber renoviert,

sagt Dad. Ein bezauberndes kleines Anwesen. Sind Sie Architektin?«

»Aber nein. Ich habe nur einige Änderungen vornehmen lassen, bei denen mir die hiesigen Handwerker gute Dienste geleistet haben.«

Eine Auskunft zu meinen beruflichen Tätigkeiten versuchte ich, wie üblich, zu vermeiden. Aber wieder einmal kam mir in den Sinn, dass ich mir dazu bei Gelegenheit mal eine passende Antwort einfallen lassen müsste. Denn als Rentnerin ging ich denn nun doch noch nicht durch.

»Übrigens, Woody, ich habe die Galerie Bestermann aufgesucht und zwei Bilder von dem vorherigen Besitzer erworben. Stellen Sie sich vor, Florian Malchow hat Ghizmo mehrfach gemalt. Und einige wirklich schöne Ansichten aus seinem Garten standen dort auch.«

»Oh ja, er hat oft drüben an seiner Staffelei gesessen. Ich hatte mich schon gefragt, wo die ganzen Bilder von ihm geblieben sind.«

»Ein Teil davon hat sicher Bestermann, aber von einigen schien er nicht so begeistert zu sein. Sie setzen in seinem Lagerraum Staub an.«

»Die Generalin hat sie nach seinem Tod abholen lassen. Er hat sie wohl ihr vermacht. Jedenfalls sind sie nach ihrem Tod dann bei dem Gesangsverein gelandet, und die haben sie Bestermann in Kommission gegeben.«

»Ihrem Tonfall entnehme ich, dass auch sie nicht sonderlich begeistert von den Werken war.«

»Sie war von Florian nicht begeistert. Nichtsdestotrotz hat sein Tod sie tief getroffen. Er war der letzte Malchow, und mit ihm ist die Familie ausgestorben.«

»Es sei denn, ihre Tochter lebte noch und hat weitere Kinder bekommen.«

»Soweit ich weiß, hat sie nie wieder Kontakt zu ihrer Mutter aufgenommen.«

»Ein Familiendrama?«, fragte Marten.

»Ja«, beschied ihn Woody kurz, was mich vermuten ließ, dass er das eine oder andere darüber wusste, aber nicht erzählen wollte. Nun, mir sollte es egal sein. Jetzt gehörte das Haus rechtmäßig mir. Miriam hatte für einen wasserdichten Vertrag gesorgt.

Eine weitere Diskussion über diese Angelegenheit wurde durch die Türklingel beendet, und Marten ging, um zu öffnen. Herein rauschte Schwester Immaculata, sah sich missbilligend in der unaufgeräumten Küche um und sagte: »Aber, aber, Herr Woodrow. Das sieht ja schlimm aus.«

»Ist ein morgendliches Pfannkuchenessen eine Sünde?«, entfuhr es mir, wofür ich einen giftigen Blick erntete.

»Herr Woodrow ist leidend, junge Frau. Finden Sie es nicht ein wenig unpassend, seine Gastfreundschaft in Anspruch zu nehmen?«

»Einen nachbarschaftlichen Besuch halte ich nie für unpassend«, meinte Woody milde. »Möchten Sie auch einen Pancake, Schwester?«

»Nein, danke«, antwortete sie pikiert. »Aber wenn Sie nun Ihren Besuch ins Wohnzimmer führen würden. Das ist angemessener, und ich muss hier Ordnung schaffen. Ankleiden konnten Sie sich ja heute wohl selber.«

»Ich hatte Hilfe.«

Woody wurde allmählich sauer, Marten unterdrückte ein Grinsen und zwinkerte mir zu. Ich erhob mich und half dem alten Mann aufzustehen, und an seinen Krücken schwang er sich aus dem Raum. Marten und ich folgten. Schwester Immaculata stellte ihre umfangreiche schwarze Tasche mit einem demonstrativen Plumps neben Jaromirs Futternapf ab. Aha.

Im Wohnzimmer fanden sich noch Spuren vom Vorabend. Vier Bierflaschen, eine Schüssel mit Krümeln von Chips, Gläser und Teller standen auf dem Couchtisch. Marten sammelte sie ein.

»Bevor du einen weiteren Rüffel wegen der ausschweifenden Gelage bekommst, Dad.«

»Danke, mein Junge.«

»Sie ist wirklich eine herbe Gottesdienerin«, murmelte ich, als er zur Tür hinaus war.

»Man muss sie nehmen, wie sie ist. Ich hoffe nur, Marten legt sich nicht mit ihr an.«

Ein leises Klappern lenkte uns ab, und herein kam Jaromir, ging zielstrebig auf Woody zu und wurde willkommen geheißen.

»Er hat drüben gefrühstückt«, sagte ich. »Ihm scheinen die Veränderungen hier noch nicht so recht zu gefallen.«

»Danke, dass Sie sich um ihn kümmern.«

Der Kater rieb seinen Kopf an Woodys gesundem Bein und schnurrte.

»Ich wundere mich, dass er noch immer in die Scheune kommt. Ghizmo war ziemlich empört, dass diese Strolche dort übernachtet haben.«

»Welche Strolche, Jenny?«

Marten kam zurück und sah mich fragend an.

»Es treiben sich ein paar Penner hier herum, die in leer stehenden Häusern – oder eben auch Scheunen – übernachten. Ich war leider schuld daran, dass sie auch hier eine Nacht verbrachten, als ich das Küchenfenster eingeschlagen habe.«

»Unsinn, Jenny. Aber vermutlich waren es dieselben, die auch in Ihrer Scheune die Nacht verbracht haben.«

»Ja, ein grässliches Volk. Man kann nur hoffen, dass sie bald weiterziehen.«

Marten schien nicht sonderlich daran interessiert zu sein, und wir vertieften das Thema nicht weiter. Jaromir trollte sich Richtung Küche, wo ihn vermutlich eine unangenehme Überraschung erwartete. Ich nahm an, er würde gleich darauf ungehalten zurückkommen, aber zu meiner Überraschung tat er das nicht.

»Sie werden also für eine Weile in Deutschland bleiben?«, fragte ich Marten, und der nickte.

»Zwanzig Jahre Amerika sind genug. Es war eine wundervolle Zeit, eine erfolgreiche Zeit, aber jetzt brauche ich eine Veränderung.«

Auch er beherrschte die nichtssagende Konversation. Wir setzten sie noch eine kleine Weile fort, dann beschloss ich, wieder nach drüben zu gehen. Ein Telefonat mit dem Bürgermeister stand an.

Gerade als ich mich von Woody verabschiedete, ertönte ein empörter Aufschrei aus der Küche. Und Jaromir sauste an uns vorbei und schoss durch die Klappe.

»Satanstier! Teufelsbalg! Man sollte dich erwürgen!«, kam es von nebenan.

Marten sprang auf, und auch ich lief zur Küche. Die inzwischen aufgeräumt war. Nur dass der Inhalt der schwarzen Tasche verstreut auf dem Fußboden lag. Und was die nicht alles enthielt! Natürlich ein Gebetbuch und einen Rosenkranz, beides in einer sich langsam ausbreitenden Pfütze kätzischen Ursprungs. Aber auch zerknüllte Stofftaschentücher, Hustenbonbons, zwei Binden, deren Verpackung von Katzenkrallen zerfetzt war, ein Schokoladenweihnachtsmann mit zertrümmertem Schädel, eine geblümte Porzellantasse mit abgebrochenem Henkel, ein Schraubenschlüssel, ein Ölfläschchen, ein Fahrradschlauch und, verstreut über den ganzen Boden, Fünfhundert-Euro-Scheine.

Ich starrte sie sprachlos an.

Marten sagte: »Holy shit!«

Woody, der hinzugekommen war, bekam den Mund nicht zu.

»Gottes Lohn?«, wisperte ich.

»Gucken Sie nicht so«, fauchte Schwester Immaculata und ging auf die Knie, um die Scheine einzusammeln.

»Wieso tragen Sie so viel Geld mit sich herum, Schwester? Das müssen ja Tausende von Euro sein.«

»Fünftausend, um genau zu sein. Eine wohltätige Spende, die ich heute Morgen aus dem Spendenkasten entnommen habe.«

»Sie? Entnommen? Für sich?«

»Oh, nein, nein. Für wohltätige Zwecke.«

»Man sollte annehmen, dass die Kirche ein Konto bei der Bank unterhält«, bemerkte ich spitz. »Etwas ungewöhnlich für eine Nonne, solche Summen in der Handtasche mit sich zu führen.«

»Und ziemlich ungewöhnlich, dass der Almosenkasten solche Summen enthält«, ergänzte Woody. »Man könnte Böses dahinter vermuten.«

»Böses? Wieso Böses?«, schrillte die Makellose. »Spenden sind nie böse. Sie sind eine gottgefällige Gabe!«

»Es gab Einbrüche. Überfälle. Vielleicht musste jemand Beute loswerden. Wir müssen auf jeden Fall die Polizei verständigen. Möglicherweise sind die Nummern der Scheine gemeldet.«

Auf die Idee wäre ich nicht gekommen, aber sie leuchtete mir ein. Ein Täter auf der Flucht mochte das Geld in der Kirche deponiert haben. Vermutlich wurden diese Kästen, in denen sich die üblicherweise kleinen Gaben zusammenfanden, nicht allzu oft entleert. Dass ausgerechnet heute die würdige

Schwester ihrer Pflicht nachgekommen war, mochte ein Zufall gewesen sein.

»Das Geld gehört Gott und nicht der Polizei!«, giftete Immaculata und drückte das Bündel an ihre schwarze Brust.

»Vielleicht. Das entscheiden aber nicht Sie«, gab Woody zurück. »Außerdem könnte es Falschgeld sein.«

»Falschgeld?« Ihre Stimme überschlug sich, und ihr Gesicht wurde erschreckend rot.

»Fünfhundert-Euro-Scheine sind nicht eben gängiges Bargeld, Schwester. Es hat leicht den Ruch von Schwarzgeld. Lassen wir das klären. Sie wollen Ihre guten Werke doch nicht mit dem Lohn aus Verbrechen begehen?«

Marten reichte seinem Vater das Telefon mit steinerner Miene, und Immaculata knirschte so sehr mit den Zähnen, dass ich um ihren Zahnschmelz fürchtete.

Da sich der Besuch von Polizeibeamten ankündigte, verabschiedete ich mich hastig. Woody nickte mir voll Verständnis zu, und Marten bot sich an, mich hinauszubegleiten.

Ein winziger Racheteufel regte sich zu guter Letzt dann doch noch in mir. Ich hatte der Schwester Immaculata noch nicht verziehen, wie sie mich behandelt hatte, als ich Woody geholfen hatte. Über die Schulter sagte ich: »Ach, sind Sie eigentlich sicher, dass Sie das Geld dort im Almosenkasten gefunden haben? Oder bedienen Sie sich auch mal aus den Sparstrümpfen Ihrer Pflegebefohlenen?«

Ich wartete die Reaktion nicht ab.

»Puh, was haben Sie für eine gemeine Ader«, sagte Marten leise und öffnete mir die Haustür.

»Die macht meinen persönlichen Charme aus.«

Er blieb weiter neben mir und ging mit mir über die Straße.

»Ein allzu glatter Charakter kann leicht langweilig werden. Jenny, ich muss Ihnen noch eine Frage stellen. Sehen Sie, mein

Vater scheint in manchen Dingen ein wenig weltfremd geworden zu sein. Ich habe mir einiges an Arbeit mitgenommen und festgestellt, dass ich hier mit meinem Provider einige Schwierigkeiten habe. Können Sie mir sagen, wie ich einen hiesigen Anbieter finde? Dad hat mir gesagt, ich müsse dazu in einen Teeladen gehen.«

Einen winzigen Augenblick stutzte ich, dann musste ich lachen.

»Ja, das sollten Sie.«

»Bitte?«

Ich war kurz davor, ihn in den Ort zu schicken und ein Teegeschäft aufzusuchen, aber dann siegte die Gutmütigkeit.

»Marten, die Telekom ist unser bekanntester Kommunikationskonzern. Er hat in jedem Ort seine Shops, deren Bezeichnung gerne abgekürzt wird – als T-Laden.«

»Oh.«

»Unterschätzen Sie Ihren Dad nicht. Ich habe ihn im Verdacht, ein gehöriges Schlitzohr zu sein.«

Ein klappriger beigefarbener Kombi fuhr mit ziemlichem Getöse vorbei. Ich öffnete mein Tor und hob die Hand zum Abschied. Weiter wollte ich den schönen Marten nicht als Begleiter wissen.

19

Selenas Leid

Ghizmo hatte seine Runde gedreht, eine vorwitzige Amsel durch den Garten gejagt, sie aber dann doch entkommen lassen. Nur einige schwarze Federn zeugten von der wilden Hetze. Als er auf dem Umweg über den Hof – eine Weile musste er auf dem roten Eimer meditieren – zur Einfahrt schlenderte, stellte er zu seiner Überraschung fest, dass die hochnäsige Selena am Tor vorbeistrich, es intensiv beschnüffelte und sich dann durch die Gitterstäbe zwängte. Ganz eindeutig bemerkte sie ihn nicht, sondern zockelte zielstrebig auf die Mülleimer zu, die noch neben der Garage standen. Am Morgen war das gefräßige Ungeheuer vorbeigedröhnt, das die Menschen mit dem Inhalt der Tonnen fütterten, sodass diese jetzt leer waren. Selena war das wohl entgangen, sie schien sich Hoffnung auf Beute zu machen. Mehrmals umstrich sie die Tonne, dann wandte sie sich frustriert ab und sah sich im Hof um. Ghizmo blieb regungslos auf seinem Eimer sitzen und umgab sich mit mentaler Unsichtbarkeit. Sie bemerkte ihn immer noch nicht, dafür schien die Klappe in der Scheunenwand ihre Aufmerksamkeit zu erregen. Erst vorsichtig, dann immer mutiger tatzte sie mit der Pfote dagegen. Da von drinnen wohl keine bedrohlichen Signale zu kommen schienen, drückte sie sie schließlich auf und stieg hindurch.

Es dauerte nur einen winzigen Augenblick, bis ein mörderisches Kreischen ertönte, und Selena schoss wieder in den Hof, umgeben von einer Wolke Fellflusen.

Milena hatte ihr Revier verteidigt!

Selena hetzte über den Hof und landete zu Ghizmos Füßen.

»Krieg der Königinnen?«, fragte er mit unverhohlener Häme.

Selena fauchte vor Schreck und starrte ihn dann böse an.

Ghizmo starrte zurück.

Langsam und mit dem Bauch fast auf den Boden gedrückt, schlich Selena rückwärts. Dann plötzlich sprang sie auf und flitzte durch das Tor.

Ghizmo putzte sich zufrieden die rechte Pfote. Dann machte auch er sich auf, den Hof zu verlassen und durch die Hecke in den Garten zu schlüpfen. Dass er dabei auf leisen Sohlen verfolgt wurde, bemerkte er nicht. Auch als er durch seine Klappe ins Haus kroch, wusste er nicht, dass zwei wütende blaue Augen seiner Schwanzspitze folgten. Er hatte den Wunsch nach einer weichen Unterlage, um die Geschehnisse des Morgens in Ruhe zu durchdenken, und rollte sich auf seiner Sesseldecke zusammen. Genüsslich schloss er die Augen, um in einen sanften Dämmer zu verfallen.

Nicht in einen tiefen Schlaf, weshalb seine Ohren weiterhin äußerst aufmerksam blieben. Man musste ja darauf achten, wann Jenny zurückkam, um sie zu begrüßen.

Es war aber nicht Jenny, die da heimlich durch die Klappe schlich.

Oh nein!

Das leise Pfotentappen war eindeutig das von Selena Hochnase.

Sollte er ihr gleich die Kralle zeigen? Oder sie eine kleine Weile in Sicherheit wiegen?

Er entschloss sich zu Letzterem. Der Überfall aus dem Hinterhalt würde dann umso wirkungsvoller sein. Außerdem war er neugierig, was diese gezierte Edelmieze in seinem Revier wollte. Sie stromerte zunächst unter dem Couchtisch lang, umkreiste vorsichtig den Esstisch, der ihre Nase offenbar entzückte, und verschwand dann in der Küche. Um sich ein besseres Bild zu machen, sprang Ghizmo leichtfüßig auf die Theke und verbarg sich hinter der Kaffeemaschine. Na klar, sie hatte seinen Futterplatz entdeckt. Aber, tja, da war Ratzeputz! Aber was machte sie denn da? Mit den Pfoten an der Schranktür entlangfahren? Was sollte das? Uiii! Das durfte man aber nicht. Oh nein! Starr vor Bewunderung und Schrecken beobachtete Ghizmo, wie Selena geschickt mit den Krallen unter die Tür fuhr und sie öffnete. Zweimal klappte sie zwar noch zu, aber dann hatte sie freien Zugang zum Mülleimer. Und schon beugte sich der schlanke Katzenkörper über dessen Rand. Sie angelte, und heraus flog zerknülltes Papier, ein Kaffeefilter zerplatzte auf dem Boden, Orangenschalen folgten, dann ein Joghurtbecher, in den sie sofort ihren Kopf steckte, um die Reste auszulecken. Viel war es wohl nicht, denn gleich darauf wühlte sie weiter in den Abfällen. Allerlei Schmieriges, Klebriges und Schmutziges landete um sie herum, bis sie die Reste der Katzenfuttertüten fand. Ghizmo musste bewundern, wie sie mit der Pfote auch noch den letzten Fleischfetzen daraus wischte und ableckte. Auch den Rest eines belegten Brötchens sezierte sie gründlich, fraß die Wurst und leckte die Butter ab.

Sie musste verdammt hungrig sein, ging es Ghizmo durch den Kopf. Auch er hatte, als Florian verschwunden war, etliche Tage Kohldampf geschoben und sich an den Abfällen der Menschen bedienen müssen. Andererseits hatte er schon sehr schnell ein ergiebiges Jagdrevier gefunden und war von der Abfallsuche unabhängig geworden.

Jetzt schien der Mülleimer leer zu sein, und Selena begann mit dem Putzen – was sicher dringend nötig war. Das hätte der richtige Moment für seinen Überfall sein können, aber eben trat Jenny ins Haus.

Mehrere Dinge überschlugen sich.

Ghizmo sprang auf Selena, Selena hetzte aus der Küche, Jenny trat in die Küche, stolperte über Selena, hielt sich an der Theke fest. Der Teller mit den Keksen zerklirrte auf dem Boden, Ghizmo machte einen Satz rückwärts, rutschte auf dem Kaffeemehl aus und knallte mit dem Hintern an seinen Wassernapf, dessen Inhalt sich über ihn ergoss. Jenny quietschte, Selena kreischte, Ghizmo heulte.

Und dann war Ruhe.

Für eine ganz kleine Weile.

Und dann fing Jenny an zu toben.

Ghizmo machte sich ganz klein, Selena war verschwunden.

Erst als der Sturm sich gelegt hatte, traute er sich vorsichtig unter dem blauen Sofa hervor und sah sich um. Jenny war weg, die Küche wieder aufgeräumt. Aber irgendwo im Haus musste Madam Hochnase sich noch aufhalten. Es wurde Zeit, sie in ihre Schranken zu weisen. Ghizmo richtete seine Sinne auf den Eindringling. Es waren seine Schnurrhaare, die die ganz feinen Schwingungen aufnahmen. Oben war sie. In seinem Schlafzimmer.

Na warte!

Die Treppe hoch, und ein kurzer Blick genügte. Da, unter seiner Bettdecke eine Beule.

Drauf!

Ein Kampf mit Reviervorteil hatte seine Vorzüge. Er hetzte Selena durch das ganze Zimmer, die Möbel hoch, unter das Bett, über die Kommode, ins Badezimmer. Sie schlitterte über den Boden, verfing sich im Teppich, bekam seine Krallen um die Ohren gehauen und blieb schließlich wimmernd in die Ecke gedrückt sitzen. Ein Bild des Jammers und kein bisschen mehr hochnäsig.

Ha!

Während er jedoch in der Heldenpose des Siegers vor ihr saß, wich die Genugtuung allmählich der Nachsicht. Noch nie hatte er die stolze Siamesin so elend gesehen. Ihr Fell war zerzaust, ein Ohr blutete, ihre Augen waren halb geschlossen, ihre Flanken bebten, sie röchelte leise. Und sie zitterte am ganzen Körper.

Die Siegerpose wich einer gemütlichen Müffchenhaltung.

»Erzähl!«, brummte er.

Das Zittern legte sich allmählich, und auch Selena rutschte ein Stückchen vor, um eine etwas bequemere Haltung einzunehmen. Ja, es schien sogar ein Fünkchen ihres alten Hochmuts in ihren Augen aufzuglimmen.

»War eine Scheißnacht«, grummelte sie. »Kalt und fies.«

»Hättest ja nach Hause gehen können.«

»So weit erniedrige ich mich nicht.«

Ja, der Hochmut war in voller Schönheit wieder da.

»Dann musst du frieren.«

»Ach, eine Weile hatte ich es nicht ganz schlecht. Hab ein Auto gefunden, das noch warm war. Das hat zwar gestunken, aber die beiden Männer da drin haben es immer mal wieder angemacht. Aber die haben auch gestunken. Nach Qualm und nach Bier und nach Ungewaschen. Einmal sind sie ausgestiegen und sind über einen Zaun geklettert. Da hing noch Wäsche auf der Leine, die haben sie abgepflückt.«

»Na ja, die Nacht war kalt.«

»Ja. Und sie sagten, die Unterhosen des Alten wären Scheiße und die hier besser. Und die Sweatshirts auch ganz gut.«

»Aha.«

»Und dann sind sie weggefahren. Da war mir kalt. Aber sie kamen kurz darauf wieder und haben im Auto Pizza gegessen. Ich bin geblieben, weil ich hungrig war. Und weil Menschen oft was wegwerfen. Haben sie auch gemacht, aber in den Schachteln waren nur die trockenen Ränder. Und ich hatte mich schon so auf den Käse gefreut. Den lecke ich gerne von Pizza ab.«

»Hab ich noch nicht probiert. Mach ich demnächst auch mal.«

»Der ist schön würzig. Und Salami ist auch nicht schlecht. Uch, was bin ich hungrig.«

»Du hattest doch deinen Müll.«

»Mpf.«

»Und was hast du dann gemacht?«

»Unter dem Auto gesessen und gefroren. Als der Morgen kam, sind die weg. Ich bin an die Tonne, aber da waren nur die stinkenden Kleider von denen drin. Und in einem Beutel nur Blätter und Geäst. Dann kamen Menschen mit Hunden, und ich bin in einen Garten. Und später hier hin. Und hungrig bin ich noch immer.«

»Du bist hier eingebrochen. Ich denke nicht, dass Jenny dir was abgibt.«

»Was ist die für eine?«

»Meist ganz in Ordnung für einen Menschen. Aufmerksam.«

Mehr wollte Ghizmo nicht über die Bewohnerin seines Hauses sagen. Vor allem nicht, dass sie Katzen gegenüber großzügig war. Das könnte Selena dazu verleiten, sich hier einzunisten. Und das galt es ganz eindeutig zu verhindern. Sie hatte ihr eigenes Volk.

Aber er entließ sie aus ihrer Ecke, und Selena setzte sich auf den Teppich, während er das Bett in Beschlag nahm. Doch lange währte die Ruhe nicht, denn Jenny kam die Treppe nach oben, und als sie Selena sah, knurrte sie: »Eindringling!«

Die Siamesin sprang auf und flutschte an ihren Beinen vorbei die Stufen nach unten. Jenny folgte ihr, und Ghizmo vernahm die Geräusche einer wilden Jagd, die damit endete, dass unten eine Tür zuklappte. Neugierig begab auch er sich auf das neuerliche Kampffeld, doch hier sah er nur noch, wie Jenny den Katzenkorb holte, eine Schüssel mit Futter hineingab und ihn in das zweite Schlafzimmer stellte.

»Ich werde sie nachher zu ihrer Catsitterin bringen«, erklärte sie Ghizmo.

Damit war er einverstanden.

Zufrieden mit dem Lauf der Dinge zog er sich auf seinen Sessel zurück. Der Tag war aufregend und anstrengend gewesen, und er hatte eine Pause verdient. Umgehend versank er in einen abgrundtiefen Schlaf, der von goldenen Träumen durchwebt war.

20

Gespräch mit dem Bürgermeister

Die arme Selena – es konnte nur sie sein, denn es gab nicht viele Siamkatzen in der Gegend – musste halb verhungert sein. Sie hatte sich umgehend auf das Futter gestürzt und war dann im Transportkorb eingeschlafen. Ich machte den Deckel vorsichtig zu und stellte ihn in den Flur, um ihn auf dem Weg zum Bürgermeister bei Ava Rosetti vorbeizubringen. Sie hatte am Telefon äußerst erleichtert und sehr wortgewaltig reagiert.

Als das Taxi kam, stellte ich den Korb auf den Rücksitz und erklärte dem Fahrer unsere Anlaufpunkte. Kaum hatte er den Motor gestartet, begann das Kreischen. Selena liebte ganz offensichtlich das Autofahren nicht. Sie heulte wie ein trunkener Derwisch auf Koks, schlug mit sechzehn Pfoten um sich und produzierte Geräusche, die man nie im Leben aus dem Leib eines so kleinen Tieres zu hören wähnte. Und dann kam der Anschiss!

»Das kostet den doppelten Fahrpreis!«, brüllte der Fahrer gegen den Krawall an und ließ die Fenster heruntergleiten.

»Nur noch wenige Meter. Halten Sie durch!«, brüllte ich zurück.

Der Wagen hielt vor dem Haus, und sofort war Stille.

»Mein Gott!«, stöhnte der arme Mann.

»Bühnenreif«, sagte ich. »Warten Sie bitte einen Augenblick, ich liefere die Heulboje hier ab.«

»Ganz bestimmt?«

»Ganz sicher.«

Frau Rosetti war dankbar, wollte mich zum Kaffee einladen, versprach mir Dankbarkeit und war nur mit Mühe abzuwimmeln. Ich galoppierte förmlich zum rettenden Taxi zurück.

»Zum Rathaus.«

»Gerne.«

Er nahm nur den einfachen Fahrpreis, aber ich gab ihm ein doppeltes Trinkgeld. Doch vermutlich würde er nie wieder einen Fahrgast mit Katzenkorb transportieren.

Das Rathaus war eine Schrecklichkeit aus den frühen Siebzigern, ein schmuckloser Kasten mit Waschbetonverkleidung und Metallfenstern, die unteren vergittert. Innen allerdings war der Renovierungsstau behoben. Der Boden schimmerte in grauem Granit, die Empfangstheke in mattem Blau und Metall. Man wies mich den Gang hinunter, wo sich eine Glastür mit der goldenen Aufschrift »Bürgermeister« befand.

Das Vorzimmer desselben wurde von einer professionellen Sekretärin beherrscht, die Bittsteller – als solche wurden Besucher wie ich offenbar eingestuft – mit kühler Kompetenz begrüßt und in die Warteschleife gesetzt wurden. Hinter der geschlossenen Tür war man noch geschäftlich eingebunden. Ich hockte also auf einem unbequemen Stuhl und beobachtete die Dame mit der Zuckerwattefrisur aus hellblau gefärbtem Lockenhaar, ganz sicher ein Resultat von Madame Evitas Behandlung, dabei, wie sie mit einem Knopf im Ohr einen Text von einem Diktiergerät in die Tasten klopfte. Der Herr Bürgermeister diktierte also noch. Sehr viel Ahnung von Bürogeschehen hatte ich nicht, aber das schien mir doch ungewöhnlich, sogar irgendwie altmodisch.

Nach einer geraumen Zeit und ausgelöst durch welchen Anlass auch immer, hob die gute Frau dann plötzlich den Hörer ihres Telefons ab und meldete ihrem Chef meinen Besuch.

Die Wartezeit war reine Schikane.

Dumme Pute.

Ich wurde ins Büro des Bürgermeisters gebeten.

Ein Herr von Format erhob sich hinter einem mächtigen Schreibtisch. Die graue Löwenmähne umwallte sein markantes Haupt, ein stattlicher Bauch füllte seinen dunkelblauen Dreiteiler, ein jovialer Ausdruck milder Herablassung breitete sich in seinem sonnengebräunten Gesicht aus, und eine tiefe, dröhnende Stimme sagte: »Dr. Wolkenschieber. Ich grüße Sie, gnädige Frau.«

Nein, ich versank nicht in Ehrfurcht. Mich bewegten ganz andere Gefühle.

»Jenny van Rosmalen. Ich freue mich, Sie kennenzulernen.«

»Schön, schön. Nehmen Sie doch Platz, meine Liebe.«

Die Gefühle verdichteten sich. Ich nahm Platz, in sehr damenhafter Pose.

»Was darf ich Ihnen anbieten? Kaffee, Tee, Saft?«

Es konnte möglicherweise eine längere Unterhaltung werden, also stimmte ich einem Kaffee zu, der bei der effizienten Sekretärin bestellt wurde. In der Wartezeit darauf durfte ich mir ein Bild davon machen, was die Arbeit des Bürgermeisters ausmachte. Die letzten Ratsprotokolle waren mal wieder ein chaotisches Durcheinander, der Ausschuss für Bildung verlangte ständig mehr Gelder, und es drohte sich eine neue Bürgerinitiative zu bilden, die den Nahverkehr zu revolutionieren gedachte. Verständlich, dass der geplagte Herr über dieses Universum einen Cognac – nicht zu klein – zu seinem Kaffee brauchte. Ich lehnte ab.

»Und, meine Gnädigste, welches Anliegen führt Sie zu mir?«

Ah, jetzt also durfte ich. Aus meiner Aktentasche zog ich die Hefter mit den Konzepten für die Klosternutzung und stellte ihm in einer kurzen Zusammenfassung unser Vorhaben vor.

»Raoul Pfeiffer würde das Areal und die vorhandenen Baulichkeiten zur Verfügung stellen. Wir glauben, es würde das Freizeitangebot von Feyenbach bereichern, wenn das Kloster mit seiner Kirche der Allgemeinheit für Veranstaltungen zur Verfügung stehen könnte«, schloss ich meine Ausführungen.

Wolkenschieber hatte schweigend zugehört, die manikürten Hände auf dem Tisch gefaltet, die Stirn in tiefe Falten gelegt.

»Ein interessanter Vorschlag, Frau Rosmalen.«

Da er auf seinen Doktortitel Wert legte, legte ich auf meinen Namenszusatz auch Wert und verbesserte ihn: »*van* Rosmalen, Dr. Wolkenschieber.«

Damit hatte ich ihn irritiert. Ich verzeichnete es mit Genugtuung.

»Äh, ja. Also interessanter Vorschlag. Äh, ja.«

Ich schwieg. Offensichtlich brauchte der Herr Bürgermeister noch einen Augenblick, bis sich hinter seiner Denkerstirn ein Urteil gebildet hatte.

»Und, äh, was qualifiziert Sie dazu, ein solches Vorhaben in Angriff zu nehmen, Frau van Rosmalen?«

Das war eine freche Frage. Der Punkt ging an ihn.

»Ich denke, mich qualifizieren diese Konzepte hier und der Wunsch, die Angelegenheit voranzutreiben. Soweit ich informiert bin, hat bisher noch niemand in dieser Gemeinde den Versuch unternommen, das historische Kulturgut einer Nutzung zuzuführen. Das Kloster ist eng mit der Geschichte der hiesigen Gegend hier verbunden. Es würde, richtig dargestellt, einen Anziehungspunkt für den Fremdenverkehr darstellen.«

»Unser Geschichtsverein kümmert sich tätig um unsere Kulturgüter, junge Frau, und das Amt für Tourismus und Freizeit ist ständig bemüht, den Fremdenverkehr zu bereichern.«

Er redete beinahe fünf Minuten lang über die Verdienste dieser Institutionen, und mein Geduldsfädchen geriet allmählich in Anspannung, zumal er mehr und mehr den Faden verlor.

Er bemerkte es nicht und beendete seinen Wortschwall erst, als die Sekretärin zur Tür hineinschaute, um ihm eine Unterschriftenmappe auf den Tisch zu legen. Leise und effizient und mit einem hörbaren Hinweis darauf, dass meine Zeit abgelaufen war.

»Ah ja, wo waren wir stehen geblieben?«, fragte er, und ich nutzte die Gelegenheit, wieder auf das Kloster zurückzukommen.

»Ach ja, die alte Ruine. Sagen Sie, was wollen Sie da eigentlich von mir, junge Frau?«

Er war wirklich nicht die hellste Kerze auf der Geburtstagstorte.

»Die Unterstützung der Gemeinde. Wir werden diverse Genehmigungen brauchen, Mitarbeit von offiziellen Stellen, Fördermittel, Hilfe vom Denkmalschutz. Ich würde mich freuen, wenn Sie als Bürgermeister diesem schönen Projekt Ihren Segen geben würden und uns Hilfe und Unterstützung gewährten.«

»Das kann ich so auf die Schnelle nicht entscheiden, das müssen Sie verstehen, junge Frau. Mein Amt ist ausgefüllt mit weit wichtigeren Tätigkeiten. Eine solche Liebhaberei kann dabei keine Priorität haben. Aber ich will gerne ein Exzerpt an meine Mitarbeiter weiterleiten. Nicht mehr als zwei Seiten. Reichen Sie es bei Gelegenheit bei meiner Sekretärin ein.«

Ich schob meine Unterlagen in die Tasche zurück. Vor Jahren hatte ich auf der Bühne gestanden, umjubelt von Tausenden begeisterter Fans, danach hatte ich Demütigung und Misshandlung erfahren, war tiefer gefallen, als ein Mensch fallen durfte. Ich hatte überlebt, gebrochen, aber überlebt. Und das, was dazu nötig war, diese innere Flamme, die entfachte sich in mir. Wolkenschieber dröhnte noch immer herum, und ich hob meinen Kopf, um ihm in die Augen zu sehen.

Seine Stimme verklang, er stotterte, verstummte.

»Vielen Dank, dass Sie sich Zeit für mein Anliegen genommen haben. Einen schönen Tag noch, Herr Wolkenschieber.«

Ohne Titel.

Und meine Stimme klang selbst in meinen Ohren wie der eisige Wind am Nordpol.

Damit verließ ich den tiefgefrorenen Raum.

Im Vorzimmer nahm ich meine Jacke vom Kleiderständer und wünschte auch der Blaugetönten einen schönen Tag, der mir ihrerseits nicht gegönnt wurde.

Erst als ich vor der Tür des Rathauses stand, entfuhr es mir: »Was für eine Vollpfeife!«

»Wer? Wer hat Sie geärgert, Jenny? Soll ich ihn erschießen?«

Verblüfft drehte ich mich um.

Marten stand neben mir und tippte an seinen Stetson. Er machte mich sprachlos. Zwar waren die Stiefel dezent, aber es waren Cowboystiefel. Die Lederjacke war elegant, die Jeans saßen knackig, das Flanellhemd fiel weich. Fehlte nur noch das Pistolenhalfter an der Hüfte. Er passte nach Feyenbach wie Phönix auf den Hühnerhof.

»Hi, Marten«, bekam ich zusammen. Aber dann brach es aus mir heraus: »Dieser Bürgermeister ist ein derartiger Idiot. Ein aufgeplusterter Idiot, der sich mit seiner eigenen Wichtigkeit umgibt und seine Blödheit hinter hochtrabendem Geschwalle zu verbergen sucht. Er hat mich permanent mit ›junge Frau‹ angeredet, der Depp.«

Als ich Martens leises Lachen hörte, fiel mein Zorn in sich zusammen, und ich hörte auf zu fauchen.

»Aber Jenny, Sie *sind* eine junge Frau.«

»Klar. Und wie würden Sie darauf reagieren, wenn man Sie bei einer geschäftlichen Besprechung dauernd als jungen Burschen bezeichnen würde?«

»Man würde es nur einmal versuchen, denke ich. Dann nicht mehr.«

»Sehen Sie.«

»In welchem Zustand befindet sich der Bürgermeister im Augenblick?«

»Tiefgefroren. So, und jetzt muss ich mir ein Taxi rufen. Ich will nach Hause.«

»Unnötig. Ich fahre Sie heim. Kommen Sie, ich habe meinen Wagen dort auf dem Parkplatz stehen.«

»Sie haben sich schon ein Auto zugelegt? Sie sind doch vorgestern erst angekommen.«

»Ein Mietwagen. Schickes Ding. Ich bin übrigens Ihrem Rat gefolgt und habe den T-Shop aufgesucht. Es sieht aus, als seien meine Probleme jetzt gelöst.«

»Schnell gehandelt.«

Er zuckte mit den Schultern. Eine schwarze Limousine der gehobenen Klasse erwartete mich, ich sank erfreut in die Lederpolster, und auf dem kurzen Rückweg gab ich ihm eine Zusammenfassung meiner Begegnung mit dem Bürgermeister. Es gelang mir schon wieder, darüber zu lachen.

»Ich habe nur kurze Zeit hier verbracht und bin nie dazu gekommen, die Ruine zu besuchen. Etwas, das ich unbedingt nachholen muss«, sagte Marten.

»Wanderschuhe wären praktisch«, erwähnte ich trocken.

»Würden Sie mich begleiten?«

»Bei Gelegenheit. Aber noch besser wäre es, wenn Sie Raoul Pfeiffer zu einer Führung überreden könnten.«

»Sicher ein vielbeschäftigter Mann.«

Er hatte es registriert, dass ich ein wenig auf Distanz gehen wollte. Aber um nicht unfreundlich zu wirken, fragte ich: »Wie ist denn der Fall der makellosen Schwester mit ihrem Geldsegen ausgegangen?«

»Dramatisch. Das Geld wurde zu Prüfungszwecken konfisziert, Schwester Immaculata wurde von unheiligem Zorn erfasst und kündigte meinem Dad die Treue.«

»Er braucht eine Hilfe, Marten.«

»Im Augenblick bin ich ja da. Aber er hat Anstrengungen unternommen, seine Pflegerin aus Polen zurückzuholen. Eine Sandra Sobczak. Wir hoffen, dass sie in den nächsten Tagen eintrifft.«

»Ja, das wäre gut. Ah, ich habe eine Idee. Ich frage meine Putzfrau, ob Sie Ihnen bis dahin aushilft. Sie können Ihrem Vater zwar bei seinen persönlichen Schwierigkeiten zur Hand gehen, aber die Haushaltsarbeit könnte sie Ihnen abnehmen.«

»Gute Idee, Jenny. Danke.«

Wir waren vor meinem Haus angekommen, und ich verabschiedete mich von ihm.

Als ich die Tür öffnete, klingelte das Telefon. Wie passend, Raoul Pfeiffer war am Apparat. Kurz überlegte ich, ob ich ihm von meinem Misserfolg berichten sollte, aber ich entschied mich schnell dagegen. Das Erlebnis musste ich erst richtig einordnen. Also hörte ich mir schweigend seinen Vorschlag an. Eine Vernissage in Mannheim am Samstagnachmittag mit darauffolgendem Essen bei einem hochgerühmten Franzosen. So freundlich es irgendwie ging, lehnte ich die Einladung ab.

»Kann ich dich denn vielleicht überreden, am Sonntag mit mir den Faust anzusehen? Darius Hellwig soll einen spektakulären Mephisto geben.«

Damit hatte er mich. Den schweineohrigen Biker auf der Bühne zu erleben war tatsächlich eine Versuchung. Ich sagte zu. Zudem war ein Theaterbesuch weniger persönlich als eine Vernissage nebst Abendessen bei Kerzenlicht und Wein. Ich wollte keine engen Kontakte zu Männern. Und außerdem hatte ich am Morgen in der Zeitung einen Artikel zu der Ausstellung gelesen. Nicht, dass mich Kunstwerke nicht interessierten, aber diese sehr abstrakten Installationen berührten mich wenig. Obendrein würde eine Sängerin die Veranstaltung mit ihren Darbietungen untermalen, der ich ganz gewiss nicht zu begegnen wünschte. Elvira und ich hatten vor vielen Jahren gemeinsam das Konservatorium besucht, und uns verband ewige Feindschaft. Sie hatte die Karriere im klassischen Zweig angestrebt, und soweit ich wusste, war sie Konzertsängerin geworden. Aber damals standen wir beide in höllischer Konkurrenz zueinander, und sie hatte allerlei hinterlistige Mittel angewandt, um mich auszutricksen.

Nach dem Telefonat setzte ich mich auf mein blaues Sofa, legte die Beine hoch und versank in Erinnerungen – keinen schönen. Aber dann führten mich diese Gedanken zu der Frage, die mir Marten gestellt hatte und zu der ich tunlichst eine Antwort haben sollte: Was sagte ich zukünftig zum Thema Ausbildung und Beruf?

Ghizmo erhob sich aus seinem Sessel und kam zu mir. Mit großen Augen sah er zu mir hoch, und auf mein leichtes Klopfen mit der Hand sprang er auf das Sofa und legte sich auf meinen Bauch. Was für ein lieber Kerl. Ich streichelte seinen dicken Kopf, und er schnurrte glücklich. Das hatte eine beruhigende Wirkung, und ich ging entspannt meinen Gedanken nach.

Es hatte wenig Zweck, mich heute noch als Rocksängerin vorzustellen. Meine Stimme war perdu, würde nie wieder geheilt werden und reichte eben noch zum Sprechen. Nützte mir also auch mein Bachelor of Music nichts, der mich zum Opernfach qualifiziert hatte. Was für andere Fähigkeiten hatte ich denn noch? Ein bisschen Schauspielerei, das war hin und wieder ganz nützlich, aber ohne Engagement nicht tauglich. Türkisch konnte ich gezwungenermaßen recht gut, aber bitte – das wollte ich lieber vergessen. Andererseits – die fünf vergangenen Jahre waren eine Form der Ausbildung der besonderen Art gewesen. Sie hatten mir Einblicke in eine Welt verschafft, die wahrlich nicht jedem Menschen zugänglich war.

Verdutzt hielt ich in meinen Überlegungen inne.

Auf solch eine distanzierte Weise hatte ich mein Schicksal noch nie betrachtet. Obwohl man mir das mehrmals versucht hatte nahezubringen. Das war neu. Und interessant. Ja, wenn ich die Jahre im Gefängnis so betrachtete, waren sie tatsächlich auch eine Phase des Lernens gewesen. Nicht nur einer fremden Sprache unter erschwerten Bedingungen, auch das Sozialgefüge dort hatte mir zu einigen Erkenntnissen zwischenmenschlicher Beziehungen verholfen, die mir zuvor nie so bewusst gewesen waren. Es war grauenvoll gewesen, sicher. Aber es hatte auch einige Momente gegeben, in denen ich seltsame Hilfsbereitschaft, Mitgefühl und Menschlichkeit erfahren hatte. Bislang hatte ich alles das versucht zu vergessen. Jetzt aber war es an der Zeit, sich daran zu erinnern. Auch wenn das hieß, sich dem Grauen zu stellen. Vielleicht half es, endlich die Panikattacken in den Griff zu bekommen. Ob ich es allein schaffte?

Vielleicht nicht, aber nötigenfalls konnte ich immer noch die nette Ärztin aus der psychiatrischen Klinik anrufen.

Ghizmo hatte sein Schnurren eingestellt und war eingeschlummert, seinen Kopf auf meine Brust gebettet. Er sabberte ein bisschen. Eine unendliche Ruhe überkam mich. Die immer schwelende Angst war verflogen, ein Gefühl tiefen Vertrauens umfing mich.

Ich schlief ein.

21

Lektüre und Lektion

Einfallsreich waren die beiden Jungs ja schon, dass musste er ihnen lassen. Sie klauten wie die Raben, und allmählich wurde seine Unterkunft fast gemütlich. Nur die Luftmatratze begann zu schwächeln. Jeden Morgen musste er sie neu aufpumpen. Dafür aber hatte er inzwischen ein Polsterkissen, eine bunte Steppdecke, eine wirklich starke Stablampe und drei Bücher. Wie auch immer, die Lektüre hatten die beiden nur zufällig gewählt, denn dass jemand seine Zeit mit Lesen verbringen konnte, war ihnen fremd.

So hatte er jetzt also die Auswahl zwischen dem *Struwwelpeter*, dem *Pschyrembel* und dem *Namen der Rose*. Das Kinderbuch war schnell durchgeblättert und entsetzte ihn wegen der Art, wie darin mit Behinderten und Farbigen umgegangen wurde. Das medizinische Nachschlagewerk entsetzte ihn ebenfalls. Er fühlte förmlich, wie die exotischsten Krankheiten sich an ihn heranschlichen, als er einige Seiten angelesen hatte. Dann aber fiel er in die Hände von Umberto Eco, und die Welt um ihn herum versank. Er befand sich in einem alten Kloster, hörte die Gesänge der Mönche, konnte sich nur allzu genau vorstellen, wie es in den düsteren, kargen Zellen aussah, wollte selbst in alten Folianten blättern, die geheimnisvollen Morde aufdecken.

Zwei beinahe glückliche Tage verbrachte er mit der Lektüre.

Dann kehrten die Ängste zurück.

Zweimal schon hatte er versucht, die beiden zu überlisten. Einmal hatte er sich dicht an die Wand neben der Tür gedrückt, als er das Auto gehört hatte, in der Hoffnung, an ihnen vorbeischlüpfen und nach draußen fliehen zu können. Das war zwar abenteuerlich, da er nicht wusste, wo er sich befand, aber vielleicht glückte es ihm ja, sich entweder zu verstecken oder irgendwen um Hilfe zu bitten. Doch dieser Trick scheiterte schon im Ansatz. Die beiden drängten so eng nebeneinander hinein, dass er beide hätte niederschlagen müssen. Sie lachten, als sie seine Absicht erkannt hatten.

Das zweite Mal hatte er sich bei dem abendlichen Gelage mit Burgern, Bier und billigem Whiskey betrunkener gegeben, als er war, und gehofft, dass die beiden mit ihm gleichzogen. Aber die achteten sehr wohl darauf, wie viel Alkohol sie vertrugen. Die Whiskeyflasche war noch fast voll, als sie gingen.

Er leerte sie anschließend und versank in trunkene Träume.

Der Morgen war die Hölle.

22

Streuners Tod

Es war gar nicht so schlecht, auf Jennys Bauch zu liegen. Er hob und senkte sich so schön langsam in ihrem Atemrhythmus, und es war wohlig warm und kuschelig auf dem Pullover. Außerdem umgab sie eine Wolke aus Wohlbefinden, sanft und zärtlich wie ein Knäuel schlafender Jungkatzen. Für eine Weile fühlte er sich in seine Kindheit versetzt, als er noch mit seinen Geschwistern am weichen Bauchfell seiner Mama schlummern durfte.

Er träumte von angenehmen Dingen, doch dann schlich sich ein dunkler Schatten in die bunte Bilderwelt, und er wachte auf. Jenny rührte sich nicht, schien weiter tief zu schlummern. Ein bisschen unangenehm berührt bemerkte er den nassen Fleck, da, wo sein Kinn gelegen hatte, und putzte ein paarmal mit der Zunge über die Stelle. Dann stand er leichtfüßig auf und begab sich zu seiner Klappe. Etwas zog ihn in die Scheune.

Es war dunkel geworden, stellte er fest, als er die Nase in den Garten streckte. Aber der Himmel war offen, und ein paar Sterne flimmerten schon in dem tiefen Blau. Er nahm den kürzesten Weg durch die Hecke, an der Hauswand und der Hofmauer entlang zum Tor, zwängte sich durch die Gitterstäbe und lief auf den Einlass in der Scheune zu. Davor blieb er erst einmal stehen, um die Lage zu sondieren. Da er keine alarmierenden Duftspuren vorfand, schob er sich durch die Klappe ins Innere. Hier war es noch dunkler, aber seine Augen gewöhnten sich schnell an die Umgebung. Alles schien ruhig. Unter dem Sessel saß Milena, der Streuner hatte sich wie üblich in der Ecke des Sofas zusammengerollt.

Was also hatte ihn hergelockt?

Seine Sinne spannten sich an. Nichts war ungewöhnlich. Doch da kam Milena aus ihrem schützenden Versteck gekrochen und setzte sich neben ihn.

»Ich glaube, er stirbt«, sagte sie.

Ghizmo richtete seine Aufmerksamkeit auf den Streuner. Er lag bewegungslos auf dem Polster, nichts gab zu erkennen, dass er Ghizmos Eintreffen bemerkt hätte. Sein Atem ging flach, seine Augen waren nur halb geschlossen, aber seine Nicklider vorgefallen.

»Du hast recht, Milena. Er ist alt und müde, und er hat sich von uns verabschiedet.«

»Ich habe Angst«, flüsterte die Kätzin.

»Wovor?«

»Ich … ich habe noch niemals niemand sterben gesehen.«

»Milena, er ist alt und schwach. Er ist nicht verletzt, er blutet nicht, er windet sich nicht in Schmerzen. Es ist seine Zeit, und er weiß es. Bleiben wir bei ihm.«

»Ich … ich weiß nicht …«

»Würdest du alleine sterben wollen?«

Milena duckte sich und machte einige Schritte rückwärts. An eine solche Möglichkeit hatte sie offensichtlich noch nie gedacht. Aber sie versteckte sich immerhin nicht unter ihrem Sessel, und nach einer Weile richtete sie sich auch wieder auf.

Zeit verging. Fahrzeuge fuhren vorbei, zwei Menschen blieben plaudernd vor der Scheune stehen, ihre Hunde balgten sich kläffend, einmal wieherte eines der Pferdebiester, ein Flugzeug dröhnte viel zu niedrig über den Himmel.

Dann öffnete sich die Scheunentür, und Jenny trat mit den Futterbeuteln ein. In der Hand hielt sie ein Licht, und der leuchtende Kreis erfasste Milena, dann Ghizmo und schließlich den stillen Kater.

»Heute Abend ist Jaromir gar nicht zu Gast?«, fragte sie und füllte die beiden Näpfe auf.

Weder Milena noch der Streuner rührten sich. Ghizmo maunzte leise.

»Was ist los? Stimmt etwas nicht?«

Guck hoch, Jenny. Guck dir den Schwarzen an.

Sie trat etwas näher an das Sofa heran und besah sich den schwarzen Kringel.

»Es geht ihm nicht gut, was?«

Klar erkannt.

Vorsichtig setzte sie sich neben den Kater. Der zeigte noch immer keine Regung.

»Ich müsste dich wohl zum Tierarzt bringen, Alter«, flüsterte sie. »Oder?«

Jenny machte die Lampe in ihrer Hand aus und blieb einen Augenblick ruhig sitzen. Durch das Fenster oben fiel etwas Licht der Straßenlaterne in die Scheune. Ghizmo konnte damit gut genug sehen, aber er hatte schon gemerkt, dass Menschenaugen mit der Dämmerung Probleme hatten. Aber offensichtlich hatte Jenny sich nun an die Dunkelheit gewöhnt. Sie hob ihre Hand, um sie ganz vorsichtig dem Schwarzen zu nähern.

»Ich weiß, kleiner Freund, dass du Berührungen nicht magst. Aber es scheint, dass die Zeit gekommen ist, aus diesem Leben zu scheiden. Nimm den Trost an, den ich dir geben kann. Lass mich dich streicheln.«

Und dann begann sie mit ganz leiser, rauer Stimme eine Melodie zu summen. Sie hörte sich so sanft und so schön an, dass Ghizmo ebenfalls leise zu brummen begann. Und sogar Milena kam näher und schmiegte sich an ihre Beine.

Als Jennys Hand über den Kopf des sterbenden Katers strich, zuckte dessen Fell ein wenig, aber er ließ es zu, dass sie ihn weiterstreichelte. Langsam tat sie es und sehr vorsichtig. Nicht nur den Kopf, sondern auch den Nacken und schließlich den ganzen Körper. Dabei summte und summte sie weiter, und einmal vermeinte Ghizmo zu hören, wie ein feines Vibrieren aus der Kehle des Streuners klang. Dann aber streckte sich sein Körper, sein Maul öffnete sich, und ein letztes Stöhnen entfuhr ihm.

Die Katzenseele verließ ihren schwarzen Körper und wanderte dorthin, wo ihre Bestimmung war.

»Gute Reise, alter Freund«, flüsterte Jenny. Und dann summte sie ein Klagelied. Es war anders als ein kätzisches Klagegeheul, und darum brummte Ghizmo nur leise. Auch Milena jaulte ein bisschen. Vielleicht aber nur aus Angst. Und darum streichelte Jenny sie jetzt ebenfalls.

War nicht fair.

Ghizmo schubste sie, damit er auch etwas abbekam.

Kriegte er.

Nette Jenny.

23

Goldenen Steppen

Der alte Streuner in der Scheune hatte sein Streunerleben in der Nacht ausgehaucht. Ich hatte ihn mit einer Decke in eine Kiste gelegt und am Morgen unter den Apfelbäumen begraben. Es schien mir passend, ihn in sein Revier zurückzubringen. Milena war seither etwas zutraulicher geworden, aber meine Einladung, mit mir ins Haus zu kommen, wollte sie doch noch nicht annehmen.

In dieser Nacht hatte ich ungewöhnlich gut geschlafen und war mit einem Gefühl tiefen Friedens aufgewacht. Vielleicht hatte das an meiner gestrigen Einsicht gelegen, aber mehr mochte es der wunderbar plastische Traum ausgelöst haben, der mich in eine fremde Welt entführt hatte. Es war eine naturbelassene Landschaft, ein weites Tal, in der Ferne begrenzt von einem flachen Berg. Ich aber befand mich am Fuße eines schroffen, hohen Felsens, von dem sich ein schäumender Wasserfall in einen schimmernden See ergoss. Grün leuchtete das von Sommerblumen durchsetzte Gras, alte, hohe Bäume warfen ihren Schatten, dichtes Gebüsch bildete Hecken und Inseln, Rankpflanzen umgaben tiefe Lauben. Silberhelle Bäche mündeten in einen träge dahinfließenden Strom, und der Gesang von unzähligen Vögeln erfüllte die warme, würzige Luft.

Ich lag auf einer flachen, von kurzem, weichem Gras bewachsenen Steinplatte, die ein Stück in den See hineinragte. Kleine Wellen schlugen an das Ufer. Über den Himmel zogen bauschige kleine Wölkchen, und das Schilf raschelte in einer lauen Brise. Es war schön. Leid und Angst hatten hier keinen Raum, verträumt lauschte ich meinem Herzschlag, mein Fell wurde von der Sonne wohlig durchwärmt, und gemächlich putzte ich meine Pfoten. Ich war daheim. Und nicht allein. Eine dicke, rotbraune Katze näherte sich, streckte sich träge neben mir aus und drehte sich auf den Rücken. Genüsslich reckte sie alle vier Beine gen Himmel und begann lauthals zu schnurren. Es war ein so überaus gemütliches Bild, dass sich in meiner Kehle ebenfalls ein raues Schnurren bildete. Erst als die Katze zu mir sprach, zuckte ich zusammen.

»Musst du auch bauchlüften, ne«, sagte sie.

Das war leider, leider der Augenblick, in dem ich erwachte.

Auf dem Rücken liegend, die Arme über dem Kopf.

Mein Gott.

Ich musste noch immer lächeln, wenn ich daran dachte.

Dass Katzen und Menschen sich miteinander verständigen konnten, hatte ich schon gewusst, mit Ghizmo klappte das auch immer besser. Aber dieses sprechende Pelzknäuel war wirklich der Gipfel. Allerdings war ich in diesem herrlichen Traum selbst eine Katze gewesen, was mir gar nicht ungewöhnlich vorgekommen war. Fast bedauerte ich, dass ich aufgewacht war.

Aber jetzt galt es, sich dem Tag zu stellen. Ein Anruf bei Miriam war notwendig. Sie nahm sich die Zeit, mit mir über den Besuch beim Bürgermeister zu reden, und ihre Bemerkungen zu dem Stoffel waren denkwürdig.

»Wir müssen ihn umgehen, Jenny. Der Mann scheint schon mit dem Verlegen einer Bushaltestelle überfordert zu sein. Ich habe gehört, dass der Gemeinderat ganz gute Arbeit leistet. Es gibt da einen Ausschuss für Kultur und Bildung. Vielleicht hast du da mehr Erfolg.«

»Und wen soll ich da ansprechen?«

»Schau nach, wer ihn leitet. Die Info-Seite der Gemeinde wird dir da weiterhelfen.«

Ja, ja, ich war noch etwas unbeholfen in der Informationsbeschaffung.

»Gut, das mache ich.«

»Du könntest auch schon mal mit den Denkmalschützern Kontakt aufnehmen. Die haben in einigen Fragen ziemliche Durchsetzungskraft.«

»Die könnten den Umbau und die Nutzung auch torpedieren.«

»Ihnen kann aber auch an dem Verfall der Ruine nichts liegen.«

»Ich weiß nicht. Das würde ich lieber Raoul überlassen. Ich treffe ihn am Sonntag. Mal sehen, was sich ergibt.«

»Soll sich was ergeben?«

»Miriam …«

»Ja, ja, ich weiß. Nix mit Männern.«

»Ich habe noch ein anderes Problem. Sag mir mal deine Meinung. Ich bin gestern wieder einmal gefragt worden, welchem Beruf ich nachgehe. Mir muss eine geschickte Antwort einfallen.«

»Hausfrau?«

»Das qualifiziert mich zu gar nichts.«

»Hausfrauen können alles. Aber du hast recht, das ist ein Problem. Dein Abschluss qualifiziert dich auch nicht zu irgendwelchen Dingen, die dein jetziges Leben betreffen. Brauchst du etwas Offizielles, etwas, das du nachweisen musst?«

»In wichtige Unterlagen schreibe ich meinen akademischen

Grad, aber im gesellschaftlichen Verkehr sollte ich eine hübsche Seifenblase vorzeigen.«

»Dann könntest du an etwas selbstständig arbeiten. Schreibst du ein Buch? Schriftsteller zu sein kann jeder behaupten.«

»Dann müsste ich mir ein realistisches Thema ausdenken.«

»Eine Dissertation?«

»Ebenso. Und irgendjemand wird nach dem Fach, der Uni, dem Doktorvater fragen.«

»Such dir was.«

»Zu anstrengend.«

»Schreib dich irgendwo ein.«

»Nein.«

»Du bist stur.«

»Nein, Miriam. Ich will nur nicht einfach vorgeben, irgendwas zu studieren. Mir hilft es nicht weiter, auf die Frage nach meinem Job ›Studentin‹ zu sagen. Ein bisschen Wahrheitsgehalt sollte es schon haben. Aber ich habe so wenige Qualifikationen. Außer vielleicht Knastberaterin.«

Miriam hatte keinen Sinn für Humor. Sie gab ein entsetztes Stöhnen von sich. Aber dann kam ein genialer Vorschlag von ihr.

»Du hast eine etwas ungewöhnliche Fähigkeit, die du vielfältig nutzen könntest, Jenny. Du sprichst sehr gut Türkisch. Da gibt es Möglichkeiten in Schulen, in Betrieben … Und wenn du keinen Kontakt mit Menschen haben willst, sicher genug Material zum Übersetzen.«

»Ja, ich kann diese Sprache. Auf einem speziellen Niveau. Und ich will ja keinen Job, sondern nur eine Antwort auf die Frage, was ich beruflich tue.«

»Und was hast du vor, zukünftig zu tun, Jenny? Im Ernst, du wirst dich schon bald langweilen, wenn du keine richtige Aufgabe hast.«

»Kassiererin im Supermarkt?«

»Du hast das bisschen Geld nicht nötig, was sie dir da zahlen. Und du kannst mehr als Preise in die Kasse tippen.«

Wie gesagt, kein Humor …

»Na, wenn ich so meinen PC ansehe … Aber Spaß beiseite, Miriam. Ich wollte mich mindestens ein Jahr ausruhen und überlegen, wie mein weiterer Weg sein könnte. Ich vermisse die Musik und alles, was damit zusammenhängt. Aber meine Stimme und meine Vergangenheit sind dabei große Hindernisse.«

»Das ist wohl wahr. Ach, Schätzchen …«

Miriam wusste um mein Scheitern, und obwohl ich unschuldig an den Ereignissen war, Ignacia würde immer der feine Ruch der Drogensucht und der Skandal um ihren Agenten anhängen. Darum war ich jetzt Jenny, die Unauffällige.

»Tja, übers Bein brechen kann ich jetzt nichts. Ich werde sagen, ich war in der Musikbranche tätig, als was auch immer, und habe mir jetzt ein Urlaubsjahr gegönnt.«

»Na, siehst du. Sollte mich jemand mal fragen, werde ich auch genau das antworten. Es liegt nah genug an der Wahrheit und passt zu deinem Abschluss an der Musikhochschule.«

»Und die meisten werden denken, dass ich Arien geschmettert habe.«

»Nicht bei deiner Stimme. Ach ja, der Grund, warum du derzeit ohne Engagement bist, ist diese schlimme Krankheit, die dir die ständige Heiserkeit verursacht.«

Somit hatte sie wieder einmal auf ihre höchst effiziente Weise mein Problem gelöst.

Ich hätte selbst darauf kommen können. Oder besser, ich hätte es jetzt können, nun, da ich entschlossen war, die Vergangenheit nicht gänzlich zu verdrängen.

Mein nächster Schritt allerdings galt der Gemeinde und ihrer Internetpräsentation. Ich fand eine Dame, deren Name mir vertraut vorkam – Helene Sauer-Turgau. War das nicht Lilis Sportlehrerin? Frau Sauer-Topf? Das mochte sein, aber sie war auch die Vorsitzende des Ausschusses für Kultur und Bildung. Und dieser Ausschuss hatte schon einige Vorhaben geplant oder realisiert. Straßenfeste, Ausstellungen, Konzerte und ähnliche Veranstaltungen. Sie hatte eine Gedenktafel errichtet und Grünflächen bepflanzt, kümmerte sich um die Leseförderung in der Bibliothek und die Inklusion behinderter Kinder in den Schulbetrieb. Das schien mir alles sehr nützlich und passend. Eine Gruppe, die kulturelle Veranstaltungen betreute, mochte Interesse an der ausgefallenen Kulisse der Klosterruine haben. Ich griff zum Telefon und vereinbarte einen Termin mit der Vorsitzenden.

Meine gute Laune hielt weiterhin an, auch als Inge kam, um sich meines Haushalts anzunehmen. Sie war bereit, bei Woody auszuhelfen, und rief sogleich ihre Chefin an. Dann aber brach sich ihre Tratschsucht Bahn, und sie berichtete mir von dem unerhörten Diebstahl, der in der Nachbarschaft erfolgt war.

»Die haben die Unterhosen von der Wäscheleine geklaut – das ist doch unfassbar.«

»Na ja, wer seine Sachen unbeaufsichtigt draußen hängen lässt, muss mit so etwas rechnen. Es scheinen sich hier doch irgendwelche Landstreicher herumzutreiben. Und sicher brauchen die auch mal was Frischgewaschenes zum Anziehen.«

»Es geht im ganzen Ort um, Frau van Rosmalen. Hier stehlen sie Lebensmittel, da Kleidung, Geld, Handys – wer weiß, was noch kommt. Man ist ja nirgendwo mehr sicher.«

»Sie werden uns sicher nicht in unseren Betten ermorden«, meinte ich leichthin, aber auch Inge war in diesem Fall gänzlich humorlos.

»Berufen Sie es nicht, Frau van Rosmalen. Ich werde jedenfalls einen Riegel an meiner Tür anbringen. Und ein Küchenmesser unter das Kopfkissen legen.«

Ich sagte ihr nicht, dass sie damit dem Mörder in die Hand arbeitete, sondern ging zu Woody hinüber, um ihm von Inges Bereitschaft zu berichten, ihm im Haushalt zu helfen. Er war erfreut, schwatzte noch eine Weile mit mir, wobei er amüsiert von Immaculatas Vernehmung durch die Polizei berichtete. Der junge Beamte hatte wenig Respekt vor der schwarzen Tracht gezeigt, nachdem die gute Schwester ihn angegiftet hatte. Marten traf ich nicht, er hatte sich mit seinem Laptop ins Gästezimmer verzogen, um sich wichtigen Arbeiten zu widmen. Irgendwie wunderte mich das zwar, denn seine Stelle bei dem amerikanischen Lebensmittelkonzern hatte er doch aufgegeben. Aber vielleicht bereitete er seine Bewerbungen vor.

»Ach übrigens, ich werde am Sonntag unseren schweineohrigen Biker auf der Bühne erleben, Woody. Haben Sie den *Faust* schon gesehen?«

»Leider nicht. Aber die Kritiken sind beeindruckend. Erzählen Sie mir auf jeden Fall davon.«

»Wissen Sie was? Ich könnte mich erkundigen, ob es noch Karten gibt. Dann könnten Sie und Marten mitkommen.«

Was mir die gewünschte Distanz zu Raoul verschaffen würde.

»Nein, meine Liebe. Am Sonntag habe ich keine Zeit. Marten hat mit ein paar alten Freunden von mir einen Pokerabend organisiert.«

»Wow. Dann passen Sie auf, dass Sie nicht Haus und Hof verspielen.«

»Sie unterschätzen mich, Jenny.«

Woody grinste. Und mir kam der Verdacht, dass er nicht das erste Mal Karten in der Hand halten würde.

»Sie sind ein Spieler, was?«

»Einer Runde Texas Hold'em kann ich schlecht widerstehen. Aber seien Sie unbesorgt, wir spielen mit harmloser Währung – um Salzstangen.«

»Na, dann zocken sie die anderen gründlich ab, während ich meine Begegnung mit dem Teufel genieße.«

Ich ging zurück und machte einen Abstecher in die Scheune, um nach dem Rechten zu sehen. Ghizmo war nicht hier, obwohl er dem Staubsaugergeheul flugs entflohen war. Aber Milena hatte sich unter dem Sessel hervorgetraut und lag nun auf dem Sofa. Allerdings weit von der Ecke entfernt, die der Schwarze eingenommen hatte. Sie sah mich ängstlich an, lief aber nicht weg, als ich mich zu ihr setzte. Mit leisem Summen hatte ich schon mal Erfolg gehabt, also tat ich es jetzt auch. Ich durfte näher rücken, und dann erlaubte sie mir auch, sie zu streicheln. Ja, sie kam sogar noch näher gekrochen und legte mir ihren Kopf auf den Oberschenkel. Ich kraulte ihren Nacken, knetete ihre Ohren, und ihr Schnurren mischte sich in mein Summen.

»Ich gehe jetzt ins Haus zurück, Milena. Willst du mich begleiten?«

Sie hatte Zutrauen gefasst, denn als ich aufstand, hüpfte sie vom Sofa und folgte mir. An der Scheunentür zögerte sie, und ich musste sie in den Hof locken. Dann aber hoppelte sie hinter mir her bis an die Haustür. Sie wäre sicher mit eingetreten, wenn nicht in diesem Moment dieser grässliche Kommissar durch das Tor getreten wäre. Wie ein Blitz war Milena weg, und ich hörte nur noch die Klappe zuschlagen.

»Guten Tag, Frau van Rosmalen.«

»Guten Tag, Kommissar Hekking.«

Ich hatte schon wieder einen trockenen Mund.

»Ich muss Ihnen einige Fragen stellen. Können wir ins Haus gehen?«

»Wenn es sein muss.«

Inge tobte sich zum Glück gerade oben aus, also bot ich dem Kommissar einen Platz am Esstisch an und setzte mich ebenfalls. Als ich merkte, dass ich verkrampft auf der Stuhlkante Platz genommen hatte, besann ich mich und nahm eine aufrechte Haltung an.

»Wie Sie wissen, hat es in der Nachbarschaft einige Einbrüche gegeben«, sagte Hekking und fingerte sein Notizbuch hervor.

»Ja.«

»Einer davon fand statt, nachdem Sie bei Ihrem Nachbarn das Fenster zur Küche eingeschlagen und ungesichert hinterlassen haben.«

»Ja.«

»Anschließend, so hörten wir, haben Sie den Einbrechern Obdach in Ihrer Scheune gewährt.«

»Wie bitte?«

»Als Einbruch haben Sie den Tatbestand nicht gemeldet, also muss ich davon ausgehen, dass es mit Ihrem Wissen und Wollen geschah.«

»Ich habe es nicht gemeldet, weil kein Schaden entstanden ist.«

»Weil Sie es geduldet haben. Mit wem, Frau van Rosmalen, kooperieren Sie?«

Ich konnte den Idioten nur fassungslos anstarren.

»Antworten Sie!«, herrschte er mich an.

Meine Zunge klebte an meinem Gaumen, ich hatte Mühe zu atmen.

»Sie haben einer Diebesbande Zutritt zu Ihrem Nachbarn verschafft und sie anschließend in Ihrem Gebäude beherbergt.«

Ich war es nicht!, schrie alles in mir. Aber sprechen konnte ich nicht. Panik ergriff mich. Kalte, blanke Panik.

Und Hekking brüllte mich jetzt an.

Was genau dann geschah, wusste ich nicht. Als ich wieder zu mir kam, saß Inge neben mir am Boden und hielt meine Hand.

»Ist gut, meine Liebe. Ist gut. Ich habe ihn rausgeworfen. So ein unhöflicher Stiesel.«

»Danke!«, krächzte ich.

Sie reichte mir ein Glas Wasser, und ich richtete mich langsam auf.

»Er hat mir die Schuld an den Einbrüchen gegeben. Aber ich habe doch nichts getan.«

Ich klang so jämmerlich, und ich schämte mich dafür.

»Unsinn. Er hat nur eine Theorie verfolgt. Aber trotzdem ist er ein Idiot. Vergessen Sie ihn.«

Sie geleitete mich auf mein Sofa, und ich schloss erschöpft die Augen. Dahin die friedvolle Stimmung, dahin die abgeklärte Distanziertheit. Noch immer hielt mich die Angst in ihren Klauen. Unschuldig angeklagt zu werden war schon schlimm, sich nicht dagegen wehren zu können schlimmer. Es steckte tief in mir drin, dieses Entsetzen.

Als ich die Augen wieder öffnete, sah ich die Tablettenpackung auf dem Couchtisch liegen.

»Die habe ich unter der Kommode gefunden. Ich hoffe, Sie haben sie nicht vermisst«, sagte Inge.

»Nein. Doch …«

Ich könnte sie jetzt nehmen. Sie würden eine wohlige Betäubung verursachen. Meine Hand griff zur Schachtel.

Und ließ sie liegen.

Nein, nicht betäuben. Ich war die vergangenen Tage ganz gut ohne die Pillen klargekommen. Dennoch blieb ich auf dem Sofa sitzen, versuchte, meine Nerven zu beruhigen und eine Erklärung für den gehässigen Angriff des Polizisten zu finden. Wer hatte ihm von dem Aufenthalt der Einbrecher in meiner

Scheune erzählt? Ich hatte es dem schweineohrigen Biker gesagt. Aber der hatte es ganz gewiss nicht Hekking weitergegeben. Zu wem hatte ich sonst noch darüber gesprochen? Lili? Nein. Isabelle? Ja, denn sie hatte daraufhin den Riegel angebracht. Woody? Ja, Woody gegenüber hatte ich es gestern kurz erwähnt. Der kannte aber meine Einstellung zur Polizei und hätte es bestimmt nicht weitergeschwatzt. Und Marten sollte keinen Anlass gehabt haben, den Vorfall zu melden.

Aber es war noch jemand in der Nähe gewesen, als ich es erzählt hatte. Schwester Immaculata. Und sie hatte ich beleidigt.

Ja, den Besuch von Hekking und seine Unterstellungen hatte ich vermutlich ihr zu verdanken.

Unheilige Ziege!

Der Ärger über sie war leichter zu ertragen als die Angst. Er belebte mich regelrecht.

24

Lilis Gerüchte

Ghizmo hatte sich in den Unterstand zurückgezogen. Die Frau mit der Heulmaschine wütete wieder in seinem Haus, was er als Angriff auf seine Person wertete. Da war es doch schöner bei dem weißen Pony, das so gemütlich Heu aus seiner Krippe mampfte. Sie hatten sich angefreundet. Goldbeere hatte keine Angst mehr vor ihm, beschnupperte sein Fell, wenn er an ihr vorbeistrich, und duldete auch, dass er es sich in der Krippe gemütlich machte. Es roch nach Pferd und trockenem Gras, nach Leder und nach Lili. Wenn das Mädchen vorbeikam, war es auch meist sehr nett. Sie hatte gute Streichelhände. Und immer etwas Futter dabei.

Er hatte nicht lange warten müssen, bis er ihre Stimme hörte. Allerdings kam sie nicht allein, sondern hatte ihre Freundin dabei. Joly war schon ein paarmal hier gewesen. Sie und Lili spielten mit Goldbeere im Kreis gehen.

»Hallo, Ghizmo!«, sagte Lili fröhlich »Gute Mäusejagd? Oder ist noch Platz für ein Leckerchen?«

Immer, Lili. Gib her!

Auffordernd drückte er seinen Kopf an die Stiefel. Die rochen auch ziemlich gut nach Leder und Pony. Joly, die Freundin, beugte sich zu ihm hinunter und reichte ihm die Finger zum Beschnüffeln. Die rochen ein bisschen nach Pizza. Auch lecker.

Die Hände von Lili aber reichten ihm die Knusperdinger, die sich so herzhaft zwischen den Zähnen knacken ließen. Aber dann richtete sie sich wieder auf und widmete sich dem Pony. Es bekam das Zeug übergestreift, das an der Wand hing, und wurde auf die Weide geführt. Erst ritt Lili allein ein paarmal die Runden, dann Joly, und dann setzten sich beide auf das Pferdchen. Ghizmo schaute zu, wie sie allerlei Übungen darauf absolvierten. Einmal fiel Lili runter und quiekte. Aber sie stand gleich wieder auf und wiederholte die Übung.

»Das machen die beiden schon ganz gut, was, Ghizmo?«, sagte Jenny, und der Kater machte einen entsetzten Hüpfer. Er hatte doch tatsächlich nicht bemerkt, dass Jenny auf die Koppel gekommen war.

»Hi, Jenny. Schauen Sie mal, wir haben unser Programm für das Weihnachtsreiten eingeübt.«

»Ohne Musik?«

»Die haben wir im Ohr.«

Lili tippte an das kleine schwarze Ding in ihrem Ohr. Dann fingen sie die Übungen noch mal von vorn an, und diesmal war es Joly, die auf der Wiese landete.

»Na ja, wir haben noch sieben Wochen Zeit. Bis dahin wird es schon klappen.«

Lili führte Goldbeere zum Unterstand und nahm den Sattel ab. Joly nahm den Striegel zur Hand.

»Es wird sehr hübsch, aber nachdem ihr diese Seitenschwünge macht, solltet ihr einen Takt lang pausieren. Dann wirkt die stehende Figur ruhiger, und ihr habt mehr Zeit, das Gleichgewicht zu finden.«

»Können wir versuchen. Der Schluss gefällt uns auch noch nicht richtig.«

»Ich würde mich ja gerne auf Lilis Schultern stellen, aber das ist mit den Stiefeln hier nicht möglich.«

»Wir üben in den Herbstferien in der Halle, Joly.«

»Wenn wir den Schlüssel kriegen.«

»Papa wird das schon machen.«

Lili hatte das Pferdezeug wieder an die Wand gehängt und drehte sich zu Jenny um.

»Sie gehen mit Papa ins Theater.«

»Darf ich?«

»Klar. Das Stück ist irre. Wir sind mit der Schule da gewesen. Hätte ich nie gedacht. Wir mussten den Faust vorher lesen, und da fand ich das total öde. Aber dann war da der Darius Hellwig, und der war echt spitzenmäßig.«

»Der Mephisto ist so was von sexy!«, stimmte Joly zu. »Ich meine, wenn das der Teufel ist, dann kann man den wirklich nicht fürchten.«

»Doch, Joly. Gerade dann muss man ihn fürchten. Ein schwefelstinkendes Fratzengesicht macht Angst, der wahre Verführer aber trägt ein attraktives Gesicht.«

»Sie haben ihn noch nicht gesehen …«

»Nein, das ist richtig, und ich werde euch mein Urteil verraten, wenn ich das Stück gesehen habe.«

Ghizmo wandte sich ab. Das Gespräch drehte sich um etwas, das ihm nichts sagte. Dagegen war das leise Rascheln hinten bei den Heuballen überaus verlockend. Er stürzte sich drauf. Die Maus gab einen kleinen Quiekser von sich, als sie starb. Er putzte sie weg.

»… hat Papa gesagt. Seitdem habe ich einen seiner Golfschläger neben mein Bett gestellt«, erklärte Joly gerade, als er sich wieder den Menschen zuwandte.

»Du würdest besser dein Handy eingeschaltet neben dein Kopfkissen legen. Dann kannst du, solltest du etwas Ungewöhnliches bemerken, gleich den Notruf wählen«, sagte Jenny. »Ich glaube aber nicht, dass diese Bande gewalttätig ist.«

»Die Frau Sauertopf hat uns aber gewarnt. Die könnten uns vergewaltigen, hat sie gemeint. Und gerade wir Mädchen müssten vorsichtig sein. Und sollten abends das Haus nicht mehr verlassen.«

»Und uns nicht von Männern ansprechen lassen.«

»Im Prinzip ein guter Rat. Aber der gilt zu jeder Zeit. Es schadet nichts, ein bisschen vorsichtig zu sein. Aber ich glaube, überängstlich zu sein, ist auch nicht gut. Ich habe den Eindruck, es sind ein paar Landstreicher, die hier ihr Unwesen treiben. Sie klauen Kleider und Lebensmittel, und bald werden sie in den nächsten Ort weiterziehen und sich dort versorgen.«

»Unsere Nachbarin hat gesagt, das sind osteuropäische Banden. Und die sind brutal und schlagen Leute zusammen.«

»Ist das denn schon passiert?«

»Nein. Oder wir haben davon noch nichts gehört.«

»Dann verbreitet nicht solche Gerüchte, Lili.«

»Haben Sie denn gar keine Angst?«

»Ich habe vor vielen Dingen Angst, Joly. Und glaub mir, ich wäre froh, wenn das nicht so wäre. So, und jetzt muss ich weiter.«

Ghizmo überlegte, ob er Jenny folgen sollte, aber da Lili und Joly ebenfalls den Unterstand verließen, beschloss er, bei Goldbeere noch ein kleines Nickerchen zu machen. Das Schnobern des Ponys hatte so eine schöne beruhigende Wirkung.

25

Ein Teufel in Aktion

Mit der Fingerspitze strich ich über die glatte Oberfläche des meisterlich glasierten Keramikeis, das in seinem Nest von duftenden Hölzern lag. Eine kleine Stelle der Eihülle war aufgeplatzt, und ein Stück eines goldenen Schnabels kam dort hervor. Dieses erstaunliche Meisterwerk hatte ich vor einigen Wochen vor meiner Haustür gefunden. Und es ließ mich vermuten, dass der Geber etwas von meiner sorgfältig verborgenen Vergangenheit wusste. Zu Zeiten hatte ich einen großen Erfolg mit einem Song über das Sterben und Auferstehen des Phönix gehabt. Noch immer wurde das Lied im Radio gespielt und erfreute sich – wenn ich meinen Tantiemen trauen konnte – auch noch immer großer Beliebtheit. Lili hatte sogar den Ehrgeiz entwickelt, damit bei einem Voltigier-Wettkampf anzutreten. Zum Glück wusste sie nicht, dass ich einst Ignacia gewesen war.

Phoenix Dying war mein letzter Song, und ich wusste, es war mein bester. Ich hatte ihn selbst geschrieben, und er verlangte den gesamten Umfang meiner Stimme. Und die war einst ziemlich ausdrucksvoll gewesen. Vielleicht hatte ich als Baby extrem laut geplärrt, jedenfalls hatte sich meine Mutter bemüßigt gefühlt, diese Geräusche zu disziplinieren. Schon sehr früh hatte ich ihren Liedern gelauscht und versucht sie nachzuahmen. Vor meiner Geburt war meine Mutter Opernsängerin gewesen. Keine sehr berühmte, aber ein solider Mezzosopran. Nachdem ich auf der Welt war, hatte sie begonnen, an einer Musikschule zu unterrichten. Und zu Hause mich. Leider hatte sie die unangenehme Angewohnheit, mir ständig zu sagen, wie schlecht ich sang. Mit Lob war sie äußerst sparsam. Doch ich liebte den Gesang, und ich wollte ihr auch gefallen. Also übte ich. Sowie meine Finger in der Lage waren, die Tasten des Klaviers zu erreichen, begann auch da der Unterricht. Der machte mir wenig Freude, nur wenn ich allein war und für mich selbst spielen konnte, dann hatte ich Spaß an der Vielfalt der Töne und Rhythmen. Eines Tages erwischte mein Vater mich dabei, wie ich meine eigenen Fantasien klimperte. Es musste ihn überrascht haben, denn bisher hatte meine Mutter sich immer über mein unwilliges Üben beklagt. Mein Vater war ein bekannter Dirigent und nicht sehr oft zu Hause. Er betrachtete mich mehr oder weniger als notwendiges Übel und Spielzeug meiner Mutter, die ja ihre Karriere als Sängerin aufgegeben hatte. Da ich einigermaßen niedlich war und weitgehend gehorsam, war er zufrieden mit mir. Jedenfalls bekam ich nach diesem Ereignis einen Klavierlehrer, der etwas andere Unterrichtsmethoden kannte als meine Mutter. Die Gesangsübungen aber behielt sie sich vor. Und ich glaubte, ich sei die am schlechtesten krächzende Krähe im Chor der Singvögel.

Das änderte sich erst, als ich die ersten Gesangsstunden in der Musikschule nahm. Da war ich aber schon zehn Jahre alt, und das Wissen um meine schlechte Stimme verflüchtigte sich langsam. Nicht nur meine Lehrer, auch ich erkannte ihre Möglichkeiten.

Meine Mutter war sauer, als ich neben der klassischen Ausbildung auch meine Fühler in den Musicalbereich ausstreckte. Sie warf mir vor, ich würde mir meine Stimme ruinieren. Die Auseinandersetzungen wurden schließlich so heftig, dass ich eines Tages das Haus verließ. Ich hatte es seither nicht mehr betreten.

Mein Elternhaus hatte ich also schon lange verloren, gelegentlich hatte ich noch Kontakt zu meinem Vater gehabt. Er verfolgte meine Karriere als Rocksängerin zumindest mit Interesse. Meine Mutter leugnete schon damals jede Verbindung zu mir. Vollends aber sagten meine Eltern sich von mir los, als ich im Verdacht stand, Drogen zu nehmen, und im türkischen Knast landete.

Über die Wut darüber war ich lange hinaus. Sie waren eben so und ich das falsche Küken im Nest.

Doch was ich in stillen Momenten heute noch bedauerte, war der Verlust meiner Stimme. Aber ich hatte gelernt, damit umzugehen. Sie war weg, fertig. Ich hatte ein neues Leben begonnen, Ignacia, die Rocksängerin, existierte nicht mehr. Hier ahnte es niemand – außer demjenigen, der mir das Phönix-Ei geschenkt hatte. Und der schwieg.

Ich stand vor meinem nicht eben üppig bestückten Kleiderschrank und überlegte, was ich zu dem heutigen Theaterbesuch anziehen sollte. Große Gala war nicht nötig, aber in Jeans und Sweatshirt mochte ich Raoul auch nicht überraschen. Er war konservativ und würde einen Anzug tragen. Also Rock, Rolli und Jacke. Angemessen elegant, aber nicht sexy. Man zeigte mit seiner Kleidung auch seine Persönlichkeit. Und was man mit der Kostümierung ausdrücken konnte, hatte ich im Schauspielunterricht gelernt.

Ich mochte Raoul Pfeiffer. Er war Lili gegenüber ein aufgeschlossener Vater, kümmerte sich verantwortungsvoll um sein Weingut, obgleich ein Feuer vor zwei Jahren große Bestände vernichtet hatte. Aber er baute wieder auf, und das, wie es schien, mit großer Effizienz. Er war ein guter Unterhalter, wenn auch nicht belesen, aber interessiert an Kunst und Kultur. Und er war an mir interessiert. Er sah auch ausgesprochen gut aus.

Aber es war bislang noch kein Funke in mir erwacht oder übergesprungen. Mir war nicht nach Männern. Vielleicht würde ich ihn deswegen irgendwann verprellen. Vielleicht würde er es aber auch akzeptieren. Dann könnten wir Freunde sein.

Auf jeden Fall freute ich mich auf den Theaterbesuch.

Pünktlich stand Raoul dann auch vor der Tür, und ich nahm auf dem Beifahrersitz Platz.

»Lili ist ganz begeistert über Ihre Unterstützung bei ihren Vorführungen«, sagte er, als wir Richtung Autobahn fuhren.

»Sie ist ein ehrgeiziges Mädchen. Und wann immer sie bei den Übungen vom Pony fällt, steht sie umgehend wieder auf und macht weiter. Ich fürchte, sie ist von blauen Flecken übersät.«

»So schlimm ist es nicht. Das Fallen gehört dazu, und sie kennt Tricks, sich dabei nicht allzu wehzutun.«

Man konnte sich entspannt mit ihm unterhalten, und da die Fahrt eine knappe Stunde dauerte, sprach ich nach einer Weile auch von meinen neuesten Überlegungen.

»Ich spiele mit dem Gedanken, mir ein Auto zu kaufen.«

»Ich habe mich schon gefragt, warum Sie keins haben. Der Feyenhof liegt doch ziemlich abgelegen.«

»Ich rufe mir ein Taxi, wenn ich irgendwo hin will. Aber auf die Dauer finde ich das lästig.«

»Was schwebt Ihnen denn vor?«

»Das weiß ich eben nicht. Mein allererstes Auto war ein uralter Golf. Ich glaube, der war damals schon älter als ich. Er verröchelte nach zwei Jahren mitten auf der Autobahn. Kein schönes Erlebnis …«

»Dann würde ich jetzt einen Neuwagen empfehlen.«

»Das war der Nächste auch. Er verreckte auf einem Feldweg, in Matsch und Modder. Gut, es war ein Garantiefall, aber auch das Erlebnis möchte ich nicht wiederholen.«

»Was für ein Qualitätsfahrzeug war das denn?«

»Ein kleiner Fiat. War günstig, aber hatte etliche Macken.«

»Also schließen wir Fiat aus. Und Kleinstwagen wohl auch, oder?«

»Ich denke schon. Obwohl die schön wendig sind.«

»War der Fiat Ihr letzter Wagen?«

»Nein.« Mhm, jetzt wurde es schwierig. Mein letzter Wagen war ein Porsche gewesen. Und dann fünf Jahre nichts. »Ich war lange im Ausland, Raoul. Und hatte kein eigenes Auto.« Das hörte sich wenigstens so an, als hätte ich andere Fahrgelegenheiten gehabt. »Ich denke, ich benötige ein vorwiegend praktisches Fahrzeug.«

»Also eher ein kompakter Wagen, aber zuverlässig.«

»So ungefähr.«

»Welche preisliche Größenordnung haben Sie sich denn vorgestellt?«

»Ich hab so gut wie gar keine Ahnung«, wich ich aus. »Ich muss mich erst noch orientieren.«

Er machte einige Vorschläge, die ich wohlwollend kommentierte. Und er nannte mir auch gleich drei passende Autohäuser in der Umgebung.

»Wenn Sie wollen, begleite ich Sie gerne, wenn Sie auf die Suche gehen.«

»Weil Autokauf eine Männersache ist?«

»Weil Autoverkäufer meistens Männer sind.«

»Die Frauen für inkompetent halten.«

»Jenny, es war ein Angebot.«

»Entschuldigen Sie, ja. Ich werde darauf zurückkommen, wenn es ernst wird.«

Wir näherten uns dem Theater und bogen in die Tiefgarage ein. Das Theater war ein moderner Bau mit einem weiträumigen Foyer. Doch wir waren ein wenig spät dran und begaben uns gleich zu unseren Plätzen. Raoul hatte gut gewählt, dritte Reihe Mitte gab mir einen exzellenten Blick auf die Bühne. Und dann hob sich der Vorgang.

Ja, ich wusste, wie Schauspiel funktionierte. Mit welchen Mitteln man die Aufmerksamkeit lenkte, was man mit Ton und Licht erreichen konnte. Und dennoch nahm mich die Aufführung vom ersten Augenblick an gefangen, sodass ich alles Technische vergaß. Die Schauspieler, und das merkte wohl selbst ein Laie, liebten das Stück. Und dass sie es taten, lag ganz besonders an Darius Hellwig.

Er lebte seine teuflische Rolle.

Von Mephisto hatte ich ein Bild vor Augen gehabt, das ihn als weiß geschminkten Mann mit spitz hochgezogenen Brauen und schwarzer Kappe zeigte. Ein philosophierender Teufel, dem die lächelnde Bosheit ins Gesicht geschrieben stand. Junge Mädchen hätten ihn alles andere, nur nicht sexy genannt.

Hier aber stand ein Mephisto auf der Bühne, der wahrhaft ein lüsterner Teufel war und der seine Lasterhaftigkeit mit Charme maskierte, der seine bösen Absichten hinter augenzwinkerndem Witz verbarg und der, verdammt noch mal, höllisch sexy war und wahrhaft verführerisch aussah. Er trat in schwarzem Leder auf, eine ärmellose Weste über der bloßen Brust, die seine Muskeln nicht versteckte. Nur ein leichtes Hinken verriet einen möglichen Pferdefuß, lediglich zwei Haarwirbel in Schläfennähe mögliche Hörner. Er schleimte sich nicht ein, er gab sich völlig natürlich. Nie hatte ich Goethes Sprache so lebendig gehört, nie war sie mir so witzig erschienen. Und doch entlarvte Mephisto von Szene zu Szene mehr seine wahre höllische Gestalt. Es waren kleine Änderungen an der Maske, die sein Gesicht immer böser erscheinen ließen. Die Haut schien einen Stich ins Grünliche zu bekommen, die Augenbrauen zogen sich dichter zusammen, das Lächeln wurde hinterhältiger, die Augen lagen tiefer und wurden rot. Es war noch immer Darius Hellwig, doch sein Minenspiel war satanisch.

Einfach wunderbar.

Die Zeit verflog nur so, ich war gebannt und hingerissen. Und als Mephisto bei den stehenden Ovationen die dünne Maske vom Gesicht zog, tobte das Publikum fast so, wie ich es einst aus meinen Konzerten gekannt hatte. Die Euphorie griff auch auf mich über, ich kreischte zwar nicht wie viele Frauen, aber ich trampelte und klatschte im Takt mit allen anderen mit.

Raoul sah etwas pikiert drein.

Als endlich der letzte Vorhang gefallen war und wir uns ins Foyer geschoben hatten, legte ich ihm die Hand auf den Arm.

»Sie hätten es wissen müssen. Lili war auch von ihm begeistert.«

»Sie ist dreizehn.«

»Ja und? Raoul, Sie sind auf eine Theaterfigur eifersüchtig? Es war eine überragende schauspielerische Leistung. Hellwig hat einen einzigartigen Teufel gespielt, das muss man honorieren.«

»Und kreischen wie auf einem Rockkonzert?«

»Das ist das Brot des Künstlers.«

»Die zahlen ihm genug.«

Das klang so grimmig, dass ich laut lachen musste.

»Raoul, neiden Sie ihm die muskulöse Brust, die er so schamlos zur Schau gestellt hat, oder seinen knackigen Hintern, den er so hübsch in Leder verpackt hat? Das sollten Sie nicht, denn seine Art, den Mephisto zu interpretieren, kann man nicht infrage stellen.«

Jetzt lachte Raoul auch auf und meinte: »Er polarisiert. Aber Sie haben recht, er ist ein wahrer Teufel, unser Darius.«

Der Rückweg verlief in Harmonie. Und als wir uns verabschiedeten, willigte ich ein, mich demnächst mal mit ihm zu einem Essen zu treffen. Aber den Termin ließ ich sicherheitshalber offen.

Ich hatte viel vor in den nächsten Tagen. Unter anderem wollte ich – vorausschauend zum Autokauf, die Garage ausräumen.

26

Lug und Trug

Ihm taten alle Knochen weh, als er sich mühsam aufrichtete. Die Luftmatratze hatte endgültig ihren Geist aufgegeben und pfiff aus allen Löchern, als er versuchte, sie wiederzubeleben. Die Nacht auf dem Boden war äußerst unbequem gewesen. Nicht nur hart war er, auch kalt. Kalt wehte es auch durch das Fenster herein, und ein stetiges Tropfen machte ihn auf den Regen aufmerksam, der an diesem Morgen über das Land zog.

Er wollte hier raus!

Er wollte endlich hier raus.

Aber sie ließen ihn nicht. Am Abend zuvor hatte er mit ihnen darüber diskutiert. Aber die Situation war verfahren. Er war nicht bereit, ihnen jemanden aus seiner Familie zu nennen, der Lösegeld für ihn zahlen würde. Vor allem seinen Vater würde er sowieso nicht erreichen können, da er seine Telefonnummern nicht auswendig kannte und Daddy derzeit in New York seinen Geschäften nachging. Mama wollte nicht erreichbar sein, sie machte Urlaub von der Familie. Und seine Schwester war mit ihrem neuesten Lover nach Korsika gezogen. Sie glaubte, er wäre mit zwei Freunden unterwegs. Ach ja. Ihn vermisste niemand.

Vielleicht würde sich das in drei, vier Tagen ändern.

Sein Vater würde zurückkommen und versuchen, ihn zu erreichen. Ganz sicher. Und er würde ihn als vermisst melden. Daddy war in solchen Dingen verlässlich. Der Polizei würde er Dampf machen, aber wie! Und dann würden sie ihn suchen. Und Lösegeld war gepfiffen!

Das hatte er den Jungs noch nicht gesagt.

Die spannen noch immer damit herum, dass seine Familie bereit sein würde, ihn freizukaufen. Und sie hatten schon die abenteuerlichsten Ideen entwickelt, wie die Geldübergabe stattzufinden hatte. Er hatte sie dabei mit allerlei Blödsinn unterstützt. Besonders angetan waren die beiden von dem Vorschlag, einen Geldkoffer mit kleinen ungezeichneten Scheinen in der Friedhofskapelle des Waldfriedhofs von Oberrad deponieren zu lassen. Er selbst würde dann im Trauerhain die Übergabe abwarten und auf seinen Dad zugehen. Vorher wollte er einen Blutschwur ablegen, seine Entführer nicht zu verraten.

Von Blutschwüren hielt er nichts, und die beiden würden so schnell gefasst, wie die Katz eine Maus fing.

Aber auch das sagte er ihnen nicht.

Im Lügen und Betrügen wurde er nachgerade immer besser. Und da die Jungs inzwischen auch einen Packen Spielkarten organisiert hatten, verbrachten sie etliche Stunden beim fröhlichen Skat.

27

Garagen-Reinigung

Ghizmo setzte sich auf seinen roten Eimer und bestaunte Jennys Aktivitäten. Sie hatte das graue Tor aufgemacht und sah sich das Gerümpel an, das sich im Inneren der Garage angesammelt hatte. Dann seufzte sie.

Ghizmo sprang von seinem Thron und näherte sich ihr.

»Was für ein Messie dieser Florian war«, sagte sie zu ihm. »Die Scheune war ja schon schlimm, aber das hier überbietet sie noch. Lauter Kleinscheiß. Und so schmuddelig. Ich werde mir wohl erst mal Handschuhe anziehen.«

Ghizmo neigte dazu, ihr recht zu geben. Florian hatte oft seinen Kram in diese Höhle gebracht und dann vergessen. Er erinnerte sich noch an einen Weidenkorb, den er höchstselbst in einem Wutanfall zerfetzt hatte. Und an eine Decke, aus der er so viele Fäden gezogen hatte, dass sie eines Tages zerfallen war.

Aber da war noch viel mehr in diesem düsteren, kalten Raum, und das wollte Jenny wohl nun ans Licht zerren. Sie hatte jetzt ihre Hände mit blauen Pfoten bedeckt und zog an einer alten Kiste. Als sie neben dem Brunnen stand, klappte sie die Deckel auseinander. Staubiger Terpentingeruch schlug Ghizmo entgegen, und er nieste. Jenny auch.

»Igitt!«, sagte sie und griff beherzt hinein. Lappen, farbverschmiert, Pinsel, borstig, dünne Holzleisten, bekleckst, ein löchriger Kittel, farbfleckig.

»Warum hat er das nicht in die Mülltonne geworfen?«, grummelte sie und tat genau das. Dann ging sie wieder zur Garage. Zwei alte Staffeleien lehnte sie an den Brunnen, einen dreibeinigen Stuhl ebenfalls, dann folgten der zerfetzte Weidenkorb und die kaputte Decke. Ghizmo beschnüffelte sie noch einmal gründlich und gab sich für einen kurzen Augenblick der Erinnerung hin. Unheimlich zornig war er damals gewesen. Warum, das wusste er aber nicht mehr. Nur der Genuss, seine Krallen in das wehrlose Geflecht zu schlagen, der stand ihm noch vor Augen. Und verführte ihn dazu, noch etwas mehr daran zu fetzen.

»Das war mal dein Korb, Ghizmo, was?«

Maunz!

»Na, dann wetz dir die Krallen dran.«

Grrrr!

Jenny lachte und zerrte eine weitere Kiste hervor. Die war stabiler als die aus Pappe. Sie bestand aus grünem Metall und war nur unten ein bisschen rostig. Jenny gab einige hässliche Worte von sich, bis es ihr gelungen war, sie zu öffnen. Muffiger Geruch schlug ihnen entgegen. Auf einer halb zerfallenen Pappschachtel lagen getrocknete Blumen. Sie zerfielen ihr in der Hand, aber ein Stoffzeug war ordentlich in knisterndes Seidenpapier gehüllt und verschiedene Plastiktüten füllten den Rest der Kiste.

»Erinnerungsstücke, Ghizmo. Die werde ich mir später genauer ansehen.«

Jenny klappte die Kiste wieder zu und zog sie unter Ächzen bis an die Wand. Dann brachte sie weitere zerbrochene Möbel und zwei fleckige Matratzen zum Vorschein.

»Was für ein Mist! Gibt es hier denn keine Sperrmüllabfuhr?«

Wusste Ghizmo nicht. Aber die Matratzen luden zum Kratzen ein. Er gab dem Trieb nach. Als er damit fertig war, standen noch ein jämmerlicher Staubsauger, ein klebriger Gartengrill, ein paar verbeulte Emailletöpfe, ein Stapel Blumentöpfe und drei zerbrochene Vasen im Hof. Und Jenny war eben dabei, irgendwelches Zeug in die Mülltonnen zu stopfen. Sie sah nicht mehr belustigt, sondern ziemlich grimmig aus.

»Wie kann man nur einen derartigen Abfall aufheben?«, knurrte sie und klappte den Deckel der Tonne mit einem lauten Knall zu.

Ghizmo hatte das Interesse an den Gegenständen auch verloren und setzte sich wieder auf den roten Eimer, um sich gründlich den Staub und den Mief aus dem Fell zu putzen. Mit einem Auge bekam er mit, dass Jenny die größeren Stücke aus dem Tor an den Straßenrand schleppte und dann mit einem Besen durch die Garage fegte. Den neuerlichen Staubwolken wich Ghizmo dadurch aus, dass er sich in die Scheune verzog.

»Was macht die da draußen?«, fragte Milena ihn, die sich mal wieder ängstlich unter den Sessel verzogen hatte.

»Aufräumen.«

»Das hört sich schlimm an. Hat sie dich geschlagen?«

»Nö. Jenny schlägt Katzen nicht. Und sie mag Schmutz nicht. Ich wette, sie geht gleich in ihre Wasserkammer und putzt sich.«

»Ihh, ja. Menschen machen das mit Wasser. Haben meine genauso gemacht. Und mich haben sie auch gebadet. War das grässlich.«

»Sie haben dich gebadet? Heilige Bastet, was für Scheusale!«

»Ja, gemein, nicht? Ganz eingeschäumt haben sie mein Fell. Und es brannte in den Augen, und meine Ohren wurden nass.

Und dann haben sie an mir rumgerubbelt und mich schließlich mit heißer Luft bepustet. Das war allerdings schön. Aber hinterher roch ich ganz komisch. Tagelang. Ich hatte solche Mühe, mich wieder sauber zu putzen.«

»Ich hätte solche Menschen in Fetzen gerissen.«

»Wollt ich auch. Aber sie hatten mir die Krallen gestutzt.«

Ghizmo sah sie fassungslos an.

»Das ist Misshandlung. Das geht doch gar nicht. Da konntest du dich ja noch nicht mal wehren.«

»Sie hatten Angst um ihre Sessel.«

Ghizmo schredderte ein Stück Bezug aus dem Sofa und knurrte dabei wild. Milena drückte sich tief unter ihren Sessel.

»D…das darf man nicht.«

»Ich darf das. Und ich tue das! Probier es selbst aus.«

»N…niemals!«

»Feige Nuss.«

Ghizmo wandte sich ab und strebte durch die Klappe wieder in den Hof. Der war jetzt leer geräumt, und Jenny war eben dabei, die Metallkiste durch die Tür zu wuchten. Drinnen würde sie sicher wieder darin herumstöbern und Staub aufwirbeln. Er beschloss, Jaromir einen Besuch abzustatten. Der war interessanter als die furchtsame Milena.

Also zur Hecke gegenüber. Ghizmo stellte fest, dass der Herr des Hauses sich im Garten aufhielt. Die Reviergrenzenüberschreitung würde bestimmt zu einer schönen kleinen Keilerei führen, und dazu war er gern bereit.

Es kam, wie es kommen musste. Eine Weile flogen die Krallen und die Beleidigungen, wälzten sie sich im Kräuterbeet, kreischten und brummten sie, was die Lungen hergaben, dann saßen sie nebeneinander, starrten sich noch eine Weile böse an, bis der Dampf raus war und sie eine gemütliche Plauderhaltung annahmen. Mitten in der üppigen Katzenminze.

»Was Neues im Revier?«, fragte Jaromir und fegte sich mit der Pfote über das Fell.

»Jenny hat die Garage ausgeräumt. Viel altes Zeug drin. Steht jetzt am Straßenrand.«

»Aha. Der Alte hat die schwarze Hexe rausgeschmissen.«

»Ganz von selbst?«

»Nee. Ich hab ihre Tasche ausgeräumt. Und da war was drin, was nicht reingehörte. Das hat ihr einen schönen Ärger verursacht. Und damit war sie weg. Jetzt kommt Sandra bald wieder. Die hat zwar auch Macken, aber ist nicht so fies.«

»Wusste ich doch, dass du eine Lösung findest. Wie macht sich der Sohn von deinem Alten?«

»Geht dich das was an?«

»Er umschwänzelt meine Jenny.«

»Ach.« Jaromir nagte an den Krallen seiner rechten Pfote. Dann fragte er: »Ist sie rollig?«

»Nein.«

»Dann sollte er wohl vorsichtig sein. Sonst fängt er sich eine.«

»Möglich. Ist aber sein Problem.«

»Er ist ein seltsamer Mensch. Er versteckt was.« Jaromir betrachtete die gereinigte Pfote sinnend. »Er sitzt nachts lange an dem Flimmerbild und klappert auf den Tasten.«

»Macht Jenny auch manchmal. Wenn sie nicht schlafen kann.«

»Nicht manchmal, sondern fast die ganze Nacht über. Und es ist auch nicht wie bei dem Alten. Der hat immer helles Bild und tippt schwarze Spuren darauf. Der Marten hat bunte, flimmernde Bilder und Klingeln und Summen und Flöten und Knallen dabei. Und manchmal lacht er auf. Aber meistens flucht er laut.«

»Laut fluchen tut Jenny auch sehr oft. Aber es macht keine

Geräusche bei ihr, wenn sie auf dem Brett rumklappert. Seltsam ist das schon.«

»Ja, vor allem, weil Marten diese Bilder immer ganz schnell verschwinden lässt, wenn der Alte die Treppe hochkommt. Aber mich bemerkt er überhaupt nicht.«

»Diese Flimmerkästen scheinen den Menschen viel zu bedeuten. Jenny geht oft daran, wenn sie nach was sucht. Dann sitzt sie meist ganz starr davor und betrachtet die schwarzen Zeichen. Es macht sie zufrieden.«

»Marten macht es auch manchmal zufrieden. Aber nicht immer. Er haut oft mit der Faust auf den Tisch und grunzt böse. Er murmelt was von full house und ace high oder show down. Was das ist, weiß ich nicht.«

»Ich auch nicht. Muss eine Menschensache sein.«

»Die er heimlich macht. Mich beunruhigt das. Vielleicht schadet es dem Alten.«

»Versuch, es ihm zu zeigen.«

»Ja. Mal sehen.«

»Gehen wir rüber zu den Apfelbäumen. Ich hätte Lust auf eine fette Maus.«

Dazu hatte Jaromir auch Lust, und so trabten sie in großer Einigkeit in das Jagdrevier.

28

Das Raubtier

Die Garage war leer, das Gerümpel hatte ich an den Straßenrand gestellt und den Sperrmüll angemeldet. In zwei Tagen würde der ganze Mist verschwunden sein. Doch als ich am Morgen zur Scheune ging, um Milena ihr Futter zu bringen, musste ich feststellen, dass mein säuberlich aufgeschichteter Stapel auseinandergerissen und geplündert worden war. Die alten Decken waren weg, ebenso eine der Matratzen und ein Bündel fadenscheiniger Handtücher. Na toll, da hatte jemand für seine Einrichtung gesorgt.

Milena schien schon auf mich gewartet zu haben, sie sprang vom Sofa und begrüßte mich mit einem Kopfstoß an meinen Beinen.

»Guten Morgen, Süße. Na, wirst du mir heute ins Haus folgen?«

Sie sah mich mit ihren schönen großen Augen an und fiel dann über den Napf her. Lange brauchte sie nicht, um ihn zu leeren, und so wartete ich an der offenen Tür auf sie. Mit einem lockenden Summen weckte ich ihre Aufmerksamkeit, und sehr vorsichtig trat sie in den Hof. Ich schloss die Tür hinter ihr und ging langsam zum Haus. Sie folgte mir, zögerte an der Schwelle und traute sich dann doch in den Flur hinein. Als ich auch die Haustür schloss, drückte sie sich panisch unter die hochbeinige Kommode. Ich ließ sie in Ruhe.

Eine gute Stunde nahm ich mir Zeit, um mir im Internet einige Informationen zu den hiesigen Autohändlern zu besorgen und mir eine Vorstellung davon zu verschaffen, welches Modell mir so gefallen würde. Die Entscheidung fiel mir leicht. Am liebsten hätte ich die Bestellung direkt online getätigt, aber leider war das nicht möglich. Ich musste das Autohaus persönlich aufsuchen, und hier schien es mir tatsächlich angebracht, männliche Begleitung mitzunehmen. Raoul wäre sicher bereit, aber er hatte viel mit seinem Weingut zu tun, und ich würde ihn aus seiner Beschäftigung reißen. Aber der schöne Cowboy von nebenan, der hatte vermutlich Zeit für mich. Und würde sich auf alle Fälle geschmeichelt fühlen.

Milena hatte sich inzwischen ins Wohnzimmer vorgewagt und sich unter das blaue Sofa verdrückt. Ich sagte ihr, dass ich für ein paar Stunden fort sei, und hoffte, dass Ghizmo sie während meiner Abwesenheit nicht verprügelte.

Ich ging in die Diele, griff nach meinem Schlüssel – und griff ins Leere. Ein milder Fluch entfuhr mir. Ich legte meine Sachen immer an dieselbe Stelle. Was war mit dem Schlüsselbund geschehen? Eine schnelle Suche an möglichen Plätzen ergab keinen Erfolg, und leise Panik schlich sich an. Hatte ich sie draußen verloren? Kaum, denn dann wäre ich nicht ins Haus gekommen. Oder? Hatte ich sie vielleicht in der Scheune vergessen, als ich die Katzen gefüttert hatte?

In der Kommode war ein Ersatzschlüssel, ich lief nach Nebenan, fand aber auch dort den Bund nicht. Hatte man mir den Schlüssel geklaut? Würden die Einbrecher mich jetzt nachts in meinem Bett ermorden?

Heftig atmend lehnte ich mich an die Hauswand.

Jenny, du spinnst, sagte ich mir. Du hast den Schlüssel nur verlegt. Such nachher in Ruhe danach.

Als ich mich durch diese Selbstsuggestion einigermaßen beruhigt hatte, raffte ich mich auf und ging zu Woodys Haus.

Woody und Marten waren anwesend, und Inge war mit dem Staubsauger in den Zimmern unterwegs.

»Aber natürlich wird Marten Sie begleiten«, sagte Woody und rief lautstark nach seinem Sohn, der sich oben im Gästezimmer aufhielt.

»Komme gleich!«, war die Antwort, und ich fragte Woody, wie es seinem Bein ginge.

»Scheint zu heilen. Morgen habe ich einen Termin im Krankenhaus.«

»Und wie war Ihr Pokerabend? Haben Sie Haus und Hof verzockt?«

»Meinen Einsatz habe ich verdoppelt. War ein hartes Spiel, und Marten haben wir ordentlich geschröpft. Er hatte kaum noch eine Salzstange übrig. Er hat ein paarmal zu viel geblufft.«

Ein Risikospieler also. Manchmal konnte das von Nutzen sein. Aber vermutlich waren Woody und seine Kumpane gewiefte Pokerspieler, mit denen Marten nicht mithalten konnte.

Er kam eben die Treppe nach unten und begrüßte mich mit einem strahlenden Lächeln. Aber er sah ungewöhnlich müde aus.

»Ich habe mich entschlossen, ein Auto zu kaufen, und ich würde mich freuen, wenn Sie mich begleiten würden. Aber nur, wenn Sie Zeit haben.«

»Klar habe ich Zeit. Sie wissen schon, bei welchem Autohändler Sie sich umschauen wollen?«

»Weiß ich, und ich habe auch eine Vorstellung davon, was für ein Wagen mir gefallen könnte.«

»Sehr gut. Dann machen wir uns auf den Weg.«

»Pass auf, dass man sie nicht übers Ohr haut, Marten.«

»Bestimmt nicht.«

Ich stieg in Martens Luxuskarosse und versuchte mir vorzustellen, welchen Eindruck wir machen würden. Marten war wieder in seinem Cowboy-Look – das schien seine normale Freizeitkleidung zu sein – ich hatte Jeans, einen wunderbar weichen weißen Rollkragenpullover und eine unauffällige braune Lederjacke angezogen. Wer wollte, erkannte die Qualität.

Das Autohaus glänzte und schimmerte in Chrom und Glas und bot eine bunte Auswahl an ebenso glänzenden Fahrzeugen. Der Verkäufer glänzte auch – sein sonnenbankgebräuntes Gesicht genau wie seine gelgestylten Haare und seine erfreut aufleuchtenden Augen.

Marten übernahm sofort die Führung des Gespräches.

»Frau van Rosmalen möchte sich ein Fahrzeug zulegen. Jenny, was genau suchen Sie?«

»Oh, ich dachte an ein praktisches Auto. Eines, auf das ich mich verlassen kann.« Ich schaute mich etwas hilflos um und ergänzte: »Und – ähm – das ich mir leisten kann.«

»Dann schauen wir uns doch mal die Modelle an. Kommen Sie!«

Der Verkäufer steuerte auf einen Kombi zu, dessen multifunktionale Inneneinrichtung er vollmundig pries und gewandt betätigte, um mir zu zeigen, wie man mindestens drei Waschmaschinen auf dem Rücksitz transportieren konnte. Marten neben mir wurde sichtlich ungeduldig und unterbrach schließlich den Sermon, indem er nach der Motorleistung fragte. Ah, das war der Schlüssel zu des Verkäufers Seele. Er klappte den Motorraum auf und verfiel in Ekstase. Ich sah mich anderweitig um und entdeckte das Modell, das mir ausnehmend zusagte. Ich hatte mir die Ausstattung bereits auf der Webseite durchgelesen und fand sie ansprechend. Der Wagen war zwar klein und schnittig, aber einen Katzenkorb oder zwei fasste er auch, nur drei Waschmaschinen nicht. Der Preis war beachtlich, aber vermutlich angemessen. Man bot eine Ratenzahlung zu null Prozent an, was mich vermuten ließ, dass bei direkter Zahlung noch was drin war. Möglicherweise zehn bis fünfzehn Prozent.

Die beiden Männer schwelgten weiter in technischen Details und hatten sich inzwischen einem SUV genähert, dessen Ausmaße einem kleinen Lkw nahekamen. Mich schauderte.

»Jenny, das müssen Sie sich ansehen. Das wäre doch was für Sie. Allradantrieb, sechs Zylinder, Twin Turbo Power Motor und ordentlich Kraft unter der Haube.«

»Mhm.«

Der Verkäufer, sichtlich bemüht, die Vorteile für die Dame hervorzuheben, ergänzte eilfertig: »Und natürlich Sitzheizung bei den Vordersitzen, beleuchtete Make-up-Spiegel, Einparkassistent, Active Protection, Navigationssystem und Kindersitzverriegelung.«

»Mhm.«

Auch Marten besann sich auf die wesentlichen Fragen.

»Und schauen Sie mal, den gibt es in Rubinrot oder Kaschmirsilber. Oder wie der dort in Mediterranblau.«

Schöne Namen hatten sie ja für die Farben, aber irgendwie wirkten sie alle schwarz. Mir war die Außenfarbe verhältnismäßig gleichgültig, aber innen hätte ich gerne Champagner.

»Und sehen Sie mal, diese Zierleisten.«

Der Verkäufer wieder. Zierleisten gepfiffen.

»Was kostet dieses Schmuckstück?«

Meine unverblümte Frage schockierte die Herren.

»Da muss ich in die Liste schauen«, wand sich der Verkäufer heraus.

»Ach, tun Sie das doch«, forderte ich ihn auf. »Ich warte solange.«

Dummkopf, der. An der Windschutzscheibe hing ein unübersehbarer Zettel mit allen wichtigen Daten. Aber der SUV kam für mich sowieso nicht infrage. Während der Verkäufer in seinem Büro verschwand, schlenderte ich noch einmal durch die Ausstellung. Marten folgte mir und redete unablässig auf mich ein.

»Ich bin sicher, wir können ihn noch runterhandeln. Oder wollen Sie lieber eine Ratenzahlung?«

»Wozu raten Sie mir?«

»Wenn Sie sich den Gesamtpreis nicht leisten können – Raten. Bis zu zehn Jahren.«

Ich beäugte mein Wunschmodell. Es hatte alles, was mir wichtig war. Und ein champagnerfarbenes Inneres. Marten bemerkte mein Interesse nicht, sondern schwätzte von den Möglichkeiten, den Preis zu drücken.

Endlich kam der Verkäufer wieder und hatte einen glänzenden Prospekt in der Hand, aus dem er recht zögerlich den Grundpreis ablas.

»Aber natürlich haben wir in diesem Modell das Sonderpaket Sportive Excellence integriert, und einige weitere Zusatzausstattungen. Sodass sich der Preis um diese Komponenten erhöht.«

»Aber sicher können Sie uns bei einem Neuwagenkauf entgegenkommen«, sagte Marten.

»Ähm – ja, doch. Durchaus. Es kommt natürlich auf die Zahlungsart an.«

Ich ließ die beiden verhandeln und merkte mir die einzelnen Optionen. Bei Barzahlung waren zehn Prozent drin. Bei Ratenzahlung vielleicht das Zusatzpaket. Zulassung und Überführung wurden nicht diskutiert. Ich betrachtete den Zettel mit den Preisdaten an meinem Wunschmodell und rechnete.

Plötzlich drehte sich Marten zu mir um.

»Und, nehmen Sie ihn zu den Bedingungen?«

»Nein.«

Große Augen.

»Nein?«

»Nein. Ich nehme den da. So wie er dasteht. Fünfzehn Prozent vom Grundpreis runter, das Zusatzpaket inklusive, Zulassung und Überführung zu Ihren Lasten. Bei Übernahme vollgetankt. Ich zahle bar. Machen Sie ihn noch heute fertig. Morgen Vormittag um zehn steht er vor meiner Tür. Okay?«

Marten fiel der Unterkiefer runter, der Verkäufer schluckte kurz und bewies sich als der bessere Menschenkenner. Er sagte kurz: »Okay. Kommen Sie mit in mein Büro.«

Die Formalitäten dauerten ihre Zeit, ein Anruf bei meiner Bank regelte die umgehende Bezahlung, aber schließlich waren wir so weit, und meiner Bitte, den Wagen am nächsten Morgen bei mir abzuliefern, wurde gerne stattgegeben.

Die Mittagszeit war schon fast vorbei, und mir knurrte vernehmlich der Magen.

»Gehen wir etwas essen«, sagte Marten.

»Da vorne ist eine Pizzeria, die ich schon immer mal ausprobieren wollte.«

»Dann nichts wie hin.«

Der Duft von Käse und Kräutern, Pizzateig und Tomaten schlug uns warm entgegen. Wir fanden einen Tisch in einer ruhigen Ecke und setzten uns.

»Das war eine knallharte Verhandlung. Alle Achtung. Aber sind Sie sich eigentlich im Klaren, was für eine Verpflichtung Sie da auf sich genommen haben?«

Der Wagen kostete fast so viel, wie ich für mein Haus bezahlt hatte. Ich erlaubte mir ein winziges Lächeln.

Marten schwieg darauf. Aber ich sah seine Gedanken rattern.

Die Bedienung kam, und ich bestellte mir eine kleine Pizza nur mit Tomate und Käse und ein kleines Wasser. Marten brauchte die große mit allem und ein Bier. Die Pizzabrötchen und die Kräuterbutter verschwanden auch zum größten Teil in seinem Schlund. Ich benagte eines. Es war sehr lecker.

»Wie ich hörte, hat Ihr Vater beim Pokern gut abgeschnitten.«

»Der alte Fuchs. Er beherrscht seine Miene unvergleichlich.«

»Sie treffen sich regelmäßig zum Spielen und kennen sich vermutlich sehr gut. Ein Neuer in der Runde wird dabei seine Schwierigkeiten haben.«

»Ich hatte geglaubt, dass ich die Finessen des Texas Hold'em einigermaßen beherrsche, aber die alten Herren waren mir schlicht überlegen. Na ja, es ging um Salzstangen, nicht um Geld. So habe ich meine Niederlage verschmerzen können.«

Unsere Pizzen kamen, und ich musste zunächst meinen Hunger stillen. So hörte ich einfach nur zu, was Marten zwischen seinen Bissen zu erzählen hatte. Er wollte am nächsten Tag nach Frankfurt fahren, um sich mit der Geschäftsführerin eines Lebensmittelkonzerns zu unterhalten. Mit Selbstbewusstsein schilderte er seine Qualifikationen für die Stelle im oberen Management. Er sah sich jetzt schon als der Spitzenkandidat für diesen Job. Ich ließ ihn in dem Glauben. Möglicherweise überzeugte sein charismatisches Auftreten die Damen und Herren. Ich gab einige zustimmende Laute von mir und genoss einfach mein Essen. Und weil ich noch hungrig war, stibitzte ich mir auch noch ein Stück von seiner Mammutpizza.

»Mein Sperrmüll ist durchwühlt worden«, sagte ich, als ich die Serviette an den Teller legte.

»Ja, habe ich gesehen. So gegen ein Uhr in der Nacht hielt ein alter Kombi an Ihrem Haus, und zwei Männer fingen an, darin rumzusuchen. Ich hatte schon überlegt, ob ich sie wegscheuchen sollte, aber dann habe ich es doch gelassen. Sie wollten die Sachen ja loswerden, deshalb sollten sie ihr Vergnügen haben. Es war lustig, wie sie versuchten, die Matratze in ihren Wagen zu bringen. Dreimal fluppte sie ihnen wieder heraus, bis sie sie endlich mit einem Gürtel zusammengeschnürt hatten.«

»Ein alter Kombi? Der ist mir schon mehrmals hier in der Gegend aufgefallen. Allmählich fange ich an zu glauben, dass er den Herumtreibern gehört, die auch für die Einbrüche verantwortlich sind.«

»Kann schon sein. Möchten Sie sie anzeigen?«

»Ich nicht. Aber Ihr Vater hat es doch schon getan. Immerhin haben sie bei ihm übernachtet.«

»Ich werde meine Beobachtung diesem Kommissar mitteilen. Vielleicht stöbert er sie auf und nimmt sie fest. Dann kehrt endlich Ruhe ein.«

»Seltsam, eigentlich hätte ich die Plündereien auch bemerken müssen – bei meiner chronischen Schlaflosigkeit. Aber das war wohl eine Zeit, in der ich wirklich eingenickt war. Sie gehören auch zu denen, die sich nachts umtreiben, was?«

»Ich brauche nicht viel Schlaf«, sagte Marten.

Ich nahm ihm das nicht ganz ab, er hatte tiefe Ringe unter den Augen, und zwischendurch hatte ich seinen glasigen Blick bemerkt. Da ich selbst nur zur Genüge wusste, wie sich Schlafmangel auswirkte, konnte er mich nicht täuschen. Vielleicht machte er sich doch mehr Sorgen um seine Zukunft, als er zugeben wollte.

»Lassen Sie uns nach Hause fahren, Marten. Ich habe eine neue Katze in meine Wohnung gelassen und sollte mich mal darum kümmern. In einem fremden Umfeld neigen manche Katzen zu unberechenbaren Handlungen.«

»Sie haben Angst um Ihre Einrichtung?«

»Genau so ist es.«

Er winkte der Kellnerin und bat um die Rechnung.

Und dann wurde es etwas peinlich. Er zog seine Brieftasche hervor, reichte ihr die Kreditkarte und sie steckte sie in das Handgerät.

»Verzeihen Sie, aber die Karte ist gesperrt.«

»Shit. Hier, nehmen Sie diese hier.«

Die war allerdings ebenfalls gesperrt, und mit einem entsetzten Blick stellte er fest, dass auch sein Portemonnaie bis auf einige kleine Münzen leer war.

Ich gab der Kellnerin wortlos meine Karte, die widerstandslos den Betrag freigab.

»Entschuldigung, Jenny. Das ist mir so was von unangenehm. Ich hätte mich schon längst um meine Finanzen kümmern müssen.«

»Schon gut, das kann jedem mal passieren. Seien Sie froh, dass es heute war. Morgen in Frankfurt wäre das noch viel peinlicher.«

»Da sagen Sie was!«

Ich setzte mich wieder in die weichen Ledersitze seines Wagens und schwieg während der kurzen Fahrt nach Hause. Es war schon eigenartig, dass ein Mann wie Marten dermaßen pleite war und es nicht wusste.

Oder?

Es ging mich nichts an, sagte ich mir und stieg aus. Noch einmal bedankte ich mich für die Begleitung und Unterstützung beim Autokauf. Er lachte auf und meinte: »Ich habe ja wohl nur zur Ablenkung beigetragen. Sie wussten die ganze Zeit über schon ganz genau, was Sie wollten.«

»Eigentlich ja. Aber so hat es doch Spaß gemacht.«

»Hat es, und mir wird es gleich ein Vergnügen sein, die Szene meinem Vater zu schildern.«

»Tun Sie das, und wenn er Lust hat, kann er morgen Vormittag vorbeikommen und sich meine Beute anschauen.«

»Das wird er mit Sicherheit tun.«

Damit stieg ich aus und öffnete meine Haustür, gewappnet für ein kätzisches Chaos.

Es war nicht eingetreten. Milena hockte noch immer unter dem blauen Sofa, Ghizmo schlummerte auf seinem Sessel. Offenbar hatte es keinen zerstörerischen Revierkampf gegeben. Beruhigt atmete ich auf.

Und den Schlüsselbund fand ich dann auch unter dem Couchtisch. Erleichtert hob ich ihn auf und verbot es mir, darüber nachzudenken, wie er wohl dorthin gekommen sein mochte.

29

Die Katze kommt ins Haus

Ghizmo hatte sich durch die Klappe ins Haus begeben, und sofort hatten seine Schnurrhaare die Gegenwart eines Eindringlings registriert. Wut kochte in ihm auf. Jaromir? Das verhieß wilden Kampf. Ein Fremdling? Das verhieß noch wüstere Keilerei.

Und dann sah er sie, verhuscht und verängstigt zusammengerollt unter diesem blauen Sofa.

»Milena?«

»S…sie hat mich hergelockt. I…ich wollte nicht.«

»Hergelockt!«

»Mit Summen. Und so.«

Mist, mit Milena konnte man sich nicht hauen. Und schon gar nicht, wenn Jenny sie eingeladen hatte. Warum hatte sie das getan? Und wo war die Frau?

Missmutig sprang Ghizmo auf seinen Sessel und fegte mit der Zunge durch das Fell. Den Schwanz putzte er besonders gründlich. Das half ihm oft, seine Gedanken zu ordnen.

Jenny hatte Milena schon aus dem Unterstand in die Scheune gelockt. Und sie hatte sie seit Tagen regelmäßig gefüttert. Sie wollte sie offensichtlich bei sich haben. Aber warum? Weil sie so jämmerlich war? Mochte Jenny jämmerliche Katzen? Mehr als ihn?

Groll vernebelte seinen Verstand. Seine Krallen fuhren in das Polster des Sessels.

Es widerstand.

Mäusemist, was war das für ein Zeug, dass es nicht mal Fäden zog? Mit einem Knurren biss er in die Lehne.

Sie widerstand.

Sein Groll nahm eine universale Größe an. Er schoss die Treppe hoch in sein Schlafzimmer. Auf dem Bett endlich fand er ein Opfer. Ein dunkelgrünes wolliges Opfer, das seinem Angriff nicht widerstand. Mit fauchender Wut fetzten seine Krallen Faden um Faden heraus, rissen Löcher in das wehrlose Gestrick, verbissen sich seine Zähne in dem Flausch, wälzte er sich knurrend und fauchend mit dem weichen Ding zwischen den Pfoten über das Bett. Und schließlich befreite er sich mit Mühe aus den übrig gebliebenen Rückständen seiner Beute.

Sein Groll war verpufft.

Des letzten Restes entledigte er sich auf der obersten Treppenstufe. Es ergab eine schöne große Pfütze.

Zufrieden trabte Ghizmo zurück zu seinem Sessel, rollte sich zusammen und schlief erschöpft ein.

Der empörte Aufschrei weckte ihn, und vorsichtig, wie eine Katze lauten Geräuschen gegenüber war, verzog er sich aus dem Haus.

Die hatte ja ihre Milena, die ungetreue Jenny.

30

Säuerliche Unterhaltung

Ich entdeckte das Malheur, als ich mich zu meinem Gespräch mit der Gemeinderätin umziehen wollte. Als Erstes trat ich in eine Pfütze kätzischen Ursprungs, und dann sah ich die Reste meines grünen Kaschmirpullovers. Unbrauchbare Reste, von Katzenzorn vernichtet. Ich wollte es nicht, aber aus meiner Kehle entfloh ein Schrei.

Mochte sein, dass ich es verdient hatte, mochte sein, dass ich zu leichtsinnig gewesen war, meinen Pullover draußen liegen zu lassen. Aber es schmerzte mich. Es war mein Pullover, er hatte mir wunderbar gestanden und war so schön kuschelig.

Jetzt bestand er nur noch aus einem Haufen zerrissener Fäden.

Traurig nahm ich ihn in die Hände. Es war ja nicht so, dass ich nichts anderes zum Anziehen hatte, aber mir hatte gerade dieses Stück so gut gefallen.

Seufzend legte ich ihn zurück auf die Bettdecke und entfernte erst einmal die Katzenpfütze. Dann musste ich mich sputen, denn das Taxi wartete schon.

Wieder betrat ich das Rathaus, diesmal führte mich mein Weg treppauf in den zweiten Stock.

Frau Doktor Nora Sauer-Turgau empfing mich mit säuerlichem Lächeln. Sie war eine füllige, doch elegante Dame im blauen Kostüm, dessen Jacke sie sich entledigt hatte und mir ihren seidenumhüllten, streng gebändigten Vorbau präsentierte.

»Mit welchem Anliegen kommen Sie zu mir, Frau van Rosmalen?«, fragte sie, nachdem ich mich vorgestellt hatte und zum Sitzen vor ihrem ordentlich aufgeräumten Schreibtisch aufgefordert worden war.

Ich skizzierte ihr, wie zuvor dem Bürgermeister, welche Überlegungen wir zur Nutzung der Klosterruine angestellt hatten, und sie hörte aufmerksam zu. Das war schon mehr als der Wolkenschieber getan hatte, und meine Hoffnung wuchs.

Fehlanzeige!

»Frau van Rosmalen, wenn ich Sie richtig verstehe, wollen Sie das Kloster als Event-Standort ausbauen. Ich möchte Ihnen gleich sagen, dass der Kultur- und Bildungsausschuss sich nicht mit Disko-Partys und Ballermann-Feten befasst.«

»Davon war doch gar nicht die Rede, Frau Dr. Sauer-Turgau. Ich …«

»Ich gebe zu bedenken, dass unser Vereinswesen ausreichend Veranstaltungsorte hat. Der Schützenverein und die Taubenzüchter nutzen das Gemeindehaus, wenn schulische Feiern anstehen, finden sie in der Turnhalle statt, und auch die anderen Verbände haben ihre eigenen Stätten. Ich denke nicht, dass einer von ihnen sich mit seinen Veranstaltungen nach oben in die windige Ruine begibt.«

Also wieder eine Ablehnung. Aber ich hatte noch ein Argument.

»Ich hatte mir vorgestellt, dass die alte Klosterkirche ein wunderschönes Ambiente für Hochzeiten und andere Feierlichkeiten bieten könnte.«

»Für private Veranstaltungen ist der Ausschuss für Kultur und Bildung nicht zuständig. Wenn Ihnen derartige Festivitäten vorschweben, suchen Sie sich bitte auch private Sponsoren, Frau van Rosmalen.«

Hier kam ich also auch nicht weiter. Ich sammelte meine Unterlagen ein, bedankte mich für die geneigte Aufmerksamkeit und verließ lächelnd Frau Doktor Sauer-Topfs Büro. Ich behielt mein aufgesetztes Lächeln auch während der Taxifahrt, würgte aber die Versuche des Fahrers, eine Konversation über das Wetter zu führen, brutal ab. Erst als die Haustür hinter mir zugefallen war, erlaubte ich mir ein bitterböses Schnauben.

»Blöde Zicke«, fauchte ich und warf meine Tasche wütend auf das blaue Sofa.

Eine verschreckte Milena gab ein jämmerliches Jaulen von sich.

»Ach herrje, dich habe ich völlig vergessen!«

Ich kniete mich nieder, um die kleine Jammerliese hervorzulocken. Es brauchte eine Weile Summen und heiseres Singen, bis sie sich langsam und geduckt hervortraute.

»Komm, Schätzchen, ich zeige dir den Futterplatz, die Klappe und die Toilette. Das kennst du doch von deinem alten Zuhause.«

Mit ein paar Leckerchen brachte ich sie so weit, dass sie mir in die Küche folgte. Sie beschnupperte die Näpfe und futterte ein Häppchen. Dann aber flüchtete sie wieder unter das Sofa.

Na gut, es würde noch eine Zeit dauern, bis sie Vertrauen gefasst hatte. Der Herr des Hauses glänzte durch Abwesenheit, er kontrollierte vermutlich die Außenbezirke.

Meine Wut auf die ablehnende Vorsitzende war verraucht. Vermutlich konnte sie nicht anders. Sie war mit ihrer Aufgabe vollständig ausgelastet und konnte sich nicht vorstellen, eine

Erweiterung, eine neue Idee aufzunehmen und zu fördern. Ich sollte mir vielleicht mal die anderen Mitglieder dieses Ausschusses ansehen und versuchen, über sie das neue Gedankengut in den Kreis zu bringen.

Aber eigentlich wollte ich doch meine Ruhe haben.

Mit einem Plumps landete ich auf meinem blauen Sofa, legte die Füße hoch und den Kopf auf das Polster. Der fehlende Nachtschlaf forderte seinen Tribut. Ich nickte ein.

31

Ein heimlicher Besucher

Es war langweilig im Revier. Weder Jaromir hatte sich blicken lassen noch war die hochnäsige Selena unterwegs. Das Gerümpel aus der Garage stand noch vor dem Tor, in der Scheune hielt sich auch keine Katze mehr auf.

Die jämmerliche Milena war also weiterhin im Haus.

Aber Jenny war zurück.

Ob er mal gucken sollte, ob die ihn noch bemerkte? Hatte sie seine Botschaft verstanden?

Er trottete durch den Garten zur Klappe und trat leise ein.

Da lag sie. Einfach so. Auf dem Sofa. Milena drunter.

Eine Weile zögerte er, aber dann machte er einen Satz, landete auf dem Polster. Sie rührte sich nicht. Vorsichtig stippte er mit seiner Pfote auf ihren Bauch. Rührte sich noch immer nicht. Trat ganz auf den Bauch, ließ sich nieder, faltete die Vorderpfoten und legte schließlich sein Kinn auf ihre Brust. Die hob und senkte sich sachte und wiegte ihn in eine köstliche Entspannung. Ein Schnurren formte sich in seiner Kehle, vibrierte durch seinen Leib und steigerte sein Wohlbefinden.

Schöne, weiche Jenny.

Er verlor jegliches Gefühl für Raum und Zeit.

Und dann legte sich eine Hand um sein hinterstes Stück des

Körpers und eine andere streichelte seinen Kopf, knetete seine Ohren, kraulte seinen Nacken. Er streckte sich ein wenig und legte seine Vorderpfoten um ihren Hals. Vorsichtig begann er, ihr Kinn abzulecken, schrappte ein wenig über ihre Wangen und ihr Ohr.

Sie schnurrte.

Er sabberte.

Den ganzen Leib hielt sie jetzt umfangen, streichelte und massierte, dass es eine Lust war. In grenzenloser Ekstase drehte er sich auf den Rücken und ließ es zu, dass sie seinen empfindlichen Bauch kraulte.

Heilige Bastet, was für ein Katerglück. Das Schnurren wurde zu einem dröhnenden Gurren.

»Ach, Ghizmo, kleiner Freund. Wie schön, dass du hier bist. Du machst mich all die blöden Dinge vergessen, die mich geärgert haben. Sogar den grünen Pullover.«

Sie war ihm nicht böse. Nein, war sie nicht.

Er rollte wieder auf die Pfoten und sprang auf den Boden.

Jenny stand auch auf. Er sah sie groß an und gab ein forderndes Maunzen von sich. Sie verstand sofort.

Es gab ein goldenes Döschen.

Lecker!

Die Jammer-Milena merkte nichts davon.

Dumme Katze!

Draußen wurde es langsam dunkel, und nach einem ausgiebigem Recken und Strecken beschloss Ghizmo, seine Abendrunde zu beginnen. Wieder war alles ruhig, nur eine milde Botschaft von Boris Halbschwanz fand sich am Laternenpfahl. Der getigerte Kater saß im Gras am Zaun der Pferdebiester und spielte mit einem Käfer. Als Ghizmo näher kam, packte er ihn und knackte ihn zwischen den Zähnen.

»Bisschen kärglich als Abendessen.«

»Bin satt. Gab Gulasch bei uns. Sehr bekömmlich.«

Er putzte noch einmal über seinen rundlichen Bauch.

»Und sonst?«

»Selena sitzt am Fenster und heult. Die Menschenfrau, die auf sie aufpassen soll, lässt sie nicht mehr raus.«

»Ob mir das leidtut?«

Boris lachte.

»Nein. Lady Hochnase muss auch mal solche Einschränkungen hinnehmen. Aber ich fürchte um die Raffgardine …«

»Ja, sie hat spitze Krallen«, sinnierte Ghizmo genüsslich und setzte sich gemütlich neben Boris ins Gras. Die Pferdebiester standen weiter hinten und waren keine Bedrohung. Sie standen einfach da und gaben hin und wieder ein leises Schnobern von sich.

»Deine Jenny hat wieder Unordnung gemacht. Was soll der Haufen vor der Mauer?«

»Die hat den einen Raum hinter der großen Klappe leer gemacht. War Florians Zeug drin. Das will sie nicht mehr.«

»Nee, das wollten aber die beiden Jungs. Hab zugeguckt, als sie es durchsucht haben. Sie sagten, das sei für Jeremyn oben im Kloster.«

»In wo?«

»Weiß ich auch nicht. Haben sie aber gesagt. Und dass es Scheiße sei, dass man die Leute von ihm nicht erreicht. Und dann haben sie sich wegen der Handys gestritten. Und wieder versöhnt. Und gesagt, sie müssten sich neue organisieren.«

»Menschen sind schon komisch. Aber die beiden scheinen irgendwas vorzuhaben. Mir gefällt das nicht. Sie streunen herum.«

»Kannst nichts machen.«

»Nein, kann man nicht. Aber ich passe auf, dass sie sich nicht wieder in meinem Hof rumtreiben.«

»Und was tust du dann?«

»Kreischen, bis Jenny kommt.«

»Ah ja, gut.«

Ghizmo und Boris blieben noch eine Weile zusammen und beobachteten das nächtliche Treiben auf der Koppel und auf der Straße. Dann zogen sie wieder ihrer Wege. Der von Ghizmo führte in den Apfelgarten, wo er eine Weile mauste – das goldene Döschen war zwar köstlich, doch nicht ausreichend für einen umtriebigen Kater –, dann kehrte er entlang der Scheunenwand zurück zur Straße. Es war still geworden, die Autos hatten sich zur Ruhe begeben, einzig ein Motorrad fuhr vorbei, verlangsamte vor dem Tor, beschleunigte dann aber wieder und verschwand im Nebel.

Gerade wollte Ghizmo zum Garten laufen, um ins Haus zurückzukehren, als er aus eben diesem Nebel einen Menschen auftauchen sah. Einen Mann. Und zwar den, der bei Jaromirs Altem gegenüber eingezogen war. Was wollte der denn hier?

Er machte sich am Tor zu schaffen. Er zog es ganz leise auf.

Ghizmo blieb hocken und sah neugierig zu.

Ob der in die Scheune wollte?

Nein, der ging auf das Haus zu.

Was machte der da an der Tür?

Der knispelte unter dem Knauf herum mit einem Stäbchen. Und dann war die Tür auf.

Der ging in sein Revier!

Ghizmo wurde sauer.

Und spurtete hinterher. Es war dunkel in der Diele, aber der Mann zog ein Leuchten aus der Hosentasche. Ein kleiner Lichtstrahl wanderte umher und blieb an Jennys Tasche hängen. Er griff danach, und Ghizmos Rückenhaare stellten sich auf. Sein Schwanz stieg in die Höhe, wurde zur Bürste, und aus seinem Maul entfuhr ein tiefes, gefährliches Brummen.

Der Mann zuckte zusammen. Drehte sich um. Holte mit dem Fuß aus. Trat zu. Traf Ghizmos Kopf.

»Kriiieaiii!«

Der Schmerz- und Wutschrei erschütterte das ganze Haus, und der Mann floh eiligst durch die Tür.

»Ghizmo!«, rief Jenny von oben, dann folgte Fußtapsen.

»Ghizmo, was ist denn?«

Da kniete sie auch schon neben ihm. Er jammerte leise.

»Warst du in einen Kampf verwickelt?«

War ich.

»Wer war der Bösewicht? Hat Jaromir dir eins auf die Nase gegeben?«

Quatsch.

»Oder etwa Milena?«

Die doch nicht.

»Komm mal mit, wir machen das wieder heil.«

Wenn du's sagst.

Er zockelt hinter ihr her. Und was stand da auf dem Boden? Ein Schälchen Sahne. Och, gut.

»Alles gut, mein Kleiner?«

Ganz gut.

Jenny verschwand wieder in ihrem Schlafzimmer, und er selbst sprang auf seinen Sessel. Kurz bevor er die Augen schloss, sah er Milena unter dem Sofa hervorkriechen und in die Küche stromern. Er hörte, wie sie den Rest Sahne ausschleckte. Danach beobachtete er gerade noch, wie sie auf den Esstisch sprang und Jennys Handtasche inspizierte. Sollte sie doch. Er selbst besann sich auf seine Heilungskräfte, ließ die Schmerzen entgleiten und schlief ein.

32
Findling

Pünktlich um zehn brachten sie mir das Auto vorbei. Schwarz glänzend lungerte es in meinem Hof vor der Garage herum wie ein raubgieriger Panther, und mit einem gewissen Hochgefühl umkreiste ich es. Neue Autos rochen verführerisch. Ich öffnete die Fahrertür und setzte mich hinein. Ein dickes Buch mit Anleitungen wartete auf mich, und mit viel Geduld gelang es mir, meinen Sitz so einzustellen, dass ich bequem in Fahrposition kam. Als ich mich vergnügt mit den Basisfunktionen wie Scheinwerfern und Scheibenwischern beschäftigte, klopfte es an der Seitenscheibe, und Woodys Gesicht tauchte auf. Es gelang mir zwar nicht, die Scheibe zu öffnen, wohl aber die Tür.

»Isser nicht schön?«, fragte ich.

»Ein Prachtstück! Darf ich mich reinsetzen?«

Ich beugte mich vor, um die Beifahrertür zu öffnen. Woody stieg ein und seufzte.

»Ledersitze!«

»Hat was, nicht?«

»Machen wir eine Probefahrt?«

»Nein. Ich habe mich noch nicht ganz mit dem Teil vertraut gemacht.«

»Vernünftig.«

»Na ja, die Versuchung ist schon groß.«

Ich startete den Motor. Er schnurrte wie Ghizmo in Ekstase. Gefühlvoll legte ich den Rückwärtsgang ein und ließ den Wagen auf die Straße rollen.

Jahre war es her, dass ich selbst gefahren war. Doch es fühlte sich nicht fremd an. Ich fand den Sicherheitsgurt, wendete Richtung Wald und fuhr los.

Hach!

Vorbei flogen die Weiden, vorbei die ersten Bäume. Dann kam die Abbiegung auf die Bundesstraße. Ich fädelte mich in den Verkehr ein. Schneller ging es, der Wagen lag solide in den Kurven.

»Zur Autobahn?«, fragte ich.

»Klar!«, sagte Woody grinsend.

Nach fünf Kilometern kam die Auffahrt. Drauf. Und los.

Woody juchzte.

Ich auch.

Und trat aufs Gas.

Wow!

Ignacia flammte in mir auf. Ich hatte einst schnelle Wagen gefahren. Es musste mir irgendwie gefehlt haben.

Nach einer Viertelstunde meldete sich die Vernunft wieder, und ich bog ab, um zurückzukehren. Etwas gemächlicher jetzt.

»Ein fantastischer Wagen, Jenny. Aber vergessen Sie die Vorsicht nicht.«

»Schon gut.«

»Ich war auch mal ein recht tollkühner Fahrer, aber es hat mich zwei Autos gekostet. Hat Marten Ihnen dieses Ding aufgeschwatzt?«

»Oh nein. Er wollte mir einen SUV andrehen. Aber der war mir zu groß.«

»Sie haben gut daran getan, darauf nicht einzugehen.«

»Marten ist heute in Frankfurt, nicht?«

»Ja, er ist losgefahren, bevor ich aufgestanden bin. Ein bisschen lästig für mich, aber mit ein paar Verrenkungen komme ich doch noch selbst zurecht.«

»Vielleicht sollten Sie doch noch mal die Gemeindeschwester …«

»Never ever!«

Es klang endgültig.

»Sandra kommt nächste Woche zurück.«

»Freut mich zu hören.«

Wir verließen die Autobahn und probierten noch einige Mätzchen aus, die dieser prachtvolle Wagen uns anbot. Woody setzte das Navi in Betrieb, das uns mit sinnlicher Frauenstimme nach Feyenbach leitete. Und ich probierte den Parkassistenten aus, der mich rückwärts zu meinem Garagentor leitete. Nette Sachen, das.

»Vielen Dank für diesen kleinen Ausflug«, sagte Woody, und ich half ihm, auszusteigen und seine Krücken aufzunehmen. Er handhabte sie mit großem Geschick und verschwand über die Straße.

Ich umkreiste noch einmal mein neues Auto und strich mit der Hand über den glatten, glänzenden Kotflügel. Ghizmo saß auf seinem roten Eimer und sah mir zu.

»Gefällt er dir?«

Offenbar hatte der Kater sich noch keine Meinung gebildet. Er sprang zwar von seinem Thron, aber den Wagen umstrich er mit vorsichtigem Misstrauen. Die Räder mussten beschnüffelt werden, an der Verkleidung vorne und hinten rieb er sein Mäulchen und schlussendlich schoss sein Schwanz in die Höhe, und eine deutliche Markierung wurde dem Heck zuteil.

»Aha, deiner, ja?«

»Maunz!«

»Einverstanden.«

Ich ließ Ghizmo mit seinem Auto allein und trat ins Haus. Das Telefon klingelte. Miriam wollte wissen, was ich bei dem Kulturausschuss erreicht hatte, und ich gab ihr eine kurze Zusammenfassung meiner Pleite.

»Ja, dann wirst du sie von unten infiltrieren müssen. Es wäre sowieso für dich ganz gut, in einem der Vereine tätig zu werden. Wegen der sozialen Netzwerke, du verstehst?«

»Genau. Ich sehe mich schon als Schützenliesel auf Tontauben ballern«, knurrte ich zurück. »Toller Vorschlag.«

Miriams Sinn für Humor versagte wieder.

»So habe ich das nicht gemeint. Es wird doch wohl auch niveauvollere Vereine geben.«

»Die niveauvollen Kaninchenzüchter, die gebildeten Heimatkundler, der geistvolle Karnevalsverein, die tiefgründige Tauchsportgruppe …«

»Ach, hör auf!«

»Vielleicht wäre die Rennsportgruppe besser geeignet, jetzt, wo ich endlich ein eigenes Auto habe.«

»Ein was hast du?«

»Das Taxifahren war mir zu lästig!«

»Ich komme vorbei!«

Damit legte sie auf.

Und mir stand eine Strafpredigt bevor. Ich wappnete mich, indem ich uns erst einmal ein Mittagessen zubereitete. Nudeln besänftigten ja gewöhnlich, und meine Tomatensoße hatte ich schon fast perfektioniert. Ich rieb gerade noch den Käse, als Miriam mit quietschenden Reifen vor dem Tor hielt. Ich ließ ihr Zeit, mein Raubtier zu bewundern, dann öffnete ich die Tür und ließ den Wirbelsturm hereinfegen.

»Wie konntest du? Ohne mich zu fragen? Jenny, das ist doch selbstmörderisch. Du bist doch noch gar nicht stabil genug, um mit einem solchen Geschoss auf öffentlichen Straßen zu fahren. Wenn du plötzlich eine Panikattacke bekommst? Oder einen Flashback? Bist du denn total wahnsinnig geworden?«

»Nö.«

»Jenufa, ich fasse es nicht.«

Ich ignorierte die Anrede mit meinem Taufnamen. Das wirkte nur in wirklich gefährlichen Situationen.

»Setz dich, es gibt Nudeln mit Soße. Und ein Glas Rotwein. Und vielleicht noch ein Stück Streuselkuchen.«

»Ich will nichts essen.«

»Doch, du musst. Nervennahrung, Miriam! Du musst wieder runterkommen, und da hilft ein warmes Essen. Nun setz dich schon.«

Widerwillig nahm sie am Esstisch Platz, und ich servierte ihr einen tiefen, großen Pastateller voll Spaghetti. Es roch wirklich gut, fand ich.

Miriam erlag dem Duft. Schweigend rollte sie ihre Nudeln auf die Gabel. Ich tat es ihr nach, und das Gericht wärmte wohlig meinen Magen.

»Du solltest etwas Vertrauen in mich haben, Miriam. Weißt du noch, womit ich früher umhergefahren bin?«

»Weiß ich. Und glaub mal nicht, dass ich es gutgeheißen habe«, muffte sie.

»Du hast dich nie beschwert, wenn du dir die Kiste ausgeliehen hast.«

»Rhabarberrhabarber …«

Ihre Bemerkung war nicht zu verstehen, weil sie mit für Miriam ungewöhnlich vollem Mund gemacht wurde. Ich nahm sie als Einverständnis hin und entspannte mich.

Sie griff zu ihrem Weinglas, hob es leicht an und sagte dann:

»Auf deine neue Freiheit. Aber um Himmels willen – fahr vorsichtig. Und denk an die Versicherung!«

»Ist schon im Rundum-Servicepaket enthalten.«

Ich trank ihr zu, und wir waren wieder Freundinnen. Danach unterhielten wir uns sehr konstruktiv über das weitere Vorgehen beim Klosterprojekt, und als sie gegangen war, verspürte ich den Wunsch, eben mal zur Ruine hochzufahren.

Ich hatte den Wagen gerade auf die Straße gleiten lassen, als mir Woody aufgeregt von seiner Haustür her winkte. Ich stellte das Auto auf dem Seitenstreifen ab und ging zu ihm hin.

»Was ist passiert, Woody?«

»Stellen Sie sich vor, es ist schon wieder eingebrochen worden.«

»Wann? Und wo?«

»Vermutlich während wir unsere Spritztour gemacht haben.«

»Und Sie haben es jetzt erst bemerkt?«

»Als wir zurückkamen, habe ich mir ein paar Brote gemacht und mich dann aufs Sofa gelegt, um die Zeitung zu lesen. Dabei bin ich eine Weile eingenickt. Ähm – bis eben. Da habe ich gemerkt, dass es von irgendwoher zieht, und bin auf das offene Fenster hinten im Bad gestoßen.«

»Was ist gestohlen worden?«

»Mein Laptop, mein Telefon und mein Handy, glaube ich.«

»Kein Geld?«

»Ich hab kein Geld mehr im Haus.«

»Darf ich mich mal umsehen?«

Wir traten ein, und ich betrachtete das geöffnete Fenster im Badezimmer.

»War das angekippt, Woody?«

»Ja, ja, ja.«

»Eine Einladung. Und nicht schwer für einen gelenkigen Menschen, vom Garten her ungesehen einzusteigen. Also –

Kommunikationsgeräte. Aber ein altes Festnetztelefon? Na ja, auf dem Schwarzmarkt wird es auch dafür Abnehmer geben. Ah, sehen Sie hier, am Fernseher haben sie auch rummontiert. Aber dann sind sie wohl gestört worden.«

»Ich sollte wohl die Polizei verständigen.«

»Sollten Sie. Hier, nehmen Sie mein Handy.«

Ich schaltete es ein und hielt es ihm hin. Er gab seine Meldung durch und reichte es mir zurück.

»Besser, Sie gehen wieder rüber, Jenny. Sie mögen die Beamten ja nicht sonderlich.«

Woody war wirklich ein netter Kerl.

»Ich gehe rüber, aber ich warte noch so lange, bis die Jungs kommen. Falls Sie mich brauchen. Okay?«

»Okay.«

Weil es nicht eben kuschelig warm war, setzte ich mich in mein Auto und sah aus dem Fenster. Nicht lange. Der Streifenwagen kam nur wenige Minuten später, und zwei Beamte traten zu Woody ins Haus. Ich wäre beinahe losgefahren, hätte ich nicht den schwarzen Schatten im Rückspiegel bemerkt. Ich drehte mich um und erkannte Schwester Immaculata auf ihrem Fahrrad. Sie blieb hinter dem Streifenwagen stehen und reckte ihren mageren Hals. Dann stieg sie ab und trabte zum Haus. Doch sie klingelte nicht an der Tür, sondern stellte sich auf die Zehenspitzen, um durch das Küchenfenster zu spähen.

Neugierige alte Krähe!

Ich war kurz davor, auszusteigen und sie zu verscheuchen, als das Motorrad neben mir hielt. Darius Hellwig schob das Visier hoch.

»Scharfer Hobel, Schwester!«

»Und ganz der Meine.«

»Wollen wir sehen, wer zuerst oben am Wald ist?«

»Nein. Ich muss erst noch eine Krähe verscheuchen.«

Er folgte meinem Blick und lachte leise.

»Überlass das mir, Schwester.«

Und damit legte er den Helm ab, griff in die Satteltasche und zog sich die dünne Teufelsmaske über.

Ich überließ ihm die Szene.

Breitbeinig, aber mit einem leichten Hinken stapfte er den kurzen Weg zu Woodys Haus hoch und stellte sich hinter die schwarze Neugiernase. Mit dröhnender Bühnenstimme donnerte er sie an:

»›Erkennst du mich? Gerippe! Scheusal du!
Erkennst du deinen Herrn und Meister?‹«

Immaculata fuhr herum, sah die Teufelsfratze und schrie auf, die Hände an die Brust gedrückt.

Mephisto zitierte frohgemut weiter:

»›Hast du vorm roten Wams nicht mehr Respekt?
Kannst du die Hahnenfeder nicht erkennen?
Hab ich dies Angesicht versteckt?
Soll ich mich etwa selber nennen?‹«

Ich fürchtete schon fast, dass die Makellose in Ohnmacht fallen würde, doch sie kreischte nur weiter. Einer der Polizisten öffnete das Küchenfenster, und Darius zog geistesgegenwärtig die Maske ab.

»Die Dame hat sich erschreckt«, erklärte er mit ernster Miene. Immaculata gab ihm einen Stoß und hechtete an ihm vorbei zu ihrem Fahrrad. Mit ungewöhnlicher Kraft trat sie in die Pedale und rauschte bergab.

Ich lehnte an der Tür meines Wagens und sah ihr belustigt hinterher. Als Darius zurück zu seinem Motorrad kam, sagte ich mit trockener Stimme:

»Du bist: ›ein Teil von jener Kraft,
die stets das Böse will und stets das Gute schafft.‹

Eine gelungene Vorführung.«

Er verneigte sich theatralisch und murmelte:

»›Ich bin ein Teil des Teils, der anfangs alles war,

Ein Teil der Finsternis, die sich das Licht gebar.‹«

Damit setzte er sich den Helm wieder auf, schwang sich auf das Motorrad, und mit einem lauten »Bye-bye, Baby!« röhrte er von dannen.

Höllischer Teufel.

Aber wie nach jeder Begegnung mit ihm blieb ich äußert gut gelaunt zurück.

Meine Laune stieg auch noch, als ich die engen, steilen Kurven zum Kloster hinauffuhr. Die Sonnenstrahlen flirrten im Laub der hohen Bäume, hier und da tanzte schon buntes Laub hinab, im Wald herrschte der Geruch von Pilzen und Moder. Dann wurde die Straße zum Schotterweg und endete in einem weiten Platz unterhalb der Klostermauern. Ich stieg aus und genoss den hinreißenden Ausblick über das Land. Klar war es heute sonnig mit nur vereinzelten Wolken, die ihre Schatten über die rotgoldenen Weingärten ziehen ließen. Es war ein Herbsttag zum Verlieben.

In wen auch immer.

Beschwingt nahm ich den schmalen Pfad zur Ruine hoch. Dank Raoul und Lili kannte ich mich hier schon recht gut aus. Als Erstes trat ich in die Kirche. Die Stille beglückte mich. Das leise Gurren der Tauben in den von Moos und Steinpflanzen bewachsenen Nischen schien zu dem Gemäuer zu gehören. Das feine Wispern der Ranken, die der wilde Wein durch die Fensterhöhlen fallen ließ, war kaum wahrzunehmen. Ebenso wenig wie das Rascheln der kleinen Brise in den Büschen, die sich um den alten steinernen Altar angesiedelt hatten.

Sie würden dortbleiben, dafür würde ich sorgen. Ebenso wie die Tauben und der Wein, der die ganze Außenseite der dachlosen Kirche berankte. Es war ein Ort des Friedens, der so und nicht anders erhalten werden würde.

Und doch würde es zu Veränderungen kommen. Ich sah Kerzenleuchter auf dem Altar und Fackeln an den Wänden, hörte eine Harfe, deren sanfte Töne sich mit dem Taubengurren mischte, eine Flöte, die das Lied des Windes in den Fenstern aufnahm. Menschen, die von der andachtsvollen Stimmung ergriffen lauschten, sich dem Frieden hingaben und glücklich lächelten.

Eine Elster landete zu meinen Füßen und gab ihr unmelodisches Krächzen von sich.

Sie holte mich in die Gegenwart zurück, und ich verließ den traulichen Ort. Über den Innenhof des ehemaligen Kreuzgangs ging ich zum Refektorium hinüber. Das war der Kernbereich, in dem wir die Gastronomie geplant hatten. Der Kreuzgarten war verwildert, die Begrenzungsmauern verfallen. Hier stand professionelle Gartenarbeit bevor. Ich umrundete ihn einmal und stellte mir ein eingeebnetes Pflaster vor, üppige Blumen in Kübeln und Ampeln, weiße Sonnenschirme und gusseiserne Sitzgruppen mit bunten Kissen und Decken. Dann betrat ich das ehemalige Refektorium. Wenn das Dach wieder dicht war, würde man hier im Trockenen sitzen, im Warmen sogar, wenn in dem großen Kamin ein Feuer prasselte. Ein langer Holztisch würde nötig werden, mit einfachen Bänken, auf dem man einander wärmend zusammenrücken konnte. Ja, und neben dem Kamin dürfte auch gerne ein Bänkelsänger seine Moritaten vortragen.

Spinnerin.

Ich löste mich aus meinem Traum und inspizierte die Nebenräume. In meinen Unterlagen hatte ich eine detaillierte Aufstellung der notwendigen Arbeiten gefunden. Jemand hatte sich hier sehr gründlich umgesehen und eine Bestandsaufnahme gemacht. Sie erschien mir jetzt höchst sinnvoll. Und wirklich teuer.

Ein wenig irritierte mich das Blinken eines neuen Riegels an einer der soliden alten Holztüren, die die Kellerräume verschlossen. Ich trat näher und betrachtete das Konstrukt. Holzspäne lagen auf dem Boden. Mit neuen Schrauben war ein Riegel an Rahmen und Tür befestigt und mit einem Vorhängeschloss verbunden.

Ich wollte schon wieder gehen, als mich ein Geräusch aufmerksam werden ließ. Es klang nach einem herzhaften Rülpsen.

»Hallo? Ist da jemand?«

»Egor? Luca?«

»Nein, Jenny. Was machst du da?«

»Kann nich raus.«

Damit hatte der Gefangene wohl recht. Ich überlegte. Die Stimme schien zu einem jungen Mann zu gehören. Irgendwer hatte ihn eingesperrt. Ein Jux? Schüler oder Studenten neigten zu solchen unangenehmen Späßen.

»Kann nich raus«, kam es wiederholt von innen. »Aber sie ham mir ne Mantra… Manatra… Matratze gebracht.«

Der Verdacht schlich mich an, dass der Gefangene betrunken war.

»Dann setz dich auf deine Matratze. Ich werde sehen, ob ich die Tür aufbekomme.«

»Sitz schon auffe Mana… Maratze.«

»Gut, bleib da!«

Die Schrauben sollte ich mit dem passenden Werkzeug aufgedreht bekommen, und dieses Werkzeug lag hoffentlich in meinem Wagen. Ich rannte den Weg hinunter zum Parkplatz und öffnete den Kofferraum. Richtig, ein schmaler Koffer mit allerlei nützlichen Dingen fand sich darin. Ich nahm ihn mit und machte mich dann an die Arbeit. Die Schrauben saßen elendig fest, und ich stieß ein misslauniges Knurren aus, bis sich wenigstens eine gelockert hatte. Die zweite ging etwas leichter, an der dritten und vierten verzweifelte ich.

»Bist du noch da?«

»Äh – ja.«

»Dann tritt mal feste gegen die Tür.«

»Mach ich.«

Es rumste in der Mitte der Tür. Blödmann! Ich pflückte einen trockenen Grashalm ab und fädelte ihn durch die Ritze direkt neben dem Riegel.

»Tritt mal hier an die Stelle«, forderte ich und bewegte den Halm.

»Mach ich.«

Jetzt rumste es an der richtigen Stelle, und der rechte Teil des Riegels lockerte sich bereits.

»Noch mal!«

Es rumste gewaltig, die Schrauben lösten sich, die Tür schwang auf, und mir fiel ein junger Mann in die Arme.

»Hups!«, sagte er und verlor die Besinnung.

Leider war er ein recht großer und schwerer junger Mann, und ich wäre fast in die Knie gegangen. Mit Mühe gelang es mir, ihn in einen Tragegriff zu bekommen und die wenigen Treppenstufen hochzuzerren. Dass er dabei einige blaue Flecken abbekam, nahm ich billigend in Kauf. Oben legte ich ihn auf das Pflaster und betrachtete ihn. Er trug eine unsagbar schmutzige Jeans, ein Hemd und ein Sweatshirt, war unrasiert flaumig und sturzbetrunken.

Ich ließ ihn liegen und ging zu seinem Verlies hinunter. Hier fand ich meine alte Matratze wieder, ebenso einige der Decken und Handtücher und ein staubiges Kissen. Daneben leere Pizzaschachteln, Wasserflaschen, einen stinkenden Eimer und zwei gründlich geleerte Whiskeyflaschen. Sie erklärten mir seinen Zustand.

Bei näherer Betrachtung schien mir der Gefangene noch sehr jung zu sein, siebzehn, vielleicht achtzehn.

Sollte ich einen Krankenwagen rufen? Sie würden ihm eine Windel verpassen und ihn seinen Rausch ausschlafen lassen. Und mich würde man mal wieder befragen. Und verdächtigen …

Nein. Ich beschloss, die barmherzige Samariterin zu spielen und ihn mit zu mir zu nehmen. Vorsichtshalber warf ich mir eines der Handtücher über die Schulter. Und dann begann der beschwerliche Teil. Ich bekam den Jungen in den Transportgriff und schleppte ihn den Pfad hinunter zu meinem Auto. Auf ein paar Prellungen mehr kam es jetzt auch nicht an. Das Schwerste war es, den Bewusstlosen auf den Rücksitz zu klemmen. Und als das geschehen war, blieb ich erst einmal schwer atmend neben ihm stehen.

Er regte sich.

»Was …?«

»Ich bringe dich zu mir nach Hause. Dort bekommst du einen rabenschwarzen Kaffee, eine Aspirin und eine Dusche. Und dann sehen wir weiter.«

»Is'gut.«

Er schloss die Augen wieder. Ich zerrte den Sicherheitsgurt fest und startete zu meiner Rettungsfahrt. Zum Glück war das Handtuch nicht nötig, der Magen meines Passagiers schien aus Gusseisen zu sein. Im Hof angekommen bedauerte ich, dass keine nachbarschaftliche Hilfe vorhanden war. Aber der Junge wurde wach und schaffte es mit meiner Hilfe, selbstständig ins Haus zu kommen. Ich lud ihn auf dem türkisfarbenen Sofa ab.

Er seufzte verzückt und lehnte sich in die Kissen. Ich gab

ihm ein weiteres, damit er sich daran festhalten konnte. Er umarmte es wie ein kleines Kind.

Die Kaffeemaschine spuckte für uns beide heiße Schwärze aus, und ich reichte ihm einen großen Pott. Es schien den Kaffee zu genießen. Ich auch.

»Mein Gott, ist das gut«, murmelte er.

»Kopfschmerzen?«

»Alles andere tut weh, der Kopf nicht.«

»Auch gegen alles andere hilft eine Schmerztablette.«

»Sind Sie irgendwie vom Himmel gefallen?«

»Ja, irgendwie. Hier.«

Mit dem letzten Rest Kaffee schluckte er die kleine Kapsel. Ich überlegte in der Zwischenzeit. Ich musste saubere Kleider für ihn finden, denn bei aller Hilfsbereitschaft – meine Sachen passten ihm nicht.

Aber vielleicht die von Marten?

»Wie heißt du?«

»Äh – Jeremyn. Jeremyn Selmans. Und Sie? Sancta Maria? Holy Catherine?«

»Jenny.«

»Holy Jenny.«

Ich grinste ihn an. Wenn er wollte.

»Sankt Jenny. So und nun wirst du dich der heiligen Taufe unterziehen. Auf, ins Badezimmer. Kriegst du das hin mit der Dusche?«

»Nach *dem* Kaffee? Klar.«

»Dann wäschst du dich, und ich organisiere ein paar Kleidungsstücke für dich.«

»Aber keinen rosa Morgenmantel.«

»Nein, nein. Cowboylook!«

Damit führte ich ihn in das Gästebad unten und überließ ihn seiner Seligkeit.

Woody war hilfsbereit. Zusammen durchstöberten wir Martens Habseligkeiten, fanden eine saubere Jeans, Unterwäsche und Socken, einen Pullover und ein Paar Sneakers. Mit meiner Beute kehrte ich zurück und hörte das Wasser rauschen und eine männliche Stimme ein sehr schräges Lied singen. Es schien Jeremyn schon sehr viel besser zu gehen. Ich legte die Kleider vor die Tür und rief ihm zu, dass er sich bedienen solle. Dann ging ich in die Küche zurück und fand überraschenderweise Milena auf dem Ceranfeld sitzen und mit einem Salzstreuer spielen. Sie hatte die Krallen einer Pfote in die Löchlein praktiziert und es fast geschafft, den Deckel aufzudrehen. Ich nahm ihr den Streuer weg, und sie murrte leise.

»Da gehörst du nun wirklich nicht hin, und damit spielt man nicht!«

Große goldene Augen sahen mich ängstlich an.

Ich fasste Mut und Milena um den Bauch und hob sie auf den Boden. Sie wedelte mit den Pfoten und maunzte.

»Schon gut. Magst du futtern?«

Sie versuchte, mich zu verstehen, das sah ich ihr an. Und eine Handlung sagte mehr als tausend Worte, also öffnete ich ein Döschen und tat den Inhalt in eine hübsche blaue Schale.

Das verstand Milena problemlos.

»Was für eine hübsche Katze«, sagte Jeremyn.

»Eine zugelaufene Katze. Sie ist noch sehr scheu.«

Jeremyn steckte in zu weiten, aber nicht zu langen Hosen, die er mit seinem eigenen Gürtel in der Taille zusammengeschnürt hatte. Selbst das dicke Sweatshirt passte noch hinein.

»Hungrig?«

»Wenn Sie so fragen …«

»Vom Mittag ist nichts mehr übrig, aber ich habe Brötchen.«

Kurz beäugte ich die Packung und beschloss, den gesamten Inhalt aufzubacken. Der Junge sah halb verhungert aus. Katzen und junge Männer … ich wurde wirklich bald zur heiligen Jenufa. Dann kramte ich in meinem Kühlschrank nach Vorräten und fand ein Päckchen Käse, einen halben Eisbergsalat, eine Tube Remoulade, etwas Schinken, zwei Frikadellen, drei Würstchen und ein Glas Gurken, scharf. Jeremyn stand neben mir und sah zu, wie ich alles auf einem großen Holzbrett anrichtete.

»Wenn du gegessen hast, wirst du mir deine Geschichte erzählen.«

»Ja, mach ich.«

»Koch dir einen Tee. Kriegst du das hin?«

»Ich denke schon.«

Er fummelte sich mit dem Wasserkocher, den Teebeuteln und der Kanne zurecht, und als er fertig war, legte ich die heißen Brötchen in den Korb.

»Setz dich.«

»Mhm.«

»Und los!«

Ich ließ ihn allein und beglückwünschte mich zu meiner neuen Transportmöglichkeit. Es schien mir unbedingt notwendig, Nachschub zu besorgen. Der Weg zum Einkaufszentrum war erfreulich kurz und ergiebig. Ich nahm von allem die Familienpackungsgröße. Für eine sechsköpfige Familie. Als ich wieder zurückkam, war alles bis auf ein Brötchen verschwunden, aber zwei Katzen saßen neben dem Tisch und putzten sich.

Aha.

33

Jeremys Leidensweg

Die hatte so ein neues Dings in den Hof gestellt. So ein glänzendes, hartes, stinkendes Ding mit Glühaugen. Ghizmo wusste nicht so recht. Aber Jenny schien es zu lieben. Sie streichelte es. Also musste man es wohl akzeptieren. Aber nicht, bevor man es gründlich untersucht hatte. Florian hatte auch so ein … Auto! Gehabt, aber das war klein und rot und stumpf und rostig. Andererseits hatte es ihm erlaubt, auf seiner Schnauze zu sitzen, und die war manchmal schön warm. Immer dann, wenn Florian damit auf der Jagd gewesen war. Dann hatte er einerseits Futter mitgebracht – na ja, zumindest häufig, aber es klappte ja auch nicht immer mit dem Beutejagen – und andererseits das Auto aufgewärmt. Das war an kalten Tagen richtig gut. Ob dieses glänzende, glatte Teil auch warm geworden war?

Ghizmo setzte zum Sprung an und landete auf der abschüssigen Fläche vor der Windschutzscheibe.

Jaha! Es war warm. Und so schön glatt. Man konnte sich darauf rollen.

Und knallte auf den Boden.

Zu glatt. Miststück!

Aber drunter. Drunter war es auch warm. Und es roch nicht nach Öl und tropfte nicht und war höchst praktisch, um die

Straße zu beobachten. Eine geraume Zeit gab Ghizmo sich dieser unterhaltsamen Beschäftigung hin, vier Hunde mussten sich seine aus der geschützten Position hervorgefauchten Beleidigungen anhören. Hilflos! Ja!

Aber mit der Zeit wurde das auch langweilig, und er beschloss, durch sein Revier zu streifen und wenn möglich Jaromir von seiner neuen Errungenschaft zu berichten. Der hatte nämlich auch nur so eine alte Karre, die kaum noch aus ihrer Hütte bewegt wurde. Obwohl – der Neue von dem Alten, der hatte auch so was Glänzendes mit angebracht. Also, man sollte sich mal austauschen.

Jaromir hielt sich weit hinten bei den Apfelbäumen auf und döste in einem Nest aus Gras. Ein kräftiger Schlag zwischen die Ohren weckte ihn, und eine Weile flogen die Tatzen. Aber Ghizmo war zu neugierig und stellte die Feindseligkeiten schnell ein.

»Der Marten ist weg.«

»Für immer?«

»Nö. Wohl nicht. Es war ziemlich unruhig in der Frühe. Darum bin ich auch weg. Dann hat auch noch der Bartels seine Pferde geholt. Da war auch Unruhe, also bin ich von da auch weg. Hier war es dann gut.«

»Bei Jenny war auch was los. Die hat jetzt ein Auto.«

»Ach ja?«

»Ein schönes, glattes Ding. Ist jetzt meins. Und Milena geb ich nicht ein Fetzchen davon ab.«

»Wieso Milena?«

»Na, die ist jetzt bei uns eingezogen. Jenny hat sie angeschleppt.«

»Hau sie raus.«

»Milena kann man nicht hauen. Die wehrt sich nicht. Die fusselt nur.«

»Bah!«

»Mädchenkatze eben. Aber sie frisst nicht viel.«

»Pinkel ihr auf den Schwanz.«

»Ach, zu viel der Mühe.«

Sie plauderten noch ein wenig über die Umstände, mausten gemeinsam, und einmal spitzte Ghizmo die Ohren.

»Die fährt weg«, sagte er, und Jaromir erklomm einen Baum.

»Böses Auto!«

»Wieso?«

»Sieht gefährlich aus.«

»Klar, viel schärfer als die verbeulte Kiste von deinem Alten.«

Das wiederum führte zu einer tatkräftigen Auseinandersetzung, und danach trottete Ghizmo nach Hause und wurde Zeuge, wie seine Jenny eine neue Beute anschleppte. Eine ebenso jämmerliche, wie Milena es war. Was hatte diese Frau nur für seltsame Vorlieben.

Eine Weile wartete er noch im Garten, um sich zu vergewissern, dass das Lumpenpack drinblieb, dann sah er es als seine Pflicht an, nach dem Rechten zu schauen.

Das Lumpenpack war kein Lumpenpack mehr, sondern ein Vielfraß. Und die jämmerliche Milena hatte sich ihm angeschlossen und erhielt von ihm Leckerchen aus der Hand.

Frechheit!

Er wollte auch!

Er bekam auch. Würstchen. In mäulchengerechten Stücken. Der Mensch war gut erzogen, das musste man ihm lassen. Die Frikadellen waren auch gut. Vor allem, weil er sie mit Remoulade beschmiert hatte. Man konnte ihn dulden.

Fand Milena auch.

Als sie beide sich gründlich putzten, kam Jenny zurück. Mit zwei Körben voll Beute. Es raschelte und klapperte in der Küche, dass es seine Wonne hatte.

Aber es gab nix ab.

Na gut, Ghizmo rülpste leise und leckte sich über seinen wohlgefüllten Bauch. Mal sehen, was jetzt kam.

»Na, gesättigt, Jeremyn?«

»Zum Platzen satt! Danke, vielen Dank, Frau – äh –«

»Jenny. Einfach nur Jenny. Und ich vermute mal, du hast auch eine Katze?«

»Wir haben zwei. Eine echte ägyptische Majestät namens Merit. Und einen schwarzen Teufel, der gelegentlich geneigt ist, auf den Namen Amun Hab zu hören. Wir fühlen uns als ihr Hofstaat.«

»Vernünftig. Und jetzt setzen wir uns auf das blaue Sofa, und du erzählst mir deine Geschichte.«

»Ja. Ja, natürlich. Aber die ist schon ziemlich komisch.«

»Meine auch. Also los!«

Ghizmo setzte sich mit aufmerksam gespitzten Ohren auf seinen Sessel und lauschte ebenfalls der komischen Geschichte.

»Was für einen Tag haben wir heute?«, fragte der Junge.

»Mittwoch, den zweiundzwanzigsten Oktober.«

»Ah. Also vor …« Jeremyn nahm die Finger und zählte sie ab. »Vor zwölf Tagen haben mich zwei Knalldeppen überwältigt und entführt.«

»Von wo?«

»Vom Heimweg aus der Schule. Verzeihung, meiner Schule in Frankfurt, dem Goethe-Gym im Westend.«

»Wer sind die Knalldeppen?«

»Egor und Luca, zwei – äh – osteuropäische Migranten.«

»Russen?«

»Ja.«

»Bewaffnet?«

»Sie taten so, und ich Knalldepp bin drauf reingefallen. Aber die beiden – sie sind Brüder – sind so doof. Sie haben alles vermasselt. Na ja, nicht alles. Sie haben mich hierhin geschleppt. Wo bin ich eigentlich?«

»In Feyenbach, am Rande des Pfälzer Waldes. Sie haben dich in der alten Klosterruine eingesperrt.«

»Großer Gott!«

»Eigentlich ziemlich clever, oder?«

»Sie müssen das Ding gekannt haben. Woher auch immer. Ist das was Besonderes?«

»Nein, eigentlich nicht. Nur sehr abgelegen. Du bist also schon fast zwei Wochen hier?«

»Ja, und anfangs war es ziemlich ungemütlich. Die haben mir eine alte, stinkende Decke gegeben und mir einmal am Tag Pizza gebracht. Ich musste ziemlich deutlich werden.«

»Erstaunlich. Warum haben sie dich entführt? Haben sie dir das gesagt?«

Jeremyn gab ein schnaubendes Lachen von sich.

»Mein Dad ist Direktor der Finance and Investment Bank. Sie glaubten wohl, dass er mächtig Lösegeld für mich abdrückt.«

»Und? Tut er das nicht?«

»Dad ist derzeit back home. Also in New York. Und seine Telefonnummer haben sie nicht.«

»Warum nicht?«

»Weil die Flatheads mein Smartphone weggeworfen haben, damit ich nicht um Hilfe rufe.«

Jenny fing an zu lachen, und Ghizmo beäugte die beiden Menschen kritisch. Entführen – das kannte er. Menschen neigten dazu, auch Katzen zu entführen. Zum Tierarzt beispielsweise. Und das war fies. Es war also wichtig, weiter zuzuhören.

»Und jetzt?«

»Meine Mom ist auch nicht zu Hause, die ist mit ihrer

Freundin in die Toskana verschwunden. Und meine Schwester ist eine blöde Zicke und mit ihrem neuen Lover beschäftigt. Sie ist vermutlich viel zu froh, dass niemand zu Hause ist, als dass sie sich Sorgen um mich macht.«

»Also das mit dem Lösegeld funktioniert nicht. Warum schaffen sie dich dann eigentlich nicht zurück nach Frankfurt?«

»Haben sie auch Schiss. Sie haben nämlich vorher eine Bank überfallen. Dabei haben die Blödiane zehn Fünfhundert-Euro-Scheine erbeutet. Und ich habe ihnen erzählt, dass die gechippt wären. Und wegen meinem Dad haben sie das geglaubt und sie in Panik entsorgt.«

Jetzt lachte Jenny schallend.

»Sie haben es in der Kirche in den Almosenkasten geworfen, und die gestrenge Gemeindeschwester hat die Scheine gefunden. Sie wollte sie für ihre wohltätigen Zwecke verwenden, aber dann kam die Polizei dazwischen.«

»Himmel!«

»Wie wahr.«

Jetzt kicherte auch Jeremyn haltlos.

»Fahren die beiden Unglücksraben einen schäbigen beigen Kombi, Jeremyn?«, wollte Jenny jetzt wissen.

»Ja, ein total klappriges Teil.«

»Okay, dann haben wir gerade eine Erklärung für die Einbruchserie hier im Ort gefunden. Es wird vermutet, dass ein paar Penner sich mit Lebensmitteln und Kleidung versorgen. Und besagter Kombi ist mir schon mehrmals aufgefallen.«

»Oh, klar. Sicher, sie haben jeden Tag was Neues angeschleppt. Klamotten, die Matratze, Kissen, Handtücher, Whiskey …«

»Die Matratze stammt aus meinem Sperrmüll. Den Whiskey haben sie bei meinem Nachbarn geklaut. Haben sie auch Handys und Laptops erbeutet?«

»Mit Handys kriegen sie's nicht so richtig gebacken. Sie haben die Ladegeräte vergessen.«

»Tolle Entführer!«

»Sag ich doch – Knalldeppen!«

Ghizmo legte die Schnauze auf die Pfoten. Knalldeppen – das mussten wohl irgendwelche völlig hirnlosen Geschöpfe sein. Es klang ziemlich verächtlich.

»Sag mal, was machen wir denn jetzt mit dir?«, fragte Jenny, und der Junge zuckte mit den Schultern.

»Wir können die Polizei rufen und sie anzeigen, denke ich.«

»Könnten wir, wenn wir wüssten, wo sie sich rumtreiben.«

»Sie sind jeden Tag zu mir hochgekommen.«

»Das werden sie jetzt nur noch einmal tun.«

»Da haben Sie auch wieder recht.«

»Wann kommt denn jemand von deiner Familie nach Hause? Und kannst du sie erreichen?«

»Dad wollte am neunundzwanzigsten wieder zurück sein. Ich schätze, Mom ist dann auch wieder da.«

»Weiß dein Dad von ihrem Ausflug in die Toskana?«

»Klar.«

»Wirst du eigentlich nicht in der Schule vermisst?«

»Es sind doch Ferien.«

Jeremyn riss seinen Mund zu einem gewaltigen Gähnen auf.

»Jenny, meinen Sie, ich könnte hier irgendwo schlafen? Ich bin so was von müde!«

»Ab ins Gästezimmer. Es gibt ein richtiges Bett mit sauberen Kissen und Laken.«

»Sie sind vom Himmel gefallen.«

»Und deshalb bringe ich dir auch noch ein Glas Milch und ein paar Kekse.«

»Aus göttlichem Geschlecht!«

Ghizmo verfolgte den müde davonschlurfenden Jeremyn und gähnte ebenfalls. Man würde über den Jungen nachdenken müssen. Immerhin schien er harmlos. Trotzdem würde er auf Jenny aufpassen. Sie war manchmal etwas leichtgläubig. Diesem Marten zum Beispiel traute er selbst nämlich nicht.

34

Teufelsbesuch

Mein neuestes Sammlerstück hatte offenbar eine erholsame Nacht verbracht und sein Schlafdefizit aufgeholt. Um zehn Uhr war noch immer kein Mucks aus dem Gästezimmer zu hören, und ein vorsichtiger Blick durch den Türspalt zeigte mir nur einen wuscheligen braunen Schopf auf dem Kopfkissen.

Ich ließ Jeremyn schlafen und manövrierte mein Auto in die Garage. Wohlweislich hatte man sie als Doppelgarage ausgelegt, denn nur so war es mir möglich, das Fahrzeug auch zu verlassen. Dabei fiel mein Blick auf die beinahe ganz leeren Regale, die ein früherer Handwerker erdbebenfest aus massiver Eiche gezimmert hatte. Es stand noch die Metallkiste in der Ecke, die ich nicht dem Sperrmüll anvertraut hatte, da ich vermutete, dass der Inhalt es wert sein könnte, gesichtet zu werden. Ich öffnete sie erneut und betrachtete das, was sich darin befand, genauer. In Seidenpapier war ein fleckiges blaues Kleid gehüllt. Ein offenbar teures Designerstück, den eingenähten Schildchen zufolge. In Plastikbeuteln verpackt lagen Kinderkleider, zwei räudige Teddys und ein Paar Stilettos in metallischem Blau. Mhm. Aus der halb zerfallenen Pappschachtel lugten einige beschriebene Blätter hervor. Es war bestimmt interessant, sie durchzusehen, bevor sie den Weg alles Irdischen gingen. Ich wuchtete den Karton aus der Kiste und schleppte ihn ins Haus. Mit einem dumpfen Rums stellte ich ihn auf der Küchentheke ab und wedelte die aufsteigende Staubwolke weg. Mit einem spitzen Messer entfernte ich das Klebeband und hob den Deckel an. Tatsächlich, es waren Dokumente darin enthalten. Um es genauer zu sagen – alte Briefe und Fotomappen. Mit spitzen Fingern hob ich die erste Mappe heraus und schlug sie auf. Das vordigitale Zeitalter hatte hier seine Spuren hinterlassen, und zu meinem persönlichen Vergnügen hatte die Dokumentatorin die leicht verblichenen Bilder sorgfältig beschriftet. So lernte ich denn die Generalin von Malchow endlich vis-à-vis kennen. Sie mochte darauf Mitte fünfzig sein, eine strenge, aufrechte Frau, die missbilligend auf einen kleinen Jungen herabsah, dessen Gesicht von so etwas wie Schokolade verschmiert war. Florian, wie die Unterschrift besagte. Es folgten Weihnachtsbilder, auf denen der arme Flori mit einer Flöte bewaffnet neben dem Tannenbaum posierte, eine junge Frau kniete neben einer elektrischen Eisenbahn – vermutlich seine Mutter. Die Bildunterschrift nannte sie Gerania. Du meine Güte! Auf dem folgenden Lichtbild durfte Jung-Flori Haltung neben dem General einnehmen, stramm und mit der kleinen Pfote markig an der Stirn zum Gruße. Opa General – mein Gott – zum Weihnachtsfeste in Uniform und Lametta. Hatten die sie noch alle?

Auch beim Anblick der folgenden Familienaufnahmen schnürte sich mein Herz vor Mitleid mit dem Jungen und seiner Mutter zusammen. Ich brauchte keine besonderen Erklärungen – die Stimmung sprach für sich. Die Tochter der Generalin war für die Familie ein Totalausfall. Die Mode der Siebziger war schon schräg, Gerania hatte sie auf ihre eigene Weise interpretiert. Offenbar handwerklich geschickt hatte sie sich einen Overall gehäkelt, der an der einen oder anderen entscheidenden Stelle Durchblick gestattete.

Danach verschwand sie aus dem Familienalbum und der Junge wurde militärisch straff vom Feldherrn erzogen. Das musste ja zu einer Katastrophe führen.

Und dazu war es dann wohl auch wenige Zeit später gekommen – der Junge wurde immer mürrischer und missgelaunter. Bis er dann auch verschwand. Wann mochte das gewesen sein und wohin hatte er sich aufgemacht?

Ich musste die Suche nach der Antwort aufgeben, denn ein anderer verschlafener Junge forderte meine Aufmerksamkeit.

»Mann, was hab ich gut geschlafen. Morgen, Jenny.«

»Guten Tag, Jeremyn. Vierzehn Stunden reichen jetzt aber, oder?«

Er streckte sich, grinste und fuhr sich über das flaumige Kinn.

»Irgendwo einen Eimer Kaffee versteckt?«

»Da steht die Maschine.«

»Ah!«

»Brötchen in der Tüte dort, Wurst, Käse und Marmelade im Kühlschrank. Bedien dich.«

»Oooch, Apfeltaschen!«

»Ja, die auch.«

»Darf ich eine?«

»Es sind fünf Stück, wenn du mir eine übrig lässt …«

Ich meinte mich erinnern zu können, dass junge Menschen – männliche insbesondere – das Fassungsvermögen von ausgewachsenen Krokodilen hatten. Ich täuschte mich nicht. Aber Jeremyn war so höflich, sich wahrhaftig eine Apfeltasche vom Munde abzusparen. Dann verschwand er im Badezimmer, und ich benagte das Teilchen als Mittagsmahl.

Es wurde durch ein mir allzu bekanntes Dröhnen unterbrochen. Darius Hellwig stellte gerade sein Motorrad ab und ging zum Tor, als ich die Tür öffnete.

»›Der Herr der Ratten und der Mäuse,

der Fliegen, Frösche, Wanzen, Läuse …‹«, begrüßte ich ihn höflich.

»Doch nicht der Kammerjäger. Ich brauche deine Hilfe, Jenny.«

Das klang ungewohnt ernst.

»Dann tritt ein.«

Darius Hellwig, den Helm unter dem Arm, stapfte in mein Haus, betrachtete das Trümmerfeld auf dem Esstisch und fragte: »Besuch?«

»Von einem jungen menschlichen Vielfraß.«

»Von der Sorte treiben sich derzeit mehrere herum. Und wie ich sehe, bist du besser gewappnet.«

»Nachdem ich ein elendes Entführungsopfer oben im Kloster aufgelesen habe.«

»Den Sohn eines Frankfurter Bankers?«

»Ebendiesen. Woher weißt du?«

Darius flegelte sich an den Esstisch und krallte sich Jeremyns Kaffeetasse. Ich füllte beflissen nach.

»Bei mir haben sich heute Nacht zwei Einbrecher eingefunden.«

»Es bekam ihnen nicht gut, oder?«

»Sie sitzen jetzt mit Kabelbindern gefesselt an zwei Bäumen und betrachten die Natur.«

»Aus blau geschlagenen Augen?«

»Und einigen Prellungen. Ja, ich sah mich gezwungen, ihnen eine Abreibung zu verpassen. Ich merke, du bist besser auf dem Laufenden, als ich erwartet hatte.«

»Ich musste niemanden vermöbeln. Jeremyn berichtete mir

freiwillig, was er erlitten hat. Luca und Egor sind die beiden Idioten, die es gewagt haben, dich zu überfallen.«

»Ein einsames Haus am Waldrand schien ihnen verlockend. Was mache ich jetzt mit ihnen, Jenny? Ich sollte zur Polizei gehen, aber die beiden sind so herzergreifend doof, dass mir das schon fast wie Unrecht vorkommt.«

»Viel Schaden haben sie nicht angerichtet, soweit ich gehört habe. Na ja, sie haben eine Bank überfallen …«

»Bitte?«

»In Frankfurt. Das Geld haben sie dann der Kirche gespendet.«

Ich erzählte Darius die schräge Geschichte, und sein brüllendes Gelächter lockte Jeremyn herbei. Ich stellte die Herren einander vor.

»Er hat deine Entführer aufgesammelt, gezüchtigt und gefesselt.«

»Klar, das musste ja so kommen. Gut, dass Sie mich befreit haben, Jenny. Ich wär da oben allmählich vergammelt.«

»Du wärst schon freigekommen. Die Tür war ziemlich morsch. Mit ein paar gezielten Tritten hätte sich der Riegel schon lockern lassen.«

»Auch wahr. Und was machen Sie jetzt mit den Blödköppen, Herr Hellwig?«

»Das wollte ich von Jenny wissen. Aber du darfst auch etwas dazu beisteuern. Immerhin bist du der Geschädigte.«

»Darf ich denen eine reinhauen? Nur so zum Spaß?«

»Nein, das habe ich schon erledigt.«

»Schade.«

Ich mischte mich in das herb männliche Gespräch ein und sagte: »Nachdem wir die Beteiligung der Polizei ausgeschlossen haben, sollten wir uns als Erstes fragen, Jeremyn, was wir mit dir anfangen. Willst du nach Hause zurück?«

»Das sollte ich wohl am besten. Aber ich habe kein Geld.«

»An einer Fahrgelegenheit sollte es nicht mangeln.«

»Mhm. Gut.«

»Okay, also die beiden Tröpfe. Was machen wir mit denen? Sind sie zu irgendwas nütze? Tätige Reue kann manchmal sinnvoll sein.«

»Sie haben mir erzählt, dass sie eine Lehre bei einem Installateur gemacht haben. Aber sie scheinen sie abgebrochen zu haben. Fragen Sie mich nicht, warum«, sagte Jeremyn mit einem bösen Grinsen.

»Zu blöd, was?«

»Die Mängel in unserem Bildungswesen …«

»Sicher«, bemerkte Darius trocken.

»Andererseits haben sie so viel Cleverness bewiesen, dass sie dich in dem Kloster untergebracht haben.«

»Und so wenig, dass sie vergessen haben, dass Handys und Smartphones Ladegeräte benötigen.«

»Dennoch haben sie sich selbst und auch dich mit Nahrung und Getränken versorgt.«

Darius nickte.

»Sie sind nicht grundlegend böse. Nur unbeholfen.«

»Mir hat hier im Haus der Stefan Albrecht die Installationen gemacht. Sein Geselle Bully ist auch eher – unbeholfen. Vielleicht sollte er sich die beiden mal ansehen.«

»Stefan ist ein kluger Kerl. Gute Idee, Jenny.«

Es klingelte, und als ich öffnete, wirbelte Lili ins Haus.

»Jenny, ich habe mein … Ups, Sie haben ja Besuch. Tach, Herr Hellwig.«

Es gab solche Augenblicke. Wirklich.

Jeremyn starrte Lili mit offenem Mund an.

Lili quiekte.

Ghizmo und Milena erschienen urplötzlich auf der Bildfläche. Setzten sich nebeneinander und starrten die beiden jungen Menschen an.

Der Blitz war eingeschlagen.

Darius und ich schwiegen, überwältigt von der Wucht der jugendlichen Gefühle.

Schließlich sammelte ich mich und sagte: »Lili, das ist Jeremyn. Ich denke, du solltest mit ihm rausgehen und ihm Goldbeere vorstellen.«

»Äh – ja.«

Wie im Traum befangen schlich der Junge hinter ihr her.

»›Der Gott, der Bub und Mädchen schuf,
erkannte gleich den edelsten Beruf,
auch selbst Gelegenheit zu schaffen …‹«, murmelte Darius.

»Was noch nicht mal teuflisch ist.«

»Dies war übermenschlich.«

»Lili ist die Tochter von Raoul Pfeiffer«, erklärte ich ihm.

»Und dieser Besitzer der Klosterruine. Der Kreis schließt sich.«

»Mehr als du denkst. Denn meine Freundin Miriam und ich versuchen, diese Ruine für die Öffentlichkeit nützlich zu machen.«

»Das wurde auch Zeit.«

»Oh, wittere ich Interesse?«

»Allerdings.«

»Dann lies das. Ich mache inzwischen frischen Kaffee.«

Ich gab ihm die Mappe mit dem neuesten Stand unserer Überlegungen.

Es herrschte eine Weile wohltuendes Schweigen. Ich räumte den Tisch leer und fütterte die Spülmaschine. Ghizmo kam und strich um meine Beine. Dafür erhielt er eine Handvoll Knusperfischchen. Milena beäugte mich ängstlich und erhielt ebenfalls ihre Leckerchen. Dann sprang sie überraschendend auf das Sofa, auf dem Darius Platz genommen hatte. Nachlässig streichelte er sie. Ich stellte den Kaffee vor ihn und nahm mir selbst eine Tasse, um mich zu ihm zu setzen.

»Sehr ordentlich«, sagte er und schlug den Hefter zu. »Mit wem hast du schon darüber geredet?«

»Mit dem Bürgermeister und der Kulturtante. War kein Erfolg.«

»Der hirnbefreite Wolkenschieber ist nicht der richtige Ansprechpartner. Die säuerliche Turgau sollte man im Feyenbach ersäufen. Das hast du falsch angepackt.«

»Das hat Miriam auch gesagt. Sie meinte, ich solle mich mit den Vereinen kurzschließen und so die Sache unterlaufen.«

»Klar. Ich höre dich schon im Kirchenchor mithusten.«

Das war gemein.

Ich wollte eine unhöfliche Erwiderung abschießen, aber dann sah ich sein Lächeln.

Und mir wurde endgültig klar, dass Darius Hellwig – mochte der Teufel wissen, wieso – sehr genau wusste, wer ich einst gewesen war.

Ich verkniff mir die Bemerkung.

»Lass mich eine Weile nachdenken, Jenny. Ich habe da so eine Idee.«

»Ist gut.«

Ich ging zum Fenster und blickte zur Koppel hinüber. Die arme Goldbeere wurde eben zu Schanden geritten. Sie bockte nach Rodeo-Art wild auf der Weide herum, und Jeremyn saß auf ihrem Rücken, triumphierend eine Hand zum Himmel gestreckt. Lili hatte sich vor Lachen um den Zaun gewickelt.

Gebackene Kartoffeln, Frikadellen, Pilzsoße, Salat.

Das war das zweite Gericht, das ich einigermaßen sicher beherrschte.

Darius blätterte weiter in dem Hefter herum, während ich Kartoffeln halbierte und auf ein Backblech setzte, drei Zwiebeln unter Tränen hackte, das Hackfleisch mit ihnen, Eiern, eingeweichten Brötchen und Petersilie mischte, Champignons klein schnitt, zwei Pfannen mit Hackbällchen füllte, die Soße bereitete und nebenbei den Salat, Tomaten, Gurken und Radieschen in einer riesigen Schüssel anrichtete.

»Darius, würdest du bitte mal die jungen Wilden reinrufen?«

Er tauchte aus seinen Überlegungen auf, schnüffelte und fragte: »Reicht das auch für mich noch?«

»Ich hoffe es.«

»Gut.« Und dann sagte er plötzlich: »Verdammt, was ist das denn?« Er fasste an seine rechte Pobacke und schüttelte den Kopf. »Meine Brieftasche ist weg!«

»Wie bitte?«

»Ist dein Jeremyn etwa auch ein Verbrecher?«

»Dann hätte er mich heute Nacht schon ausrauben können.«

Ich ließ meinen Blick über das Sofa gleiten. Vielleicht war die Brieftasche ihm aus der Hosentasche gelitten. Und richtig, neben dem Sofabein lag das schwarze Lederrechteck.

»Da ist sie. Kein Verbrecher. Sie muss rausgefallen sein.«

»Wohl kaum …«

»Na, gestohlen wurde sie nicht. Prüf nach, ob noch alles drin ist.«

Das war es, und mich schlich ein ganz zarter Verdacht an. Milena hatte neben ihm gesessen. Und deren Umtriebigkeiten würde ich fürderhin etwas genauer beobachten.

»Alles okay«, sagte Darius etwas beruhigter, und damit schritt er zur Tür. Ich hörte ihn mit Bühnenstimme »Essen fassen!« brüllen.

Die beiden kamen an wie die hechelnden jungen Hunde.

»Hände waschen. Lili oben, Darius und Jeremyn unten.«

Lili war als Erste fertig und stöberte schon in den Schränken herum, um den Tisch zu decken. Dann fauchte sie Jeremyn an, die Kartoffeln aus dem Ofen zu holen, befahl Darius, die Gläser zu füllen, und goss selbst die Soße in eine Schüssel. Ich musste also nur noch das Fleisch auf eine Platte türmen und mich an den Tisch setzen.

»Ruhe jetzt!«, sagte Darius.

Gehorsam schwiegen wir.

Er faltete die Hände und sah in die Runde. Und dann sprach er mit seltsamer Innigkeit:

»Du gibst uns, Jenny, durch Speis und Trank
Gesundheit, Kraft und Leben.
So nehmen wir mit Lob und Dank,
das, was du jetzt gegeben.«

»Amen«, sagten Lili und Jeremyn.

Ich sagte: »Guten Appetit!«

Und dann herrschte gefräßiges Schweigen.

Bis Lili sich den Mund mit der Serviette abtupfte und leise seufzend bemerkte: »Mann, ist das lecker!«

»Richtig klasse!«, pflichtete Jeremyn ihr bei und langte nach der nächsten Portion Frikadellen.

»Hat was«, murmelte Darius und ließ sich die Soße reichen.

Ich fühlte mich sehr glücklich. Fünf Jahre Knastfraß und mir war es gelungen, meine Gäste mit etwas Selbstgekochtem zufriedenzustellen. Ich konnte stolz auf mich sein.

Allmählich leerten sich die Teller, und die Unterhaltung begann wieder.

Jeremyn hatte Lili offenbar seinen Leidensweg bereits geschildert, Darius erzählte von den beiden Entführern. Ich hörte zu und begann langsam, das Geschirr zusammenzustellen.

Es wurde mir aus der Hand genommen. Sowohl Lili als auch Jeremyn waren gut erzogen und fanden es selbstverständlich, den Tisch abzuräumen und die Spülmaschine zu füllen. Ich honorierte es mit einem Lächeln und holte die Eiscreme aus dem Kühlschrank.

»Ihr schafft noch einen Nachtisch?«

»Bevor Sie uns schlagen!«

»Leute, wir haben Jenny zu danken. Richtig?«, fragte Darius und schaufelte sich Kirschkompott über das Eis.

»Mhm.«

»Gut. Dann wollen wir ein Problem für sie lösen. Es gibt, wie ihr beide wisst, eine alte Klosterruine oben im Wald.«

»Die meinem Papa gehört.«

»Und der von der folgenden Überlegung erst einmal nicht zu wissen braucht«, fügte ich schnellstens ein.

»Ist in Ordnung«, sagte Lili.

Darius gab eine leicht verständliche Zusammenfassung des Konzepts für die Klosternutzung und die bisherigen Misserfolge zum Besten.

»Wir benötigen also Leute, die sich für das Projekt engagieren – entweder mit Sach- oder Dienstleistungen oder Geld. Vorschläge?«

»Meine Mom macht viel in karitativen Sachen. Wie wäre es mit einem Wohltätigkeitsball?«

»Mann, Jerry, was soll der denn nützen? Und wer soll den ausrichten? Jenny, hier im Hof? Oder was?«

Lili sah das praktisch, ich stimmte ihr zu.

»Eine einzelne Veranstaltung bringt nicht viel, Jeremyn. Das kann später mal eine Option sein, aber erst einmal müssen wir die Leute dafür interessieren.«

»Meine Mom sahnt aber immer ganz schön ab.«

»In Frankfurt vielleicht. Aber hier fehlt uns die Alte Oper und das passende wohlhabende Publikum.«

Jeremyn nickte.

»Tja, Feyenbach eben.«
»Du kennst das doch gar nicht«, zischte Lili ihn an.
»Konstruktive Ideen, bitte!«, sagte Darius ruhig.
»Wie viel Geld braucht man denn überhaupt?«, fragte Lili.
»Gut anderthalb Millionen.«
Sie schnappte nach Luft.
»Tja, das ist mit dem Sammelbüchschen nicht so schnell eingeheimst«, spöttelte Jeremyn. »Falls das dein Vorschlag war.«
»Was ist mit Fördergeldern?«, fragte Darius.
»Von wem?«
»Von der Gemeinde nicht, das hast du ja schon versucht. Aber vom Land oder Bund oder von der EU. Immerhin ist das Kloster ein nationales Kulturgut.«
»Klar, von der EU. In zwanzig Jahren.«
Jeremyn hob plötzlich den Kopf.
»Crowdfunding!«
»Nicht schlecht«, sagte Darius. »Nicht schlecht.«
»Was für'n Ding?«, wollte Lili wissen.
»Wir machen eine Webseite auf und bitten die Leute, die Aktion zu unterstützen. Sie erhalten dafür einen Gegenwert. Eintrittskarten oder so was.«
»Wer stellt die Webseite her, wer betreut sie, wer verwaltet die Einnahmen? Ich will ja keine Spaßbremse sein, aber das kann ich nicht leisten. Ich krieg ja kaum meine Bankgeschäfte mit dem Ding abgewickelt«, warf ich ein.
»Ja, das ist wohl ein ziemlicher Aufwand. Aber hey, mein Dad hat neulich von einer – ach, was war das doch noch – gesprochen, die seine Bank betreuen soll. Eine Dings von Hessen, bei der alle möglichen Leute etwas stiften.«
»Jeremyn, du bist ein Genie!« Darius sah mich an. »Er meint eine Bürgerstiftung. Das ist die Lösung. Lili, den Laptop.«

Und dann starrten wir alle vier gebannt auf den Bildschirm und ließen uns die Bedingungen der Stiftung des Bundeslandes vorführen. Es war auf den ersten Blick tatsächlich die Lösung des Problems. Der Vorteil war, dass nicht nur Geld, sondern auch Sach- und Dienstleistungen in das Stiftungsvermögen einfließen konnten.

Der Nachmittag verging wie im Fluge.

»Leute, ich muss los«, sagte Darius. »Meine zwei Gefangenen harren meiner Aufmerksamkeit.«

Er hatte eine abrupte Art, sich zu verabschieden, und war schneller verschwunden, als ich »Auf Wiedersehen« sagen konnte.

»Oh Mann, es ist ja schon halb fünf«, entfuhr es auch Lili. »Ich muss Goldbeere noch den Stall machen. Tschüs!«

Weg war sie.

»Und nach Frankfurt fahre ich dich heute auch nicht mehr. Bleib noch ein, zwei Tage hier, Jeremyn. Es scheint dich ja niemand zu vermissen.«

»Gerne.«

Eine unsägliche Erschöpfung überwältigte mich, und ich schaffte es eben noch, mich nach oben in mein Atelier zu schleppen und mich auf das Bett zu werfen. Der Tag war für meine Verhältnisse ereignisreich und anstrengend gewesen.

35
Kätzische Beobachtungen

Es war eine lästige Unruhe im Haus, fand Ghizmo. Es gefiel ihm gar nicht, dass Jenny so viele andere Menschen in sein Innenrevier ließ. War schon schlimm genug, dass Milena unter dem Sofa lungerte. Er verdrückte sich also und streifte durch den herbstlichen Garten. An manchen Sträuchern leuchteten rote und goldgelbe Blätter, einige hatten das vertrocknete Laub schon abgeworfen, und es knisterte unter seinen Pfoten. Die Katzenminze war vom letzten Regen niedergedrückt worden und kein wirklicher Genuss mehr. Ghizmo benagte einige lange Grashalme. Er hatte das Gefühl, seinen Magen mal wieder reinigen zu müssen. In der kühler werdenden Jahreszeit wuchs sein flauschiges Unterfell nach, und er musste beim Putzen etliche Fusseln schlucken.

Ein ordentliches Reihern unter den Rankrosen brachte ihm Erleichterung.

Die zugedeckte Wassertonne an der Mauer war sein nächstes Ziel. Er sprang auf den Deckel und von dort auf die Mauerkrone. Oft machte er diese Übung nicht, er hatte dort oben immer so das Gefühl, Aufmerksamkeit auf sich zu lenken. Aber die Aussicht war bestechend. Eine Weile genoss er sie, beobachtete Goldbeere, die auf der Weide graste und mit dem

Schweif Fliegen verscheuchte, betrachtete die vorbeirollenden Fahrzeuge hochmütig, giftete einen Köter an, der sein Geschäft an der Mauer machen wollte, und maunzte Boris zu, der den Bürgersteig entlangschlenderte. Dann sah er Jaromir sich durch sein Gartentor zwängen und wagte den Absprung. Er landete gewandt auf den Pfoten, schüttelte sich kurz und machte sich für das Treffen bereit.

»Na, du faule Socke. Auch endlich von der Couch gefallen?«

Die Runde Boxen war kurz und erfreulich, dann glätteten sie ihr Fell und strebten einig über die Straße zu den Pferdebiestern, die wieder zurückgebracht worden waren.

»Jenny hat einen Jungen angeschleppt.«

»Wozu? Ist sie rollig?«

»Nee, der ist eher ein Welpe. Sie füttert ihn, und er frisst.«

»Hat sie genug?«

»Sieht so aus. Ist der Sohn vom Alten zurück?«

»Noch nicht. Vielleicht bleibt er weg. Wär besser. Der Alte ist ziemlich geknickt. Wegen dem Einbruch. Er hat jetzt gemerkt, dass seine Karten weg sind.«

»Karten?«

»Weiß auch nicht, aber ihm bedeuten sie was. Er war total hibbelig, weil er kein Telefon hatte. Aber da hat ihm die Putz-Inge eines gegeben, und er hat mächtig viel rumtelefoniert. Hat diese Karten sperren und sich Aufstellungen schicken lassen und so weiter. Ich musste eine ganze Stunde auf seinem Schoß sitzen und schnurren, bis er sich endlich wieder beruhigt hat. Sein Herz hat ganz schön gebumpert!«

»Das kann gefährlich sein.«

»Ja, weiß ich.«

»Hat der Alte rausgefunden, wer bei ihm eingebrochen ist?«

»Nein, aber er denkt, das waren die, die auch bei ihm übernachtet haben. Aber die kennt er ja auch nicht.«

»Wir kennen sie.«

»Ja, aber machen können wir nichts. Oder?«

»Nur, wenn sie noch mal ins Haus kommen. Dann könntest du Krawall machen.«

»Dann laufen sie weg, und der Alte kann doch nur humpeln.«

»Stimmt auch wieder.«

Sie stromerten den Koppelzaun entlang und sahen, wie der Mann mit dem Motorrad wegfuhr.

»Der war diesmal lange bei deiner Jenny«, meinte Jaromir.

»Deshalb bin ich ja weg. Zu viele Menschen im Haus. Und alle haben geredet. Unablässig. Der Mann ist seltsam. Er ist nicht einer, sondern viele. Er hat verschiedene Stimmen und verschiedene Gesichter. Vielleicht sogar verschiedene Körper. Das ist unheimlich. Aber Jenny hat keine Angst vor ihm. Sie lacht darüber.«

»Sieht er dich an?«

»Nur aus den Augenwinkeln. Er weiß, dass ich da bin, aber er will keinen Kontakt.«

»Was sagen deine Schnurrhaare?«

»Nichts. Und das ist komisch.«

»Meine zucken bei dem Marten. Sie zucken sogar, wenn ich an ihn denke.« Jaromir blieb stehen und streckte die Nase in die Luft. Ghizmo sah, wie zwei seiner langen Barthaare bebten. »Ich glaube, es ist fast so, wie du es beschrieben hast. Der Mann hat auch verschiedene Gesichter. Eines, das er trägt, wenn der Alte da ist, und ein anderes, wenn er alleine ist. Und dieses zweite gefällt mir nicht. Es lauert etwas hinter seinen Augen.«

»Er ist nicht da, also könntest du mal in seinem Zimmer herumschnüffeln. Manchmal verstecken Menschen etwas. Und das kannst du dem Alten dann zeigen.«

»Ja, ich guck mal.«

Jaromir setzte sich zielstrebig in Bewegung, aber Ghizmo blieb noch am Zaun sitzen. Lili lief jetzt zu Goldbeere hinüber und führte sie in den Unterstand. Das Haus würde wieder ruhiger sein. Es wäre möglicherweise auch ganz sinnvoll, diesem Jungen etwas hinterherzuspionieren. Nicht, dass der auch noch Unsinn anrichtete.

Langsam machte er sich auf den Heimweg und drückte sich so leise wie möglich durch die Klappe.

Jeremyn saß am Esstisch und klapperte auf der Tastatur herum. Leise schlich Ghizmo sich an.

»Na, Kater? Rundgang beendet?«

Huch, der hatte ihn aber schnell bemerkt. Also dann konnte er ja seiner Neugier offiziell frönen. Er sprang auf den Stuhl und vom Stuhl auf den Tisch und setzte sich neben die Klapperkiste. Ein buntes Bild war zu sehen, mit Menschen drauf und Krakeln.

»Ich sammle Infos für Jenny«, erklärte ihm Jeremyn.

Ach ja?

»Sie ist hochgegangen, hat gesagt, sie sei müde.«

Soso.

Ghizmo erlaubte sich, da Jenny, seine Dosenöffnerin, offenbar schlief, seinen hungrigen Blick aufzusetzen, um zu testen, wie weit der Junge ihn verstand.

»Du würdest es gerne sehen, wenn ich deinen Napf auffüllen würde?«

Super, der Kerl. Runter vom Tisch und ab in die Küche.

Jeremyn folgte ihm, machte drei Schranktüren auf, fand den Vorrat an Tüten und Döschen. Milena schlich sich an und machte ebenfalls hungrige Augen.

»Raubkatzen«, kommentierte Jeremyn das und füllte zwei Näpfe. Dann verzog er sich wieder an den Tisch. Das leise Klappern störte Ghizmo bei seiner Mahlzeit nicht.

»Die haben die ganze Zeit geredet«, sagte Milena, bevor sie anfing, sich das Gesicht zu waschen. »Und haben sich gar nicht angeschrien.«

»Warum sollten sie sich anschreien?«

»Meine Menschen haben sich ständig angeschrien. Das war ganz schrecklich. Ich habe mich immer verkrochen.«

»Manchmal können sie wütend werden. Aber wir sind das auch manchmal. Ich hau mich dann mit Jaromir.«

»Ich mag nicht hauen. Das tut weh.«

Ghizmo rümpfte leicht die Nase. Milena war eben eine ängstliche Flauschkatze. Die spielte mit einem rosa Bändchen.

»Was ist das?«

»Hab ich von Lilis Fuß abgezupft. Hübsch, nicht?«

»Wenn du meinst. Worüber haben die denn gesprochen?«, wollte er wissen.

»Ich weiß nicht. Ich habe nur den Stimmen gelauscht. Die gingen so schön hoch und runter. Und dann ist der eine Mann weg und Lili auch, und Jenny ist nach oben, und der Junge hat sich an den PC gesetzt. Er hat einmal nach mir geguckt, als ich Wasser geschlabbert habe.«

Nützlich waren diese Aussagen nicht. Aber was konnte man von Milena schon groß erwarten?

»Ich geh zu Jenny hoch«, verkündete er und wollte zur Treppe eilen.

»D…darf ich mit?«

»Wieso?«

»Ich war noch nie da oben.«

»Meinetwegen. Aber wehe, du springst aufs Bett. Das ist mein Revier!«

Jenny schlief tief und fest, hatte sich die Decke bis über die Ohren gezogen und das kleine Kissen fest an die Brust gedrückt. Die Schlafwellen, die sie verströmte, packten Ghizmo mit aller Gewalt. Er schaffte es gerade noch, an das Fußende zu springen und sich zu einem Kringel zusammenzurollen, schon hatten sie ihn eingelullt. Er merkte nicht, dass Milena nur wenige Momente zögerte und dann beherzt begann, die Taschen des Morgenmantels, der auf dem Stuhl lag, zu inspizieren.

36

Wünschelrute

Es war sehr warm in meinem Bett, als ich erwachte. Und als ich die Lider hob, blickte ich in die schönen goldenen Augen von Milena.

»Na, du bist aber mutig geworden!«

»Mau?«

Weg war sie. Ghizmo, an meinem Fußende, nahm sich mehr Zeit. Er wartete, bis ich aufgestanden war, und trabte dann die Treppe nach unten. Es war sieben Uhr geworden, ich hatte glatte zwei Stunden tief geschlafen und fühlte mich ausgeruht. Leicht verblüffte mich das Taschentuchkonfetti unter meinem Morgenmantel. Jemand musste die Taschen geplündert und den Inhalt zerrupft haben.

Mein Verdacht Milena gegenüber begann sich zu erhärten.

Als ich ins Wohnzimmer kam, war Jeremyn noch immer am PC und hatte fast einen ganzen Block mit Notizen vollgeschrieben.

»Sie brauchen unbedingt einen Drucker, Jenny. Wieso haben sie keinen?«

»Weil ich mich erst seit ein paar Tagen mit dem Ding angefreundet habe. Ist ein Drucker notwendig?«

»Auf jeden Fall.«

»Was hast du die ganze Zeit gemacht? Wenn du was verstellt hast oder so, dann mach es wieder rückgängig.«

»Ich hab nichts verstellt. Ich habe ein bisschen recherchiert und dann ein paar Mails verschickt. An meinen Dad und an meine blöde Schwester. Die hat mal wieder gar nichts gecheckt. Die hat geglaubt, ich sei mit ein paar Freunden auf Tour gegangen. Oh Mann, was bin ich mit meiner Familie geschlagen!«

»Hast du deinem Vater von der Entführung berichtet?«

»Nein, der würde sich nur unnötig aufregen. Ich hab ihm geschrieben, ich sei zu einem Projekt unterwegs und mir seien mein Handy und mein Portemonnaie geklaut worden. Ich habe ihn gebeten, mir Geld an die hiesige Sparkasse zu überweisen. Können wir da mal hinfahren, damit ich es mir abheben kann?«

Das fand ich ziemlich schlau von ihm.

»Heute nicht mehr, die Läden machen hier alle früh zu. Morgen fahren wir in den Ort. Wir müssen für dich ein paar Sachen einkaufen. Es sieht ja aus, als ob du noch ein paar Tage bleiben würdest.«

»Hey, das wär toll. Ich helfe Ihnen auch. Sagen Sie einfach, was ich tun soll.«

»Wir werden sehen. Jetzt zeig mal, was du herausgefunden hast.«

Und so wurde ich gründlich über die Arten der Bürgerstiftungen informiert und führte anschließend ein langes Gespräch mit Miriam, die von dieser Idee auch sehr angetan war.

Während der Zeit machte uns Jeremyn Rühreier und setzte sich danach vor den Fernseher. Ich hingegen brauchte etwas andere Ablenkung und nahm mir noch einmal die Kiste aus der Garage vor. Die Bilder hatte ich mir schon angesehen und mir so meine Gedanken um die traurige Jugend von Florian Malchow gemacht. Jetzt nahm ich mir das Bündel Briefe hervor, leicht vergilbtes Papier, mit einem Bastband verschnürt. Die Schleife ließ sich leicht aufziehen. Der erste Bogen, den ich entfaltete, stammte von Florians Mutter Gerania, war datiert und vor achtunddreißig Jahren geschrieben worden. Er enthielt einen in jammerndem Ton gehaltenen Bericht, der ihr Leben als Kellnerin in einem Schnellimbiss beschrieb, wo sie nie genug Trinkgeld bekam. Auch ließ sich aus den Bemerkungen ablesen, dass Florian sich zu dieser Zeit wohl in einem Internat aufhielt. Was nicht in dem Brief stand, war, wo sie diesem Job nachging. Aber das war vielleicht aus anderen Episteln bekannt.

Doch auch diese gaben darüber keinen Aufschluss. Dafür waren Männer aufgetaucht. Mal für mehr und mal für weniger lange Zeit. Florians Briefe waren leider nicht als Kopie erhalten, aber aus den Antworten seiner Mutter konnte ich entnehmen, dass er ihr wohl recht mürrisch geantwortet hatte. Manchmal hatte er auch einiges von seinen Großeltern berichtet, was wiederum seine Mutter zu mürrischen Repliken veranlasste. Ein Blick auf die Daten zeigte mir zudem, dass der Briefwechsel in zeitlich großen Abständen erfolgte. Es lagen immer Monate, einmal sogar ein Jahr zwischen den einzelnen Schreiben. Und dann erzählte sie plötzlich von ihrer Tochter Manuela.

Das verblüffte mich dann allerdings.

Das Datum dieses Briefes sagte mir, dass das Mädchen im Jahr 1980 das Licht der Welt erblickt hatte und damit ungefähr in meinem Alter sein musste. Spannend? Doch noch eine Erbin, von der die Generalin nichts wusste?

Florian schien jedenfalls nicht begeistert gewesen zu sein und hatte offensichtlich seine Mutter als Schlampe beschimpft. Es gab nur noch einen bitterbösen Brief, in dem Gerania ihrem Sohn die Freundschaft aufkündigte.

Die Malchows waren wirklich keine glückliche Familie gewesen.

Ich stöberte weiter in der Kiste und fand zwei Skizzenblöcke ganz eindeutig aus Florians jugendlicher Zeit. Aliens, Raumschiffe, skurrile Ritter und schräge Amphibien hatte er seiner Fantasie entspringen lassen. Dann kamen ein paar milde pornografische Werke und einige sehr gekonnte Karikaturen, vermutlich von Mitschülern und Lehrern. Und von der Generalin. Uii, viel Liebe war aus den Bildern nicht abzulesen.

Ein weiterer Skizzenblock war offensichtlich neueren Datums. Er zeigte einige gelungene Bleistiftzeichnungen von diesem Haus, ein paar hübsche Katzenstudien und zwei bemerkenswerte Bilder von Sandra. Sandra war damals die Pflegerin der Generalin gewesen, und er hatte ihr zähnefletschendes Lächeln auf dem einen Bild sehr gekonnt eingefangen. Das andere aber führte dazu, dass sich mir beim Betrachten die Härchen aufstellten. Und ich konnte nicht benennen, warum.

»Jenny, ich gehe jetzt zu Bett. Soll ich den Fernseher ausmachen oder wollen Sie sich noch was ansehen?«

»Mach ihn aus. Ich gehe auch gleich schlafen. Sowie ich die Katzen gefüttert habe.«

»Das kann ich doch machen.«

»Wenn ich nicht da bin, gerne. Aber heute Abend sind sie meine Katzen«, sagte ich, lächelte ihn aber versöhnlich an. Er lächelte zurück und verschwand im Gästezimmer.

Am nächsten Vormittag erledigten wir unsere Einkäufe, und ich trug später einen hochkomfortablen Drucker mit Scanner ins Haus, den mir Jeremyn fachkundig in Betrieb nahm. Kaum hatten wir dann unser Mittagessen beendet, hielt ein schwarzer Jeep vor dem Tor und gab einen kurzen Hupton von sich.

Ich fühlte mich nicht angesprochen.

Beim zweiten, längeren Ton auch nicht.

Bei dem genervten dritten Heulen trat ich vor die Tür und erkannte mit leichter Überraschung, dass Darius am Steuer saß. Er hatte die Scheibe geöffnet und brüllte mir zu: »Schwing die Hufe, Schwester. Du musst ins Kloster!«

Ich stutzte kurz, aber dann entdeckte ich auf den Rücksitzen zwei Gestalten und schloss daraus, dass Darius seine Gefangenen bei sich hatte.

»Ich werf mir nur noch mein Habit über«, brüllte ich ihm zu und ging ins Haus zurück.

»Auf Jeremyn, lass die Tasten schweigen, wir fahren zur Ruine hoch. Mit deinen Entführern.«

»Die will ich nicht sehen.«

»Doch, du willst. Vielleicht ergibt sich die Möglichkeit, dass du dich rächen kannst.«

Ich grinste böse und zog mir Stiefel und Daunenweste an.

Es waren tatsächlich Egor und Luca, sehr, sehr kleinlaut, die zusammenrückten und Jeremyn beklommen Platz machten. Ich durfte auf dem Beifahrersitz Platz nehmen.

»Wir treffen uns oben mit Stefan«, erklärte Darius kurz. »Und dahinten will ich keinen Mucks hören.«

Hörten wir auch nicht. Stattdessen dröhnte Hardrock aus den Lautsprechern. Ich muckste mich also auch nicht. Darius nahm den gewundenen Waldweg mit Elan und halsbrecherischer Geschwindigkeit und hielt auf dem Parkplatz neben Stefans Truck. Der Elektriker wartete schon auf uns.

»Hallo, Jenny! Ich hab von Ihrem Plan gehört, dieses alte Gemäuer aufzupeppen. Find ich gut, aber das ist viel Arbeit.«

»Das sehen wir uns jetzt mal an«, sagte Darius. »Diese zwei hier haben angeblich Ahnung vom Metier. Hab ein Auge drauf. Der da darf aufpassen, dass die beiden Schnösel sich benehmen.«

»Dann kommt.«

Im Kreuzgarten erklärte ich Stefan, was ich mir vorstellte, und er sah sich kritisch um.

»Das war im Zweiten Weltkrieg mal ein Lager, glaube ich. Vermutlich hat man damals schon irgendwelche Versorgungsleitungen gelegt. Wär nicht schlecht, wenn man die finden würde. Die Kanäle könnte man vielleicht nutzen, das würde die Sache erleichtern.«

»Dafür haben Sie doch bestimmt Geräte. Metalldetektoren oder so?«, fragte ich.

Aus dem Augenwinkel bemerkte ich, wie die beiden russischen Jungs sich verstohlen Blicke zuwarfen. Wollten die fliehen? Ich drehte mich abrupt zu ihnen um und sah sie beide fest an. Der eine druckste, der andere trat ihm auf den Fuß.

»Was ist? Raus damit!«

»Wir können …«

»Klappe!«

»Mann, sind wir schon in Scheiße!«

»Wohl war. Bis zum Hals«, sagte Darius.

»Was könnt ihr?«, wollte Stefan wissen.

»Können wir mit Ast. Wie da.«

»Echt? Na, dann zeigt uns das mal. Dann reden wir.«

Beide nickten, und auf den Hinweis von dem, den Darius Luca nannte, wurden zwei gegabelte Zweige von einem Haselbusch abgeschnitten. Und dann machten die beiden sich auf den Weg, jeder seine Wünschelrute in den Händen. Ich musste gestehen, ich war erstaunt, als die Zweige anfingen, in ihren Händen zu beben.

»Leitung von Wasser«, sagte Egor.

Stefan hatte schon ein Stück roter Wachskreide in der Hand und machte ein Zeichen auf den Steinen. Luca fand kurz darauf die Stromleitung, die in das Kloster führte. Systematisch gingen sie dann das ganze Gebäude ab.

»Das ist ja sagenhaft«, sagte Jeremyn. »Ich dachte, das wär nur so ein Hokuspokus.«

»Nein, Rutengehen ist eine ernsthafte Sache. Nicht jeder kann das, aber es ist nicht auszuschließen, dass du auch über diese Fähigkeit verfügst.«

»Ich?«

Darius schnitt einen weiteren Zweig ab und drückte ihn Jeremyn in die Hände.

»Konzentrier dich darauf, Wasser zu finden. Stell es dir vor, wie es fließt, wie es seinen Weg findet. Mach die Augen zu und fühl nur die Zweige in deinen Händen.«

Es klappte nicht. Vermutlich, weil Jeremyn so verbissen in seinem Wunsch nach Erfolg war. Ich nahm ihm die Rute ab und schlenderte über den Kreuzgarten. Das Beben erschreckte mich fast, und Darius lachte auf.

»Okay, du hast den Brunnen gefunden.«

»Och, klar. Der steht ja direkt neben mir.«

»Und er führt offensichtlich noch Wasser.«

Ich betrachtete den Holzdeckel, der über die Öffnung gelegt war.

»Das wäre vermutlich nützlich.«

»Denke ich auch. Genau wie die alten Leitungen, die Stefan und die Jungs jetzt markiert haben.«

Sie hatten also etwas Nützliches geleistet, und wie es schien, gingen sie auch ganz in ihrer Arbeit auf. Auf mich wirkten sie nicht wie gefährliche Kidnapper, und ich fragte mich, was sie eigentlich zu dieser unsinnigen Entführung veranlasst haben konnte.

»Hast du mit ihnen schon geredet, Darius?«, fragte ich also.

»Sie waren sehr verstockt. Im Grunde habe ich ihnen wohl etwas zu viel Angst eingejagt. Willst du es mal mit ihnen versuchen?«

»Weil ich harmloser bin?«

»Bist du?«

»Wie ein weiches, wolliges Häschen. Aber bevor ich mit ihnen rede, will ich Stefans Meinung hören. Bring Egor und Luca zum Auto, ich werde mit Jeremyn reden. Dann können wir uns in ein Café setzen und sehen, was ich aus ihnen herauskriege.«

»Guter Plan.«

Stefan lehnte lässig an der Mauer und schaute über das Land.

»Das war eine beeindruckende Leistung von den beiden«, meinte er. »Ein bisschen kann ich auch mit der Rute umgehen, aber die Jungs verfügen über eine ganz ungewöhnliche Sensibilität.«

»Könnten Sie die beiden für eine Weile beschäftigen?«

»Nein. Ich hab einen Gesellen und einen Lehrling. Für mehr reichen die Aufträge nicht.«

»Mir geht es nicht um eine bezahlte Arbeit. Ich bin auf der Suche nach Spenden – Sachleistungen, Dienstleistungen –, um dieses Projekt hier zum Laufen zu bekommen. Ich muss noch mit den beiden reden – und sie ein bisschen erpressen. Aber wenn mir das gelingt, werden sie für Unterkunft und Verpflegung arbeiten. Allerdings unter Ihrer Aufsicht.«

»Das könnte man in Erwägung ziehen. Die Sache hier oben interessiert mich schon.«

»Dann warten wir ab, was sich gleich bei unserer Unterhaltung ergibt.«

Stefan nickte und ging zu seinem Truck hinunter. Ich wandte mich an Jeremyn.

»Willst du sie anzeigen?«

»Könnte ich, nicht wahr? Freiheitsberaubung und so.«

»Ja, könntest du.«

»Sie meinen, ich sollte nicht?«

»Es ist deine Entscheidung. Aber du solltest dir gut überlegen, was das bedeutet.«

»Sie kommen in den Knast und lernen noch mehr kriminelle Sachen.«

»Sie sind anfällig für so etwas.«

»Ihnen würde so eine Art Strafarbeit besser gefallen?«

»Das hängt ein bisschen davon ab, wie das Gespräch jetzt gleich verläuft. Ich würde gerne herausfinden, warum sie dich entführt haben – klar, weil sie sich davon ein großes Lösegeld versprochen haben. Aber wofür brauchen sie das Geld? Wenn sie nur die dicken Macker damit spielen wollen, dann solltest du die Anzeige in Erwägung ziehen. Aber wenn sie es für eine Möglichkeit nutzen wollten, um aus einer widrigen Situation zu entfliehen, könnte man ihnen eine Chance geben.«

Jeremyn nickte.

»Hören wir uns an, was sie zu sagen haben.«

Luca und Egor waren störrisch und mürrisch und muffelten über ihrem Kaffee.

Wir schwiegen ebenfalls einträchtig, und ich bemerkte, wie die Unruhe der beiden wuchs.

Dann brach es aus Egor plötzlich heraus: »Was soll das, ey?«

»Wir haben überlegt, was wir mit euch anfangen sollen. Euch beiden Idioten ist klar, dass ihr Scheiße gebaut habt, ja?«

Es war mehr ihre Körpersprache, die das Scheitern verriet, nicht ihre trotzigen Worte. Die überhörte ich geflissentlich.

»Euch beiden Idioten ist ebenfalls klar, dass Jeremyn euch anzeigen kann. Und den Banküberfall … Das bedarf nur eines Anrufs. Gefängnis ist nicht schön.«

Wie ich nur zu genau wusste, weshalb ich gewillt war, bei dem leisesten Anzeichen von Reue auf Gnade zu plädieren.

Egor und Luca ruckelten auf ihren Stühlen. Darius sah sie mit einem finsternen Blick an.

»Jungs, erzählt mir doch mal, wozu ihr das Geld braucht.«

»Warum woll'n Sie das wissen?«

»Ehrlichkeit kann manchmal weiterhelfen. Packt aus. Aber belügt uns nicht, okay?«

Sie sahen sich an, dann zuckte Luca mit den Schultern.

Und eine ziemlich traurige Geschichte wurde vor uns ausgebreitet. Beide erzählten abwechselnd, und es gab keine Widersprüche darin.

Die Brüder waren mit ihren Eltern nach Deutschland gekommen, als sie sechs Jahre alt waren. Die Mutter hatte sich einige Sprachkenntnisse angeeignet und eine Stelle als Verkäuferin an einem Marktstand angenommen. Der Vater hatte weniger Ehrgeiz entwickelt, seine Sprachkenntnisse zu erweitern, er hatte Kumpels gefunden, die »Sachen organisierten«. Diebstähle, Hehlerei, Einbrüche … Egor und Luca gingen zur Schule, verstanden aber so gut wie nichts. Es half ihnen auch niemand, denn Mama musste Geld verdienen. Als sie zehn waren, begannen sie, sich Papa anzuschließen, und lernten etwas fürs Leben. Schlösser knacken, Navis ausbauen, Schmuck aufstöbern, elektrische Leitungen manipulieren, sich unsichtbar machen. Dann wurde Papa erwischt und saß seither hinter Gittern. Mit Mühe schafften sie den Hauptschulabschluss, fanden sogar Lehrstellen in einem Installateurbetrieb, aber die Berufsschule war zu viel für sie. Im Sommer hatten sie ihre Lehrstellen verloren, seither lungerten sie zu Hause herum und kamen auf dumme Ideen. Bei einem Straßenfest lernten sie Jeremyn kennen, und in der feuchtfröhlichen Atmosphäre verbrüderten sie sich mit ihm.

An dieser Stelle verdrehte Jeremyn die Augen. Da würde ich später noch mal nachhaken müssen.

Die Welt der Finanzen, der Banken und der großen Gelder war neu für Egor und Luca. Sie waren es gewöhnt, von der Hand in den Mund zu leben. Sie hatten immer nur kleine Beträge zur Verfügung, mit denen sie ihre dringendsten Bedürfnisse deckten. Der Gedanke daran, über eine große Summe zu verfügen, wurde immer verführerischer. Sie begannen Luftschlösser zu bauen. Und als diese überdimensional groß geworden waren, brach das Erbe ihrer Mutter durch.

»Musst du was Eigenes haben!«, war offensichtlich ihr häufig wiederholtes Lebensmotto.

Das Eigentum bei ihr bedeutete eine eigene Wohnung, einen Schrebergarten, ein Auto – Unabhängigkeit.

»Wie viel Lösegeld wolltet ihr denn fordern?«, fragte ich.

»Fünfzigtausend«, flüsterte Luca.

Jeremyn brach in Gelächter aus.

»Halt den Mund!«, fuhr Darius ihn an, und er verstummte.

»Was wolltet ihr mit diesem Geld machen?«

Sie drucksten vor sich hin.

Eine Wohnung bekamen sie nicht dafür, ein Auto schon, aber das kostete viel weniger. Blieb der Schrebergarten. Und das Talent, Obst und Gemüse anzubauen, das ihre Mutter offenbar hatte.

»Bekommt man einen Kleingarten für diese Summe?«, fragte ich sanft.

»Da ist einer an der Nidda. Mit Haus drauf. Verkauft ein Kumpel von Vater. Muss er«, nuschelte Luca.

Vermutlich war auch besagter Kumpel bei unehrenhaftem Tun erwischt worden.

»Für einen solchen Garten völlig überzogen, selbst für Frankfurt«, grollte Darius.

»Ist wegen dem Haus drauf«, sagte Egor leise.

»Und dem, was ihr aus Garten und Haus machen wollt. Vermutlich wäre das illegal, und ihr müsstet es wieder abreißen. Aber na gut, ich will euch glauben. Die Idee ist zumindest achtbar. Der Weg dahin nicht. Jeremyn, nimm Stellung dazu.«

Jeremyn trank den Rest aus seiner Kaffeetasse aus und räusperte sich. Es war ihm anzumerken, dass diese Stellungnahme ihm schwerfiel.

»Euch beiden ist klar, dass ich euch für hirnverbrannte Arschlöcher halte, ja?«

»Wir haben dir nichts getan!«, begehrte Luca auf. »Wir ham alles geteilt mit dir.«

»Ja, klasse. Nachdem ihr mich niedergeschlagen habt, gefesselt und geknebelt in diese Rostlaube gezerrt und in diesen verdammten Keller gesperrt habt.«

»Du warst leicht zu kriegen.«

Das saß!

»Ja, ich bin auch doof gewesen. Aber ihr habt nur Scheiße gebaut. Richtig Scheiße.« Er verstummte, und seine Hände ballten sich zu Fäusten.

»Sie hatten nicht deine Chancen«, warf ich ruhig ein.

Das schien seine Wut nach kurzer Zeit wieder zu besänftigen, und er stimmte zu: »Ja. Nein. Hatten sie nicht.«

Dann schwieg er wieder. Schließlich sah er mich an.

»Sie meinen, sie sollten eine neue Chance haben?«

»Du bist der Geschädigte. Aber Meister Stefan würde sie vielleicht für eine Weile beschäftigen.«

»Und dann?«

»Lernen sie was.«

»Oder sie hauen ab.«

»Dann werden sie angezeigt. Da ist ja auch noch der Banküberfall …«

Jeremyn grinste plötzlich. Er hatte die Möglichkeiten erkannt, die er in der Hand hielt.

Darius blieb bei seinem finsteren Gesicht und starrte die beiden Sünder an.

»Seid ihr damit einverstanden, das nächste halbe Jahr für Kost und Logis für Meister Stefan zu arbeiten, oder wollt ihr in den Knast?«

»Wir arbeiten«, sagten beide wie aus einem Mund.

»Gut, ich regle das. Bis dahin kommt ihr wieder mit zu mir. Wenn ihr versucht, euch zu verdrücken, übergebe ich eure Fotos und Personalien umgehend der Polizei. Ist das klar?«, sagte Darius.

»Ja, Chef.«

Damit war die Sache wohl besiegelt.

37

Besuch bei Marten

Ghizmo hatte lange mit sich gerungen, aber schließlich siegte seine Neugier. Jenny war mit dem Jungen und dem Vielgesicht weggefahren, Milena hatte vorsichtig alle möglichen Stellen des Hauses erkundet und sich über einen von Jennys Schuhen hergemacht, um den Schnürsenkel aus den Löchern zu knispeln. Sie machte gerne solche Übungen, hatte er festgestellt. Und was sie dabei an Beute erzeugte, zerrte sie unter das Sofa. Dort hatte sich schon ein ganzes Häufchen von kleinen Dingen gebildet. Besonders unterhaltsam war sie wirklich nicht.

Er verließ das Haus und strebte zu Jaromirs Garten hinüber. Wie es aussah, war der Junge von dem Alten noch nicht wieder zurück. Zumindest stand sein Auto nicht vor der Tür. Der Geruch an der Katzenklappe sagte ihm, dass Jaromir noch im Haus war.

Sollte er es wirklich wagen?

Vermutlich war es ganz harmlos, Jaromir wollte seinen Menschen nicht aufregen, also würde ihre Keilerei nur symbolisch und ohne großes Geschrei ablaufen. Und dann könnten sie beide versuchen herauszufinden, was es mit diesem Marten auf sich hatte.

Sacht stupste Ghizmo mit der Nase die Klappe auf und

streckte den Kopf durch die Röhre. Ein grau getigerter Blitz schoss von der Sofalehne auf ihn zu, und die erhobene Kralle schwebte vor seiner Nase.

»Frieden«, schnurrte Ghizmo.

»Krieg!«, knurrte Jaromir.

»Heute mal nicht. Reg den Alten nicht auf.«

Dumpfes Grollen antwortete ihm, aber die Krallen verschwanden. Ghizmo wagte sich weiter in den Raum. Er bekam einen Boxhieb auf die Nase, antwortete mit einem leisen Fauchen, dann war gut.

»An das Futter gehst du mir nicht!«, zischte Jaromir.

»Hab schon was gehabt. Brauch dein vertrocknetes Zeug nicht. Ist der Alte da?«

»Sitzt im Wohnzimmer und guckt Fernsehen.«

»Und der Junge?«

»Noch weg. Er macht sich Sorgen um ihn.«

»Warst du schon in seinem Zimmer?«

»Ging nicht, Tür war zu.«

»Jetzt noch?«

»Weiß ich nicht.«

»Gehen wir.«

»Ich will das nicht.«

»Dein Mensch sorgt sich.«

Jaromir bürstete über seinen Schwanz. Ghizmo wartete geduldig, bis jedes Härchen an seinem Platz lag.

»Wir können ja mal hochgehen«, meinte Jaromir schließlich.

Leise und unauffällig wie Katzen es eben so können, durchquerten sie das Wohnzimmer, in dem Woody, seinen Fuß hochgelegt, vor dem Flimmerschirm saß und aufmerksam die Bilder verfolgte. Er bemerkte sie nicht, und eilig huschten sie die Treppe nach oben. Jaromir führte Ghizmo durch einen Gang bis zu einer weißen, etwas abgeschabten Tür.

»Hier hinter ist es. Aber ich krieg die nicht auf.«

Ghizmo betrachtete den Rahmen gründlich und schnupperte daran.

»Ist aber offen, glaube ich.«

»Ich hab schon dagegengedrückt. Ganz feste. Ich bin sogar dagegengesprungen.«

»Hilft nicht. Das müssen wir anders machen.«

Zwischen Rahmen und Türblatt war ein schmaler Spalt. Zu eng, um die Nase hindurchzuschieben. Aber mit der Kralle würde es gehen. Ghizmo spitzte die rechte Vorderpfote und hakelte unten an dem Holz herum. Es bewegte sich ein wenig. Zu wenig. Also setzte er sich davor und putzte sich seinen Latz. Das half auch, Lösungen zu finden.

Und beim nächsten Mal hakelte er etwas höher an der Tür, und siehe da, der Spalt wurde breiter. Breit genug für die Nase. Dann die Pfote. Dann der Kopf.

Und er war drin.

Jaromir folgte ihm.

»Nicht ungeschickt«, grummelte er.

Ghizmo war das Anerkennung genug. Sie sahen sich um. Das Bett war gemacht, die Kleider weggeräumt. Aber auf dem Schreibtisch lagen einige Papiere und ein kleiner, dicker Stapel, der Jaromirs Aufmerksamkeit auf sich zog. Er sprang auf die Tischplatte und roch vorsichtig daran. Ghizmo eroberte den Stuhl und sah ihm zu.

»Das Zeug haben mehrere Menschen in der Hand gehabt. Auch der Alte. Aber am meisten Marten. Dessen Hände haben geschwitzt.«

»Woraus ist das?«

»Pappe. Mit bunten Zeichen.«

Jaromir fuhr ganz sacht mit der Pfote über den Stapel. Er verschob sich leicht.

»Pass auf, dass sie nicht runterrutschen.«

Jaromir war schon zurückgewichen und starrte den Kartenstapel an.

»Die haben neulich damit rumhantiert. Der Alte und seine Freunde. Das machen sie manchmal. Dann trinken sie Bier dabei und starren diese Dinger hier an und legen sie mal auf den Tisch oder halten sie in den Händen. Warum hat Marten die hier in seinem Zimmer? Sonst sperrt der Alte sie in die Schublade unten.«

»Menschen gucken sich gerne Bilder an.«

»Die gucken nicht diese Bilder an. Die bedeuten was anderes. Und ich glaube, die sind gefährlich. Es haftet ein komischer Geruch an ihnen.«

Jaromir sprang auf den Boden und strebte auf das Bett zu. Als er auf den Kissen gelandet war, schnüffelte er neugierig weiter.

»Hier ist er auch, der Geruch. Aufregung, Ghizmo. Aufregung und Angst.«

Ghizmo stöberte weiter in dem Raum herum. Die Schranktüren waren geschlossen, da war nichts zu machen. Hinter den Gardinen waren nur ein paar Wollmäuse, auf der Fensterbank nichts. Unter dem Bett fand er eine zusammengefaltete Tasche und eine Kiste, die sehr fremd roch. Jenny hatte solche Kisten auch und nannte sie Koffer. Das war also nichts Ungewöhnliches.

Jaromir trampelte noch immer im Bett herum, aber Ghizmo sprang noch einmal auf die Fensterbank und besah sich den ganzen Raum. Menschen brauchten Kleidung, sie beschäftigten sich mit Papier und sie knipsten auf viereckigen, flachen Geräten herum.

»Wo ist Martens Klapperkiste? Der hat doch bestimmt eine, nicht?«

»Hat er. Stimmt, die ist nicht hier. Die hat er wohl mitgenommen.«

»Ach so, ja.« Ghizmo kratzte sich hinter dem Ohr. »Wieso hat er hier im Zimmer Angst, worüber regt er sich auf? Wer Angst hat, haut um sich.«

»Nicht immer. Wer Angst hat, erstarrt.«

»Oder läuft weg.«

»Er ist von hier weggelaufen.«

»Und noch nicht wieder zurückgekommen.«

»Er ist aber hier hergekommen.«

»Wovor haben Menschen Angst?«

»Vor uns!«, sagte Ghizmo und fauchte spielerisch.

»Vor dir Puschelschwänzchen bestimmt nicht.«

»Aber vor dir, Weichnäschen!«

Es wurde eine heftige Runde Verfolgungsjagd über Bett und Möbel daraus, bei der der Stapel mit den Karten vom Tisch flog und sich über den ganzen Raum verteilte.

»Mäuseköttel!«, sagte Jaromir und blieb auf der Bettkante sitzen.

»Weg hier!«

Sie flutschten aus der Tür und die Treppe nach unten. Jaromir hechtete durch die Klappe, Ghizmo folgte ihm. Erst im Garten hielten sie wieder inne.

»Er wird dir die Schuld geben«, sagte Ghizmo.

»Sicher.«

»Und weil er Angst vor den Karten hat, wird er dich vielleicht treten.«

»Ich gehe ihm aus dem Weg.«

»Du kannst zu mir kommen, wenn er richtig gefährlich wird.«

»Der Alte wird mich beschützen.«

»Der Alte ist lahm.«

Sie sannen eine Weile nach und wurden aufgeschreckt, als ein Wagen in die Einfahrt bog.

Marten, eine Aktentasche in der Hand und eine zweite Tasche über der Schulter, stieg aus.

»Er ist also nicht weggelaufen.«

Jaromir hielt die Nase in den Wind.

»Er riecht nicht gut. Niedergeschlagen, enttäuscht, bedrückt. Ich muss mich um den Alten kümmern!«

Damit eilte Jaromir zur Klappe und verschwand im Haus.

Ghizmo trottete zu Goldbeere. So richtig zufrieden war er mit den neuen Erkenntnissen nicht. Sie wollten irgendwie nicht zusammenpassen. Aber einer Sache war er sich inzwischen sicher – von diesem Marten ging eine Gefahr aus.

38

Ein unheimlicher Verdacht

Am Sonntagvormittag drückte ich Jeremyn eine kleine Auswahl Katzenmenüs in die Hand und sagte zu ihm: »Komm, wir besuchen meinen Nachbarn. Er ist ein netter alter Mann und hat sich vor Kurzem das Bein gebrochen.«

»Und er hat eine Katze.«

»Ganz richtig. Jaromir, ein roter Kater, der sich häufig mit Ghizmo zankt.«

Wir gingen über die Straße, und ich sah Martens Auto in der Einfahrt stehen.

»Ah, sein Sohn ist aus Frankfurt zurück.«

»Stören wir da nicht?«

»Ich glaube nicht.«

Marten öffnete uns, unausgeschlafen und mit zerzausten Haaren.

»Entschuldigung, es ist spät geworden gestern.«

»Habe ich Sie geweckt?«

»Nicht ganz. Und mein Vater ist schon seit geraumer Zeit auf. Kommen Sie rein.«

Woody saß in der Küche und blätterte in der Fernsehzeitung. Er strahlte, als er uns sah.

»Setzen Sie sich, nehmen Sie sich einen Kaffee oder was Sie

sonst so im Kühlschrank finden. Wer ist der junge Mann, den Sie mitgeschleppt haben?«

»Das ist Jeremyn Selmans, der auf abenteuerliche Weise hier gestrandet ist. Sie werden gleich eine wüste Geschichte zu hören bekommen. Aber vorher – soll ich dem Herrn des Hauses etwas servieren?«

»Jaromir hatte schon sein Mahl. Aber die Beutel sind willkommen. Es wurde schon wieder etwas knapp.«

Marten hatte sich verzogen, und ich fragte: »Hat sich die Reise für Ihren Sohn gelohnt?«

»Es hörte sich so an. Die beiden Vorstellungsgespräche sind wohl positiv gelaufen. Aber natürlich ist noch keine Entscheidung gefallen. Sie haben sich in den letzten Tagen rargemacht, Jenny. Geht es Ihnen gut?«

»Ziemlich gut. Es haben sich ein paar Dinge ergeben, die meine ganze Aufmerksamkeit beanspruchten.« Und wir erzählte Woody von Jeremyns Entführung durch Egor und Luca.

Jeremyn machte das gut, er hatte eine trockene Art, sein Missgeschick zu schildern, und malte den Aufenthalt in der Klosterruine in düsteren Farben aus. Mir schrieb er die Rolle der heldenhaften Retterin zu, und auch Darius' Auftritt schien ihn tief beeindruckt zu haben.

»Du meine Güte«, sagte Woody, als wir geendet hatten. »Was für eine Aufregung! Und Sie wollen wirklich die beiden Entführer davonkommen lassen?«

»Ach, Woody, was haben sie schon Schlimmes angestellt? Ein paar Lebensmittel, ein paar Klamotten, ein, zwei Handys haben sie geklaut.«

»Und nicht zu vergessen, sie haben eine Bank überfallen und meine Kreditkarten mitgenommen. Über fünftausend Euro sind abgebucht worden.«

»Wie bitte?«

»Hab ich erst am nächsten Tag herausgefunden. Gut, die Kartengesellschaft deckt das, aber ärgerlich ist es schon. Und ich finde nicht, dass sie damit so einfach durchkommen dürfen.«

»Da haben Sie allerdings recht. Das wirft ein neues Licht auf die Angelegenheit. Ich werde mich gleich mit Darius beraten.«

»Tun Sie das.«

Marten kam in die Küche geschlendert, er sah jetzt deutlich wacher aus als vorhin. Er hatte sich rasiert, das karierte Flanellhemd steckte in der knackig sitzenden Jeans, die Stiefel schimmerten frisch geputzt.

»Und, alles klar?«

»Alles okay.«

»Marten, Jenny hat diese Einbruchserie aufgeklärt. Stell dir das mal vor. Und diesen jungen Mann aus den Klauen der Entführer befreit.«

»Du meine Güte. Das hört sich ja nach einem echten Krimi an.«

»Halb so wild, und aufgeklärt habe ich gar nichts«, wiegelte ich ab. Ich wollte die ganze Geschichte nicht noch mal erzählen, aber Woody gab seinem Sohn eine knappe Zusammenfassung der Ereignisse. Es schien Marten zu beeindrucken.

»Du bist aus Frankfurt?«, fragte er Jeremyn.

»Derzeit, ja. Mein Vater leitet die Filiale der Finance and Investment Bank. Wir sind vor fünf Jahren von New York hergezogen.«

Und damit verfiel Marten in breitestes Amerikanisch. Offenbar hatte er es vermisst, sich in dieser Sprache zu verständigen. Ich konnte den beiden nur mit Mühe folgen, und plötzlich fuhr Woody dazwischen und bremste sie.

»Ihr merkt wohl nicht, wie unhöflich ihr seid?«

Jeremyn schlug sich die Hand vor den Mund und entschuldigte sich. Marten nickte.

»Es ging mit mir durch. Hey, wer hat Lust, mit mir nach Heidelberg zu fahren?«

Ich hatte dazu keine Lust, aber mir kam es so vor, als ob Jeremyn durchaus verlockt war.

»Mich dürft ihr nicht fragen, ich schone mein Bein«, sagte Woody. »Aber Jenny und Jeremyn werden den Ausflug bestimmt gerne mitmachen.«

»Ich nicht, Marten. Ich habe noch zu tun. Aber wenn du willst …«

»Ich … Ja, ich würde schon gerne.«

Marten versuchte noch ein paarmal, mich ebenfalls zu überreden, aber ich blieb fest. Im Grunde war ich ganz froh, ein paar Stunden für mich allein zu haben. Die letzten Tage waren doch recht turbulent gewesen.

Jeremyn war also mit Marten davongefahren, und ich griff zum Telefon, um Darius anzurufen. Wie verblödet starrte ich den Hörer an – ich hatte seine Nummer nicht! Und ich hilfloses Huhn wusste auch nicht, wo ich sie finden könnte. Ein Telefonbuch besaß ich nicht, aber mir fiel ein, dass es so was wie eine Auskunft gab. Deren Nummer fehlte mir allerdings auch. Frustriert vor mich hin knurrend tigerte ich durch das Zimmer und stolperte über Milena, die selbstvergessen an einem Teebeutel herumkaute.

Teebeutel?

Der zerlegte Karton lag in Schnipseln auf dem Küchenboden, die zehn Beutel aufgerissen hübsch darum verteilt. Was für eine Schweinerei!

Nachdem ich sie beseitigt hatte, fiel mein Blick auf den Laptop, den Jeremyn vorhin noch benutzt hatte. Informationen lieferte das Internet. Vermutlich auch Telefonnummern.

Leider nicht die von Darius Hellwig. Aber immerhin die der

Auskunft. Die allerdings verweigerte mir ebenfalls seine Nummer. Offenbar hatte er sie unterdrücken lassen. Was mir nach kurzer Überlegung verständlich erschien. Er war schließlich kein unbekannter Mann.

Wenigstens hatte ich eine Ahnung, wo er wohnte, und so holte ich denn die Raubkatze aus der Garage und fuhr zum Waldrand hoch. Es standen nur ganz vereinzelte Häuser hier, und vor einem von ihnen blinkte mir das Chrom der Harley entgegen.

Er öffnete mir, und nur ein minimaler Ausdruck des Erstaunens flog über sein Gesicht.

»Willkommen in des Teufels Küche, Schwester«, begrüßte er mich. »War's langweilig im Tal?«

»Im Gegenteil. Es ergaben sich neue Erkenntnisse. Sind die Herren Einbrecher noch zu Gast?«

»Sie renovieren das Gartenhaus. Ein gewisses handwerkliches Geschick ist ihnen nicht abzusprechen. Komm rein. Was gibt's?«

Das Zimmer verschlug mir einigermaßen den Atem. Es war riesig, karg und ausschließlich in Schwarz und Weiß eingerichtet. Der Mittelpunkt bestand aus einem großen schwarzen Kamin, hinter dessen Glastür ein kleines Feuer brannte. Man hätte aber wohl auch einen Ochsen drin braten können.

Ich ließ mich in die weißledernen Polster sinken und versuchte, meine Gedanken wieder zusammenzusammeln.

»Kaffee? Tee? Wein?«

»Wasser.«

Darius flegelte sich in den Sessel mir gegenüber und sah mich fragend an.

»Die beiden Helden haben die Kreditkarten meines Nachbars geklaut und über fünftausend Euro damit ergaunert. Ich finde, das wirft ein neues Licht auf die Frage, wie man mit ihnen zu verfahren hat.«

»Das haben sie mir verschwiegen«, grollte Darius und trommelte mit den Fingern auf der Sessellehne. »Wann haben sie das getan?«

»Offenbar am Mittwoch, während ich mit Woody eine Spazierfahrt gemacht habe. Wir haben den Einbruch zwar entdeckt, aber nur festgestellt, dass sein PC, sein Handy und sein Festnetztelefon geklaut worden waren. Am Fernsehgerät haben sie auch hantiert, sind aber wohl unterbrochen worden. Dass sie auch seine Kreditkarten mitgenommen haben, hat Woody erst zwei Tage später gemerkt.«

»Ich werde die Jungs gleich befragen. Wo sind die Abbuchungen erfolgt?«

»Keine Ahnung. Ich nehme an, Woody kann es über die Kartengesellschaft herausfinden.«

»Ruf ihn an.«

»Ich hab mein Handy zu Hause liegen gelassen.«

»Da ist es gut aufgehoben.«

Darius grinste mich an. Und ich fühlte mich wie ein Volltrottel, während er auf seinem Smartphone herumknipste.

»Hier«, sagte er und reichte es mir.

Woody meldete sich. Ich fragte ihn nach den Abbuchungen und schrieb sie mit. Dann las ich sie Darius vor: »Eine in Pfungstadt um halb zwei, eine in Weiterstadt um zwanzig nach zwei, in Mörsch um drei, in Griesheim um kurz vor vier und am Frankfurter Flughafen um halb fünf. Jeweils tausend Euro. Und dann noch eine Abbuchung in der Nacht bei der Bank of America über fünfhundert Euro. Also ein Ausflug nach Frankfurt, damit sie bei den hiesigen Banken nicht auffallen«, sagte Woody.

»Sie müssen auch seine Geheimzahl gefunden haben«, murmelte Darius. »Sonst hätten sie an den Geldautomaten keinen Erfolg gehabt.«

»Am Morgen waren sie dann wieder hier, haben Jeremyn versorgt und – warum sind sie dann bei dir eingebrochen? Sie hatten doch genügend Geld, um sich alles Mögliche zu kaufen?«

»Der Reiz des Abenteuers? Wir werden es gleich erfahren.«

Darius verließ den Raum und kam kurz darauf mit den beiden Jungganoven zurück. Die sahen nicht eben glücklich aus, denn sie waren an den Händen miteinander durch Kabelbinder verbunden.

»Ihr habt uns belogen«, war Darius' grimmige Einleitung.

»Haben wir nicht. Wir haben Wahrheit gesagt. Über alles!«

»Ach ja? Wo wart ihr am Mittwochvormittag?«

»Am Kloster oben. Haben wir Kastanien gesammelt und geröstet.«

Ich starrte sie ungläubig an. Darius hingegen schien das zumindest für glaubwürdig zu halten.

»Kann schon sein, dass ihr dort Kastanien gesammelt habt, aber sicher nicht den ganzen Vormittag.«

»Doch, haben wir. Haben wir auch Jerry gebracht. Fragen Sie ihn.«

»Der ist dummerweise mit Marten nach Heidelberg gefahren. Aber gut, das kann ich heute Abend klären. Andererseits, Jungs, ihr seid schon einmal in das Haus von Herrn Woodrow eingebrochen. Und ausgerechnet am Mittwoch ist noch einmal jemand bei ihm im Haus gewesen.«

»Nicht wir. Wir warn das nich. Glauben Sie uns doch.«

Es klang erbärmlich.

»Warum seid ihr hier bei Herrn Hellwig eingebrochen?«

Beide betrachteten eingehend ihre Schuhe.

»Warum?«

»Wegen Telefon und Geld. Brauchten Benzin.«

»Wann hast du sie entdeckt?«, fragte ich Darius.

»Als ich am Mittwoch nach der Vorstellung nach Hause kam. Muss so gegen ein Uhr nachts gewesen sein.«

»Darius, die letzte Abhebung war gegen Mitternacht in Frankfurt. Das waren sie wirklich nicht. Nicht mit der Klapperkiste, mit der sie herumfahren.«

»Da ist was dran.«

»Hast du ihre Handys eingesammelt?«

»Ja. Ich hole sie.«

Ich war inzwischen fast geneigt, ihnen zu glauben. Der letzte Einbruch ging nicht zu ihren Lasten. Aber zu wessen dann? Ein wirklich ganz widerlicher Verdacht schlich mich an.

Die kleinen Geräte waren modernster Art, sie zu bedienen lag mir nicht, aber Darius knipste ein wenig darauf herum und meinte: »Viel geholfen haben die euch auch nicht, was? Die sind inzwischen gesperrt worden.«

»Weder das rote noch das grüne gehört Woody«, ergänzte ich.

»Okay«, meinte Darius. »Sieht aus, als hättet ihr in diesem Fall recht. Warten wir noch, was Jeremyn sagt, dann seid ihr entlastet.«

Die Erleichterung war ihnen augenblicklich anzusehen. Und als sie die Fesseln los waren, trotteten sie zurück zu ihrer Arbeit.

»Ich hoffe, der alte Woodrow hat sie nicht schon angezeigt«, sagte Darius.

»Ich gehe gleich bei ihm vorbei. Die ersten Anzeigen liefen gegen Unbekannt. Ich habe ihm nur die Vornamen der beiden genannt, er braucht noch etwas mehr, um sie zu belasten.«

»Ich muss gleich ins Theater. Ruf mich an, wenn du was Neues erfährst.«

Er drückte mir seine Visitenkarte in die Hand, und ich erhob mich.

»Und pass auf dich auf. Es scheint, es läuft bei euch ein weiterer Dieb herum.«

»Offenbar.«

Ich überlegte kurz, ob ich meinen Verdacht äußern sollte, aber dazu hätte ich etwas mehr Zeit benötigt. Und ganz sicher war ich mir auch nicht.

Manchmal, manchmal geriet ich fast in Versuchung, eine Katze zu erwürgen.

Milena war in mein Badezimmer eingebrochen, und es war ihr gelungen, mein Kosmetiktäschchen aufzubasteln. Dieses Tier hatte es geschafft, den Reißverschluss aufzuziehen und den Inhalt auf dem Duschvorleger zu verteilen. Das wäre im Grunde nicht so schlimm gewesen, hätte Milena nicht meinen Lieblingslippenstift aufgefriemelt und sich selbst über und über mit der roten Farbe verziert.

Mit unschuldig goldenen Augen sah sie zu mir hoch.

»Mistvieh!«

»Miau?«, kam es zögerlich, und schon tat sie mir wieder leid. Ich kniete mich zu ihr und streichelte die Stellen, die nicht verschmiert waren.

»Wie kriegen wir dich jetzt wieder sauber, du Dummerchen?«

Es waren Gesichtswasser und Kleenex. Sie ließ die Prozedur ganz ruhig über sich ergehen. Auch als ich mit klarem Wasser nachwusch, blieb sie noch ruhig. Aber kaum hatte ich das Handtuch von ihr fortgenommen, schoss sie aus dem Badezimmer. Ich fand sie in der Ecke hinter dem Sofa, wo sie sich hektisch das feuchte Fell putzte.

Nach dieser unterhaltsamen kleinen Einlage gönnte ich mir eine Ruhepause, um die neuen Erkenntnisse zu überdenken. Hilfreich war mir dabei der Straßenplan.

Wer immer Woodys Kreditkarten benutzt hatte, war offenbar in direkter Linie nach Frankfurt gefahren und hatte jeweils in Orten nahe der Autobahn die Abbuchungen getätigt. Sollte es tatsächlich Marten gewesen sein, der seinen Vater beklaut hatte?

Angeblich war er am Mittwoch gegen sieben aufgebrochen, um pünktlich zu seinem ersten Gespräch in der Mainmetropole anzukommen. Die Abbuchungen hatten allerdings erst um die Mittagszeit begonnen. Und eingebrochen worden war in der Zeit zwischen zehn und halb zwölf etwa, während ich mit Woody meine Spritztour machte.

Das passte nicht zusammen.

War noch jemand anderes an der Sache beteiligt?

Mir fiel die Schwester Immaculata ein. Sie war an jenem Tag äußerst neugierig gewesen. Und sie war gebührend sauer auf Woody.

Andererseits – sie war eine miese Krähe, aber würde sie wirklich so weit gehen?

Aber das konnte ich eigentlich auch von Marten nicht glauben.

Oder?

Hatte der Mann Geldsorgen? Angeblich hatte er doch einen äußerst gut bezahlten Job gehabt. Selbst wenn seine Frau ihm bei der Scheidung die Hosen ausziehen wollte, ganz ohne einen Rückhalt konnte er doch nicht sein. Er hatte immerhin den Flug hierhin bezahlt und sich ein hochwertiges Auto gemietet.

Vielleicht hatte sie die Konten geplündert. Möglicherweise stand rachsüchtiges Verhalten dahinter.

Nur – warum dann Kreditkarten klauen? Woody hätte ihm in dem Fall sicher jede nötige Summe geliehen.

Es musste etwas anderes dahinterstecken.

Ich kam nicht dahinter.

Und hinter Darius kam ich auch nicht so recht. Eine Weile drehte ich seine Visitenkarte in den Händen hin und her.

Er hatte auf ziemlich unkonventionelle Art meine Bekanntschaft gesucht, kaum dass ich in dieses Haus eingezogen war. Ich hatte ihn zunächst für einen lästigen Stalker gehalten. Aber auf seine schnodderige Art war es ihm gelungen, mich ein paarmal aus meinen Anfällen von Düsternis zu locken. Ja, er war sogar zur Stelle gewesen, als ich Hilfe brauchte.

Woher wusste er, wann er aufkreuzen musste?

Woher wusste er, wer ich einst gewesen war?

Was wusste er von Ignacia?

Und – was wollte er von mir?

39

Ein frustrierender Ausflug

Jaromir, so hatte Ghizmo erfahren, hatte keinen Ärger wegen der bunten Karten bekommen. Aber in das Zimmer hatte er sich nicht mehr hineingetraut. Er selbst war ganz zufrieden, dass seine Jenny den Jungen weggeschickt hatte und dann sogar selbst für eine Weile das Haus verlassen hatte. Milena war ein bisschen mehr aufgetaut und hatte ihm gezeigt, wie man so ein Kästchen aus Pappe aufbekommt und den Inhalt herausangelt. Es war ein nettes Spiel, die Beutel in die Luft zu werfen, wieder aufzufangen, die Krallen hineinzuschlagen und die Gedärme herauszureißen. Na ja, Gedärme waren es eigentlich nicht, sondern trockene Blättchen, die ganz gut rochen. Milena hatte mit Hingabe auf den Beuteln herumgekaut und konnte sich deshalb nicht schnell genug verstecken, als Jenny zurückkam. Blieb sie also allein mitten in der Schweinerei sitzen, während er klugerweise durch die Klappe verschwand.

Kurz darauf hatte sich Jenny dann ins Auto gesetzt und war wieder verschwunden. Er hatte seine Runde gedreht, eine sehr freche Amsel durch den Garten gehetzt und erlegt. Dann mit Boris eine Stelle hinten an den Koppeln inspiziert, wo Menschen ihre Abfälle deponiert hatten. Es sah scheußlich aus und roch auch nicht gut.

»Das waren die mit dem rostigen Auto«, stellte Boris fest. »Aber gestern und heute waren die noch nicht hier.«

»Ist auch besser so.«

Später kam dann Lili vorbei und stellte ihr Fahrrad an Goldbeeres Koppelzaun ab. Sie hüpfte zu seinem Haus hinüber, kam aber langsamer wieder zurück. Ghizmo setzte sich neben ihr Rad, sodass sie ihn gleich bemerken konnte.

»Hallo, Ghizmo. Jenny und Jeremyn sind wohl weggegangen?«

»Maunz!«

»Tja, so schade, dass du mir nicht antworten kannst.«

Ghizmo stand auf und drückte seinen Kopf an ihr Bein. Die Belohnung folgte umgehend. Er wurde von ihr richtig schön gestreichelt.

»Ich wollte Jerry meine Kür zeigen. Ach, Mist.«

Da war etwas Neues an Lili. Sie roch anders, so nach süßem Frühling. Und ihre Augen waren ein bisschen bunt angemalt. Und die Fingernägel – huch, sie glitzerten ganz in Pink. Genau wie ihre Lippen. Und sie hatte pinkfarbene Stiefel an. Auch mit Glitzer.

Aber es sah hübsch aus, als sie auf Goldbeere saß und ihre Übungen machte. Sie war auch nur einmal runtergefallen.

Als Ghizmo die Koppel verließ, sah er Selena hochnäsig auf einem Pfosten sitzen und ebenfalls das Geschehen betrachten.

»Die Kleine ist heftig rollig«, schnurrte sie. »Wo ist der Menschenkater?«

Ghizmo sah sich nicht veranlasst, darüber zu reden. Aber Selenas Verdacht teilte er. Dieser Jeremyn schien Gefühle geweckt zu haben. Und das im Herbst. Wie unzeitgemäß. Gut, dass der nicht hier war, sonst würde sie ihn vermutlich ins Heu locken und sich mit ihm balgen.

»Deine Leute sind wieder da?«, fragte Ghizmo mäßig interessiert.

»Zurück, ja. Aber glaub nicht, dass ich ihnen auch nur die kleinste Aufmerksamkeit schenke«, näselte Selena. »Auch wenn sie mich ständig mit goldenen Döschen zu locken versuchen.«

»Pass nur auf, dass du nicht noch magerer wirst, du Klappergestell.«

»Pff!« Die Siamesin reckte sich, sprang auf den Boden und tänzelte ein paar Schritte. »Sie sehen ja nicht, wenn ich es fresse.«

»Meinst du.«

»Sicher.«

Sie lag falsch: Sie sahen es immer, wenn die Näpfe leer waren. Aber sollte Selena doch glauben, was sie wollte.

Ghizmo verbrachte den restlichen Nachmittag damit, in einem Laubhaufen der Ruhe zu pflegen, bekam mit einem halben Ohr Jennys Rückkehr mit, später dann auch die von Jeremyn. Das nahm er zum Anlass, wieder im Haus nach dem Rechten zu schauen.

Es herrschte eine seltsame Stimmung.

Jenny begrüßte den Jungen freundlich und fragte, ob ihm der Ausflug gefallen habe.

»Ja, war ganz nett«, antwortete Jeremyn und hängte seine Jacke auf.

»Möchtest du mit mir zu Abend essen?«

»Nein, danke.«

»Jeremyn?«

»Ist schon gut. Ich möchte bitte alleine sein.«

Und damit verschwand er in seinem Zimmer.

Jenny schaute ihm verdutzt hinterher.

»Da ist doch etwas schiefgegangen«, sagte sie zu Ghizmo gewandt.

»Mau!«

Der Junge hatte eine Wolke von Wut und Frustration verbreitet, die beinahe greifbar war.

»Ich lasse ihn wohl besser eine Weile schmollen. Döschen, Ghizmo?«

Immer doch!

Milena kam auch angekrochen. Sie roch sehr stark nach Jenny.

»Die hat mich gewaschen«, erklärte sie, als sie sein Schnüffeln bemerkte.

»Dann war's wohl nötig.«

»Ja.« Und es war beinahe so was wie ein Kichern, was die Antwort begleitete.

Mädchenkatze!

Als Ghizmo mit dem Fressen und dem darauffolgenden Putzen fertig war, schien Jenny die Geduld mit ihrem Gast verloren zu haben. Sie klopfte an seine Tür und rief: »Jeremyn, es hat Neuigkeiten zu Egor und Luca gegeben. Ich brauche deine Hilfe.«

»Ja, schon gut.«

Jeremyn kam aus seinem Zimmer und setzte sich zu Jenny, die ihm von dem Diebstahl der Kreditkarten erzählte. Er hörte schweigend zu, die Augen auf den Boden gesenkt. Ghizmo hüpfte auf seinen Sessel und spitzte die Ohren.

»Sie sagen, sie hätten an dem Morgen Kastanien oben am Kloster gesammelt und sie geröstet. Du könntest das bezeugen.«

»Ja, kann ich. Das stimmt, sie haben diese Dinger über einem Feuer heiß gemacht. Ich wollte nicht glauben, dass man die essen kann. Egor hat mir eine mit Gewalt in den Mund gesteckt.« Und dann grinste er. »Sie hat verdammt gut geschmeckt. Wie heiße Nuss.«

»Ja, Esskastanien gelten hierzulande als Delikatesse. Aber ich kann dich verstehen, ich habe das auch erst heute gelernt. Wir werden in den nächsten Tagen mal welche sammeln. Es ist verrückt, aber große Teile des Pfälzer Waldes bestehen aus diesen Edelkastanienbäumen.«

»Aber dann waren Egor und Luca es wirklich nicht, ich meine, das mit dem Einbruch bei Herrn Woodrow.«

»Wohl nicht.«

»Und er hat es erst zwei Tage später gemerkt. Das ist doch seltsam, oder?«

»Nein. Mit seinem gebrochenen Bein hat er das Haus nicht verlassen und damit auch keinen Anlass gehabt, die Karten zu benutzen.«

»Dann hätten sie auch schon früher geklaut worden sein können. Das muss doch gar nicht mit dem Einbruch zusammenhängen, Jenny.«

»Auf die Idee bin ich noch gar nicht gekommen. Vermutlich hätte man sie ihm im Krankenhaus schon aus der Tasche ziehen können.«

»Aber hätte der Dieb dann so lange mit den Abbuchungen gewartet?«

»Auch wieder richtig. Er hat ja damit rechnen müssen, dass der Besitzer sie sofort sperren lässt. Nein, ich denke, es hängt doch mit dem Einbruch zusammen.«

»Bei dem auch die Telefone verschwunden sind – was dem Dieb die Chance gab, in der Zwischenzeit so viel wie möglich vom Konto abzuheben«, schloss Jeremyn.

»Auf den Zusammenhang hätte ich ja wohl auch kommen können«, sagte Jenny und klopfte mit dem Kärtchen, mit dem sie herumgespielt hatte, auf den Tisch. Ghizmo fand, dass sie ein bisschen nervös wirkte. Jeremyn aber hatte die Schmollwolke fast ganz abgelegt.

»Ich habe mich auch schon gewundert, warum sie das Festnetztelefon mitgenommen haben. So ein Teil kriegt man doch nirgendwo mehr vertickt.«

»Wenn man es so betrachtet, ergibt es einen Sinn, denn Woody war ans Haus gefesselt. Daher bestand für den Dieb die Möglichkeit, sich Zeit zu verschaffen, um das Konto abzuräumen, denn er würde nicht schnell genug die Karten sperren lassen können. Jeremyn, du warst den ganzen Nachmittag mit Marten zusammen. Und du bist ziemlich schlecht gelaunt zurückgekommen. Möchtest du mir nicht erzählen, was vorgefallen ist?«

»Nein.«

»Jeremyn, ich habe einen ganz furchtbaren Verdacht.«

Endlich hob der Junge seinen Kopf und sah Jenny an.

»Mein Gott.«

»Ja, aber da sind noch ein paar Ungereimtheiten. Hilf mir, sie auszuräumen.«

Jeremyn verknotete seine Finger miteinander.

»Ist dir etwas peinlich, was passiert ist?«

»Irgendwie – ja.«

»Er ist dir doch wohl nicht zu nahe getreten?«

»Um Himmels willen, nein. Nein, das ist es nicht. Es ist nur … Jenny, der war CEO, sagt er. Ich meine, ich kenne solche Leute. Das sind toughe Männer, die in jeder Situation klarkommen. So wie mein Dad.«

»Ja, man hält sie für integre Menschen, die die Kontrolle behalten, die Probleme lösen, sich durchsetzen.«

»Und sich nicht wie kleine Kinder benehmen«, brach es aus Jeremyn heraus.

»Komm, erzähl, was heute passiert ist. Ich habe schon eine gewisse Ahnung, denn ich habe mit Marten auch eine eigenartige Situation erlebt.«

»Ja?«

»Ja. Und nun los!«

Milena kam unter ihrem Sessel hervor und setzte sich neben Jeremyns Füße. Er streichelte sie geistesabwesend und fing dann an zu erzählen.

»Anfangs war es ganz nett. Obwohl er einen heißen Reifen fuhr. Er meinte, auf deutschen Autobahnen könne er endlich mal richtig die Sau rauslassen. Er hat mich nach meiner Schule gefragt und nach meinen Plänen für die Zukunft und hat von seinen Töchtern erzählt. Dann hat er angefangen, von seinem neuen Job zu reden. Er würde als Vice Director bei Leasing-World gleich ganz oben einsteigen und verantwortlich für den gesamten europäischen Geschäftsbereich sein.«

»Na, das hört sich doch gut an.«

»Würde es. Wenn mein Dad nicht zufällig mit denen schon mal was zu tun gehabt hätte. Und die haben keinen europäischen Geschäftsbereich. Das ist eine Frankfurter Klitsche mit sechs Mitarbeitern. Und davon ist keiner Vice Director, aber die Inhaberin ist eine toughe Lady.«

»Hast du ihm das gesagt?«

»Ich bin doch nicht blöd.«

»Nein, du bist sogar ausgesprochen intelligent. Marten ist ein Großmaul, was?«

»Aber so richtig. Mann, was der mir alles ans Ohr gequatscht hat.«

»Was denn noch?«

»Eigentlich nur unwichtigen Kram, Jenny. Was für ein toller Hecht er ist, und wie die Frauen auf ihn fliegen und die Segeltörns in Miami und die Partys in den Rockies. Und als wir in Heidelberg waren, hat er mich in eine Spielhalle eingeladen. Ich hasse diese blinkenden, bimmelnden Automaten, aber er wollte unbedingt daran spielen. Er hat auch tatsächlich einmal richtig gewonnen, aber dann hat er wieder alles in diese Maschinen reingestopft. Er konnte gar nicht mehr aufhören. Mir war das so peinlich.«

»Das kann ich mir gut vorstellen. Es passt nicht gut in das Bild des erfolgreichen Vice Directors, was?«

»Aber überhaupt nicht. Ich hab dann gesagt, dass ich verdammt hungrig sei, und endlich sind wir in ein Steakhouse gegangen. Er hat mich vollmundig eingeladen, und als die Rechnung kam, hatte er kein Geld mehr, und seine Kreditkarte war gesperrt. Also hab ich bezahlt. Genau wie ich auch an der Tankstelle bezahlt habe. Er hat zwar versprochen, mir das Geld zurückzugeben, aber da glaube ich nicht dran.«

»Diese Zweifel teile ich mit dir. Mir ist mit ihm neulich dasselbe passiert.«

Ghizmo, der sich mit Jaromir auch schon Gedanken zu diesem Marten gemacht hatte, fand es gut, dass seine Menschen ihm gegenüber misstrauisch geworden waren. Aber in diesem Moment wurde er kurzfristig abgelenkt. Milena hatte es geschafft, den Schnürsenkel von Jeremys Schuh aufzuziehen, und war gerade dabei, ihn aus den Ösen zu hakeln. Eines musste man dieser Schmusekatze lassen, gewitzte Pfoten hatte sie. Der Junge bemerkte überhaupt nichts von ihrer Häkelarbeit. Er war tief in Gedanken versunken.

»Wenn dieser Typ Geld braucht – glauben Sie, er hat die Kreditkarten von seinem Vater benutzt, um etwas abzuheben?«, fragte er plötzlich.

»Ja, dieser Verdacht drängt sich mir auf.«

»Was für ein mieser Vollspack.«

»Noch mehr, Jeremyn. Wenn er auf dem Weg nach Frankfurt diese fünftausend Euro abgehoben hat – wo sind die dann geblieben?«

»In der Spielhalle? Obwohl, so viel hat er da nicht verzockt.«

»Da nicht, aber allmählich kommt es mir so vor, als ob er ein notorischer Spieler wäre.«

»Und statt seine Vorstellungsgespräche zu führen, hat er sich in Frankfurt an den Automaten vergnügt.«

»Oder in einem Casino.«

»In Bad Homburg oder am Flughafen.«

»Und er hat alles verloren.«

»Das ist ja richtig übel«, sagte Jeremyn.

Milena packte den Schnürsenkel und zog ihn gänzlich aus dem Schuh. Sie schleifte ihn hinter sich her und verschwand damit unter dem Sofa. Ghizmo zollte ihr Bewunderung.

»Ich frage mich nur«, sagte Jenny, »wo er hier das Geld verspielt hat. Ich habe in Feyenbach keine Spielhalle gesehen.«

Jeremyn lachte auf.

»Braucht er gar nicht. Darf ich mal an Ihren Laptop?«

»Bedien dich.«

Der Junge klapperte in ungeheurer Geschwindigkeit darauf herum, es ertönten Fanfaren und das Klirren von Münzen.

»Hier, schauen Sie. Jede Art von Onlinecasinos. Sie können Roulette spielen oder alle Arten von Poker oder Black Jack und sich mit den Slotmaschinen vergnügen.«

»Ja, aber …«

»Hier melden Sie sich an, legen ein Konto an, überweisen den gewünschten Betrag, und schon können Sie die Knete munter verlieren.«

»Das ist ja grauenvoll!«

»Nur, wenn man danach süchtig ist. Ansonsten sind das nur einfach Spiele. Wie jeder Skatabend oder eine Pokerrunde.«

»Aber Marten ist süchtig.«

»Ich denke schon.«

»Das wirft ein völlig neues Bild auf seine Situation. Wir müssen seinen Vater warnen.«

»Glauben Sie nicht, dass der das schon weiß?«, fragte Jeremyn und griff nach seinem Fuß, der aus dem Schuh gerutscht war.

»Ich glaube nicht. Marten spielt seinem Vater noch immer den erfolgreichen Manager vor. Und seine Spielsucht kann er wohl ganz gut verstecken.«

Jeremyn beugte sich vor, um seinen Schuh zuzubinden, und stutzte.

»Wo ist denn der Schürsenkel geblieben?«, entfuhr es ihm.

»Was meinst du?«

Ghizmo überlegte, ob er Milena verpetzen sollte. Es wäre leicht für ihn gewesen, sie aus ihrem Versteck unter dem Sofa zu scheuchen und das entwendete Bändel hervorzuziehen. Aber dann entschied er sich dagegen und drehte seinen Menschen den Rücken zu. Sollte Jenny doch selbst draufkommen, dass sie sich eine Räuberin ins Haus geholt hatte. Wenn sie das erkannt hatte, dann verscheuchte sie sie vielleicht wieder.

»Jemand hat mir den Schnürsenkel aus dem Schuh gezogen. Oder spinne ich?«

Jenny begann zu lachen.

»Milena hat die ganze Zeit neben dir gesessen. Ich habe den Verdacht, dass sie eine ganz gefährliche Raubkatze ist.«

»Ja, aber …«

»Mein Kosmetiktäschchen hat sie auch schon geplündert und ein Kästchen Teebeutel ausgeräumt. Wir werden nach dem Bändel suchen müssen. Sie versteckt sich gerne unter dem Sofa – schau da mal nach.«

Jeremyn ging auf die Knie und kroch über den Teppich. Er langte unter das Sofa und reichte Jenny ein zerfleddertes Päckchen Taschentücher, dann einen Taschenkalender, ein Tablettenschächtelchen, eine rosafarbene Haarspange – offensichtlich von Lili –, einen Salzstreuer, eine graue Socke, ein klebriges

Hustenbonbon, eine leere Zigarettenschachtel unbekannter Herkunft, einen zerkauten Teebeutel, ein altes Schwarz-Weiß-Foto, ein paar Euro-Münzen, ein rosa Schnürbändel – ebenfalls Lili – und schließlich das just entwendete graue Bändel.

»Das ist ja eine ganze Schatztruhe, die sie da angelegt hat«, stelle Jenny staunend fest. »Ich vermute, das werde ich demnächst im Auge behalten müssen.«

Schade, dachte Ghizmo. Sie nahm das dieser Wuschelkatze nicht übel. Er erhob sich von seinem Platz, stolzierte an Milenas Versteck vorbei und fauchte die Katze einmal kräftig an, damit sie wenigstens einen Verweis erhielt.

»Die nehmen mir meine Beute weg«, jammerte die.

»Das sind ihre Sachen. Hast du denn bei deinen Menschen gar nichts gelernt?«

»Die haben das nie gemerkt«, maulte Milena. »Diese Jenny ist fies. Und du auch!«

»Du weißt gar nicht, was wirklich fies ist«, brummte Ghizmo.

Milena machte sich ganz klein und gab einen Jammerlaut von sich.

»Schlapper Staubwedel!«

»Bin nicht staubig.«

»Im Hirn schon!«

»Was giftet ihr beiden euch denn so an?«, fragte Jenny und packte Ghizmo im Nacken. Das war ja nun wirklich fies. Hatte er etwa den Schnürsenkel geklaut. Oder die Taschentücher? Oder … oder … oder?

Er schlug um sich und krakeelte. Traf Jennys Arm, blieb mit der Kralle im Pullover hängen. Bekam einen Nasenstüber und musste richtig losschimpfen.

»Rüpel!«, fauchte Jenny.

Böse Jenny!

Jeremyn lachte.

Blöder Junge.
Brachte ihm eine Handvoll Knabberfischchen.
Netter Junge. Alles gut.
Milena bekam ein Sahneschälchen.
Ganz widerliche Jenny!

40

Kartenhakeln

Die Nacht gehörte zu einer der vielen, die ich schlaflos verbracht hatte. Eine Zeit lang war ich im Haus herumgetigert, hatte mir Tee gekocht, versucht, ein Buch zu lesen, hatte eine Weile am PC gesessen. War wieder ins Bett gekrochen, hatte Sterne gezählt. Vor allem aber hatte ich gegrübelt. Auf welche Weise sollte ich Woody die Augen über seinen Sohn öffnen?

Es würde ihm höllisch wehtun, wenn sich der erfolgreiche Sohn als spielsüchtiger Verlierer erwies, der nicht einmal davor zurückscheute, seinen Vater zu bestehlen.

Auch was ich ansonsten von Marten erfahren hatte, warf unter diesem Aspekt ein völlig anderes Licht auf sein Verhalten. Dass er einen hochkarätigen Job gekündigt hatte, um wieder in Deutschland Fuß zu fassen, glaubte ich nicht mehr. Denn seine Spielsucht war gewiss nicht neueren Datums. Möglicherweise hatte er seinen Arbeitgeber betrogen, Gelder unterschlagen oder veruntreut. So etwas dürfte sich in der Branche ziemlich schnell herumsprechen. Also hatte er die Flucht nach Deutschland angetreten. Kam dazu, dass seine Frau die Scheidung eingereicht hatte, aus heiterem Himmel, angeblich weil er ihre Karriere als Mannequin zerstört hatte. Ich nahm allerdings an, dass sie von seiner Spielsucht gewusst und gemerkt hatte, dass er Schulden gemacht hatte. Dass sie ihm die Konten gesperrt hatte, wäre nur eine logische Folge daraus gewesen.

Hatte Woody nicht zwei Söhne? Was war mit Martens Bruder? Über den hatte er kein einziges Wort verloren. Konnte man nur hoffen, dass der aus anderem Holz geschnitzt war.

Was mit Marten los war, musste Woody allerdings erfahren. Und zwar schnell. Es gab Therapiemöglichkeiten für Spielsüchtige. Mein Aufenthalt in der psychiatrischen Klinik, den ich mir selbst verordnet hatte, hatte mich unter anderem auch mit Menschen mit derartigen Problemen zusammengeführt. Aber es gehörte Einsicht dazu, sich einer solchen Behandlung zu unterziehen. Oder Zwang.

Aber wie brachte ich Woody die Sache bei? Noch hatte ich keinen Beweis in der Hand. Ich konnte ja schwerlich hingehen und Martens PC konfiszieren, um nachzuschauen, ob er sich da auf den Casinoseiten herumtrieb. Seine Kontobewegungen konnte ich ebenso wenig einsehen. Eigentlich konnte ich nur versuchen, Marten dazu zu bewegen, sein Verhalten zuzugeben.

Süchtige kannten viele Tricks, ihre Sucht zu verbergen.

Ich würde mir eine Gelegenheit ausdenken müssen, ihn zu einem Gespräch zu überreden. Allein, ohne Jeremyn. Der Junge war zutiefst enttäuscht von Marten, was ich ganz gut nachvollziehen konnte. Der Ausflug nach Heidelberg hatte sich als eine einzige Pleite entpuppt, und dass Marten ihn dann auch noch angepumpt hatte, war einfach unverzeihlich gewesen.

Mhm – vielleicht war das ein Anlass, den ich nutzen konnte. Ich könnte Marten Jeremyns Lage recht dramatisch schildern und ihm versuchen klarzumachen, dass er dem Jungen nicht seine paar letzten Kröten aus der Tasche hätte ziehen dürfen.

Und als Köder würde ich mein neues Auto benutzen. Das Dummchen, das ich war, kannte doch sicher nicht alle technischen Feinheiten eines solchen Wagens. Da musste ein gestandener Mann her, der mir das alles erklärte.

Und dann würden wir vielleicht Darius besuchen fahren?

Oder sollte ich den lieber nicht schon wieder belästigen?

Ein kleines Teufelchen in mir wisperte, dass ich es gerne täte.

Ich schickte es zur Hölle.

Selbst war die Frau.

Und dann schlief ich endlich ein.

Der Morgen brachte Inge, die sich entschuldigte, dass sie am Nachmittag einen Arzttermin habe und deshalb den Putztermin vorziehen müsse. Jeremyn, Ghizmo, Milena und ich entflohen dem Heulen des Staubsaugers. Milena schoss in die Scheune, Ghizmo schritt über die Straße zu Goldbeere, und der Junge schloss sich mir zu einem Bummel durch den Ort an. Wir besuchten die Galerie Bestermann, und ich erstand ein weiteres Blumenbild von Florian. Jeremyn hingegen, offensichtlich von seinem Dad mit ausreichend Geld versorgt, strebte dem Elektronikshop zu und kaufte sich ein Tablet, von dem er mir in den höchsten Tönen vorschwärmte. Ich lernte etwas dazu. Dann war uns nach Pizza, und sehr höflich lud Jeremyn mich zum Essen ein. Ich revanchierte mich mit einem Anruf bei Lili, die mit jubelnder Stimme zusagte, am Nachmittag vorbeizukommen. In der Miene des Jungen flammte unverhohlene Freude auf.

Und ich hatte den Weg frei für ein intensives Gespräch mit Marten.

Nach dem Mittagessen ging ich zu Woody hinüber und erfuhr, dass der alte Herr einen Termin im Krankenhaus wahrnahm.

»Er ruft mich an, wenn er fertig ist«, sagte Marten.

»Gut, dann haben Sie vielleicht ein bisschen Zeit, mir bei den Feinheiten meines neuen Autos zu helfen. Die ganzen Funktionen, die der Bordcomputer hat, sind mir irgendwie unheimlich.«

Er lachte nachsichtig auf und erklärte sich selbstverständlich gerne bereit, mir eine Einweisung zu geben. Ich stellte mich bei dem Navigationsgerät herzlich ungeschickt an, die ganzen Wartungsleuchten und Signale wollten mir so gar nicht einleuchten. Wozu brauchte man denn den Ölstand und den Reifendruck und Rückfahrkamera? Er erklärte es mir, und bei der Hälfte der Themen, mit denen ich mich zuvor eingehend beschäftigt hatte, kam nur hohles Gewäsch aus ihm heraus. Aber er kaschierte es mit technischem Chinesisch, und ich nickte verständnisvoll.

Ich sah davon ab, ihn zu bitten, mir zu zeigen, wie man einen Reifen wechselt.

Ich bat ihn stattdessen auf einen Drink ins Haus.

Das Angebot wurde gerne angenommen.

»Hat Ihnen Heidelberg gestern gefallen? Ich habe vor Jahren mal ein paar Wochen dort verbracht.«

Zu einer ziemlich erfolgreichen Konzertserie, bei der ich von der Stadt so einige Ecken kennengelernt hatte, die anderen wenig geläufig waren. Aber das brauchte er ja nicht zu wissen.

»Ein zauberhaftes Städtchen, Jenny. Ich verstehe, dass es die Besucher anzieht. Wo findet man in Deutschland noch eine so gut erhaltene mittelalterliche Altstadt?«

Milena streckte ihre Nase unter dem Sofa hervor und sah zu meinem Besucher hin. Sie war neugierig geworden.

Ich warf Marten einen Köder hin.

»Ja, und dann dieses Villenviertel im Mörgelgewann.« Das ein heruntergekommenes Wohngebiet für Flüchtlinge und Obdachlose war. Er schwärmte mir von der barocken Baukunst vor, von der er keine Ahnung hatte.

Milena schlich sich an Martens Bein heran. Er bemerkte die Katze nicht.

»Ich nehme an, das Schloss habt ihr auch besichtigt«, lockte ich ihn weiter.

Hier wurde er allerdings plötzlich wortkarg. Vermutlich war ihm in den Sinn gekommen, dass Jeremyn mir von seinen Eskapaden berichtet hatte.

Milena musterte enttäuscht Martens Stiefel. Das war keine Gelegenheit für einen Schnürsenkelraub.

»Nein, für das Schloss hatten wir keine Zeit mehr. Jeremyn war nach etwas anderer Unterhaltung. Darum haben wir für eine Weile eine Spielhalle aufgesucht.«

»Ach ja, so junge Männer wie er sind an alten Gebäuden einfach nicht interessiert. Ich hoffe, Sie haben ein Auge auf ihn gehabt. Er hat nicht allzu viel Geld. Sie wissen ja, er ist von diesen beiden Idioten Egor und Luca entführt worden.«

»Ja, natürlich.«

»Und deswegen würde ich vorschlagen, dass Sie ihm recht bald das Geld zurückgeben, das Sie sich von ihm geliehen haben.«

»Oh, hat der Junge sich beschwert?«

»Aber nein. Er hat es nur erwähnt. Ich wollte nur nicht, dass es in Vergessenheit gerät.«

»Nein, nein. Ganz gewiss nicht. Ich kümmere mich noch heute darum. Wo ist er überhaupt?«

»Er hat sich vorhin mit Lili getroffen, und die beiden sind zusammen weggegangen.«

Milena war neben ihm auf das Polster gesprungen und betrachtete eingehend Martens hintere Hosentasche. Er bemerkte sie noch immer nicht, und ich lenkte ihn damit ab, dass ich Whiskey in sein Glas nachschenkte. Er nahm einen großen Schluck. Das Gespräch über Geld war ihm wohl unangenehm.

»Und wann haben Sie Ihre nächsten Termine in Frankfurt?«

»Das kann ich noch nicht genau sagen. Aber ich denke, dass ich bald von meinen Gesprächspartnern hören werde.«

»Ich kenne mich ja in so etwas nicht aus.« Was stimmte, denn Vorstellungsgespräche dieser Art hatte ich nie geführt. »Aber vermutlich müssen Sie bald Ihren Vertrag aushandeln. Freut sich Ihr Vater darüber, dass Sie hier in Deutschland Fuß fassen?«

»Er hätte es sogar noch lieber, wenn ich eine Stelle hier in der Gegend annehmen würde. Aber ehrlich, Jenny, eine richtige Metropole gibt es hier nun wirklich nicht.«

Mannheim und Ludwigshafen boten einem Mann wie ihm sicher kein passendes Betätigungsfeld, stellte ich mit leichtem Zynismus fest.

Milena hatte mit ihrer Häkelarbeit begonnen und Martens Brieftasche schon halb herausgezogen. Braves Mädchen. Sie sicherte Beweismaterial – hoffte ich.

Um Marten weiter von dem heimlichen Geschehen abzulenken, ließ ich mir von seinen brillanten Aussichten berichten, die er in der großen Welt des Marketings und der Finanzen ausmalte. Offenbar hatte er wirklich zwei Gespräche geführt. Ob er aber einen so ausgezeichneten Eindruck hinterlassen hatte, wie er angab, begann ich zu bezweifeln. Er war ein Held im Schönreden und spickte seine Ausführungen mit vielen eindrucksvollen Anglizismen.

Milena hatte die Brieftasche ergattert und packte sie mit den Zähnen. Mit langsamen, ganz vorsichtigen Bewegungen machte sie sich auf den Rückweg zu ihrem Versteck. Einmal sah sie fragend zu mir hoch, und ich senkte zustimmend meine Lider.

Dann goss ich Marten noch einen Whiskey nach. Er stürzte ihn hinunter.

Erfreulicherweise klingelte sein Telefon, und wir erfuhren, dass sein Vater im Krankenhaus mit den Untersuchungen fertig war.

»Ich hol dich in einer halben Stunde ab, Dad. Ich bin eben noch bei Jenny.«

»Nein, Marten, Sie holen Ihren Vater nicht ab. Sie haben ein bisschen zu viel getrunken.«

»Also hören Sie mal! Autofahren ist jetzt für Sie viel zu gefährlich. Drei kleine Schluck Whiskey machen mich doch nicht fahruntauglich.«

»Mag sein, aber mit Sicherheit haben Sie genug Promille im Blut, dass Ihnen bei jeder Kontrolle der Führerschein entzogen wird.«

»Hier gibt es keine Kontrollen.«

»Wetten?«

»Um wie viel?«

Ich lachte auf und ging zur Tür.

»Ich hole Ihren Vater ab, und Sie gehen nach drüben und kochen sich einen starken Kaffee.«

»Hören Sie – nein!«

»Doch.«

»Behandeln Sie mich nicht wie einen kleinen Jungen!«

Aha, da lag der Hund begraben.

»Im Gegenteil, Marten, ich erwarte, dass Sie sich wie ein verantwortungsvoller, erwachsener Mann verhalten. Los, tun Sie, was ich Ihnen sage.«

Er sah aus, als ob er trotzig mit dem Fuß aufstampfen wollte, schüttelte dann aber den Kopf und sagte: »Mein Gott, sind Sie herrisch.«

»Bin ich. Und nun bitte.«

Ich hielt ihm die Tür auf, machte auch die Haustür auf und schob ihn mit einem sanften Stups nach draußen.

Er beugte sich meiner Autorität.

Als endlich die Tür hinter ihm zugefallen war und ich beobachtet hatte, wie er den Hof verließ, ging ich zurück ins Wohnzimmer und beugte mich zu Milenas Versteck hinunter. Sie saß unter dem Sofa und kaute glücklich an einer Ecke des ledernen Portemonnaies.

»Gibst du mir das bitte, Milena?«

Sie ließ es sich ohne Schwierigkeiten wegnehmen, und ich klapperte in der Küche mit einem Schälchen. Pute in Gelee, das mochte sie besonders gerne.

Und dann öffnete ich die Brieftasche. Der Idiot hatte wirklich keinen Cent mehr, wohl aber eine Handvoll Kreditkarten. Fünf davon lauteten auf seinen Namen, zwei auf den Namen seines Vaters. Dieser Volltrottel hatte sie behalten, obwohl sie schon gesperrt waren. Ich fand auch einen Zettel mit der Geheimnummer zwischen ihnen stecken. Ein abgegriffener vergoldeter Spielchip über zehn Dollar, vermutlich ein Glücksbringer, steckte zwischen Führerschein und einem Firmenausweis. Auf dem stand aber nicht der Name jenes großen Lebensmittelkonzerns, bei dem er angeblich gearbeitet hatte, sondern der eines völlig anderen Unternehmens.

Auch da hatte er offensichtlich gelogen.

Ich steckte die Brieftasche in meine Handtasche und machte mich auf den Weg zum Krankenhaus.

Woody wartete schon am Eingang auf mich und begrüßte mich überaus gut gelaunt. Seine Heilung ging unerwartet gut voran. Es tat mir im Herzen weh, dass ich ihm seine Fröhlichkeit rauben musste. Aber zunächst hörte ich mir an, welche positiven Prognosen man gestellt hatte, und lotste ihn zu meinem Wagen.

»Warum sind Sie und nicht Marten gekommen?«, wollte er wissen, als er sich auf dem Beifahrersitz verstaut hatte.

»Meine Schuld. Ich habe mich mit Marten unterhalten und ihm leider einen Whiskey angeboten. Deshalb wollte ich nicht, dass er sich ans Steuer setzt.«

»Oh. Ja. Mhm, da muss man bei ihm etwas aufpassen.«

»Er trinkt ein wenig unkontrolliert …«

»Leider eine dumme Angewohnheit.«

»Ja, Woody. Eine seiner dummen Angewohnheiten.«

»Was meinen Sie damit, Jenny?«

»Wir müssen über eine ziemlich unangenehme Sache reden. Etwas, das Ihnen gar nicht gefallen wird.«

»Das hört sich nicht gut an.«

»Nein. Aber nicht hier im Auto. Kommen Sie gleich mit zu mir, ich muss Ihnen etwas zeigen.«

»Jenny, Marten ist ein guter Junge. Ich hoffe, er hat sich nicht schlecht benommen. Er hat sich vielleicht ein paar amerikanische Manieren angewöhnt, die man hier falsch verstehen könnte.«

»Es geht nicht um Manieren«, sagte ich nüchtern. Es würde ein schwieriges Gespräch sein, und ich war Milena dankbar, dass sie mir die Beweise in die Hand gespielt hatte.

Wir schwiegen den Rest der Fahrt, dann half ich Woody zu mir ins Wohnzimmer und kochte uns erst mal einen Kaffee.

»Woody, ich fürchte, Ihr Sohn hat ein großes Problem.«

»Ja, sicher – die Scheidung, ein neuer Job …«

»Das ist es nicht. Marten ist spielsüchtig.«

»Ach, Unsinn. Nur weil er mal an einer Pokerrunde …«

»Woody, nicht mal eine Pokerrunde. Viel mehr als das. Gestern, als er mit Jeremyn nach Heidelberg gefahren ist, hat er die ganze Zeit in einer Spielhalle verbracht.«

»Sicher weil der Junge daran Spaß hatte.«

»Hatte er nicht. Es war ihm peinlich, dass Marten sein ganzes Geld verspielt hat und er anschließend für das Essen und das Benzin zahlen musste.«

»Ja, mein Gott, das kann doch schon mal passieren. Er wird es ihm zurückzahlen.«

»Wovon? Marten ist pleite. Ich habe auch schon für ihn bezahlen müssen. Ist Ihnen noch nicht aufgefallen, dass er immer ziemlich übernächtigt aussieht?«

Woody schwieg. Vermutlich wurde ihm allmählich klar, dass da etwas nicht stimmte.

»Wenn Sie sich seinen PC ansehen würden, würden Sie die Onlinecasinos finden, bei denen er sein Geld setzt.«

»Jenny, das ist eine bösartige Unterstellung.«

»Glauben Sie das?«

»Was hat der Junge Ihnen getan, dass sie solche Vermutungen anstellen?«

»Er hat mir nichts getan. Aber er hat Ihnen Schaden zugefügt. Woody, er hat hier vorhin auf dem Sofa gesessen, und meine Katze, die Milena, die seit einigen Tagen bei mir eingezogen ist, hat eine schlimme Angewohnheit. Sie ist eine Taschenräuberin, und sie hat ihm die Brieftasche aus der Hose gezogen. Hier. Schauen sie selbst hinein.«

»Nein, das will ich nicht.«

»Woody, warum wollen Sie die Augen vor der Wirklichkeit verschließen?«

»Ich will nichts mehr davon hören!«

Er stand auf und stützte sich auf seine Krücken.

»Ihre Kreditkarten sind in seiner Tasche. Er hat Sie Ihnen entwendet und auf dem Weg nach Frankfurt die Abhebungen getätigt.«

»Nein. Nein. Nein!«, brüllte der alte Mann. Und setzte sich wieder. »Es waren diese Russenjungen.«

»Nein, definitiv nicht. Sie haben ein nachgewiesenes Alibi für diesen Tag.«

»Aber er hat doch geschäftliche Termine in Frankfurt gehabt.«

»Sicher. Aber in Bad Homburg und am Flughafen gibt es Spielkasinos.«

Woodys Hände zitterten, und ich setzte mich neben ihn, um sie festzuhalten.

»Nur wenn Sie sein Problem erkennen, können Sie ihm helfen. Es gibt Therapien gegen diese Sucht.«

Er entwand seine Hände aus den meinen und schlug sie sich vor das Gesicht.

»Mein Gott«, stöhnte er leise.

»Er hat Ihr Vertrauen missbraucht. Und das ist wirklich das Schlimmste, was er getan hat.«

»Es muss doch einen Grund haben. Jenny, es muss einen Grund geben. Was habe ich falsch gemacht?«

»Nichts. Er ist erwachsen und Herr seines Lebens. Aber vielleicht hat er sich überfordert gefühlt, und das Spielen ist anfangs ein Ventil gewesen. Wer weiß, was in seiner Familie schiefgelaufen ist, was in seinem Beruf? Haben Sie mal mit seiner Frau gesprochen? Oder mit seinem Bruder?«

»Mit dem hat er sich schon seit Jahren zerstritten. Und Virginia? Sie ist sehr eigen.«

»Sie wird es auch bemerkt haben. Ich denke, er hat ziemlich viele Schulden gemacht.«

»Das kann doch alles nicht sein. Er hat Karriere gemacht …«

»Und seine Chancen verspielt.«

»Sie glauben das wirklich, nicht wahr?«

»Ja, das tue ich.«

»Aber die Karten kann er nicht genommen haben. Er ist doch gleich morgens losgefahren.«

Ich hielt ihm die Brieftasche hin.

»Und wie sind sie dann hier hineingeraten?«

»Aber er war doch gar nicht hier, als bei mir eingebrochen worden ist.«

»Vielleicht hat er sie schon gleich morgens mitgenommen. Oder er ist zurückgekommen, während wir unterwegs waren. Er wusste, dass Sie sich für meinen neuen Wagen interessierten. Und kommt es Ihnen nicht auch seltsam vor, dass Ihre Telefone gestohlen worden sind? Selbst wenn Sie es sofort bemerkt hätten, hätten Sie einige Zeit gebraucht, um die Kartengesellschaft anzurufen. Er hat sehr schnell hintereinander Geld abgehoben, das haben Sie doch selbst festgestellt.«

Woody saß stumm auf seinem Platz und starrte auf die Kaffeetasse. Ich ließ ihm Zeit, diese erschreckende Erkenntnis zu verdauen. Und ich überlegte, wie ich ihm helfen konnte. Viel fiel mir nicht dazu ein. Er würde Marten zur Rede stellen müssen. Wie weit der bereit war, sein Versagen zuzugeben, konnte ich nicht einschätzen. Ich hielt ihn für einen Mann, der große Probleme mit seinem Selbstbild hatte. Die Welt sollte ihn als den coolen Helden sehen, den erfolgreichen Macher, den Prince Charming. Darunter saß ein verunsicherter kleiner Junge, der um Anerkennung bettelte und Angst vor Verachtung und Demütigung hatte.

Was würde passieren, wenn diese brüchige Mauer zusammenfiel?

Woody griff nach der Brieftasche und sah hinein. Langsam, wie mit schmerzenden Fingern, zog er seine beiden Karten heraus.

»Es stimmt wohl«, sagte er heiser.

»Versuchen Sie, mit ihm darüber zu reden. Aber machen Sie ihm keine Vorwürfe. Er braucht Hilfe.«

Er steckte die Brieftasche ein. Mühsam erhob er sich und humpelte auf seinen Krücken zur Tür.

»Sie haben mich sehr unglücklich gemacht, Jenny.«

»Ich weiß.«

Viel mehr gab es da nicht zu sagen.

Milena kam angeschlichen. Sie hatte sich dem alten Mann nicht genähert, aber an meine Beine drückte sie sich jetzt.

»Du bist ein sehr feinfühliges Kätzchen, nicht wahr?«

»Miau!«

Ich hob sie hoch, und sie lehnte ihren Kopf an meine Schulter. Sie hatte Vertrauen zu mir gefasst, und wenigstens das freute mich.

41

Fliegende Fetzen

Ghizmo hatte einige Zeit in dem Unterstand bei Goldbeere verbracht und sich an der warmen Gegenwart des Ponys erfreut. Als Lili eintraf, hatte er ihr ein paar Leckerchen abgelockt, doch dann hatte Jeremyn die gesamte Aufmerksamkeit des Mädchens auf sich gelenkt.

Blöder Kerl.

Sie hatte auf Goldbeere herumgeturnt, und er hatte sie hungrig angeglupscht. Ein bisschen hatte es Ghizmo gewundert, dass er sie nicht abgeschleckt hatte. Vielleicht hatte er Angst, sie würde ihm eine knallen.

Aber dann waren sie zusammen losgezottelt. Konnte also sein, dass sie das mit dem Schlecken und so weiter lieber woanders machen wollten. Er selbst nahm seine kätzischen Revierpflichten wahr, schaute zur Essenszeit in der Küche vorbei, fand Jenny in Gedanken versunken über einem Teller Nudeln brüten. Milena plapperte ihm etwas von einem jungen Mann und einem alten Mann ans Ohr, was ihm ziemlich gleichgültig war. Doch als sie dann anfing zu schwärmen, wie schön Jenny mit ihr geschmust hatte, wurde seine Laune immer muffeliger.

Diese Menschen schenkten ihm nicht mehr die rechte Beachtung.

Also entzog er ihnen auch seine kätzische Aufmerksamkeit.

Ihm war nach einer ordentlichen Runde Raufen.

Und das hieß Jaromir!

Und da wurde es spannend!

Er hatte sich an die Klappe zum Nachbarhaus angeschlichen, als das Gebrüll begann.

»Was unterstellst du mir?«, tönte der Junge von dem Alten. »Ich habe mein Leben lang hart für mein Geld gearbeitet. Du hast mir gar nichts vorzuschreiben.«

»Lass die Finger von der Flasche«, brüllte der Alte.

»Lass die los. Ich brauch einen Schluck!«

»Du hast schon mehr als genug getrunken, Marten. Hör auf!«

»Ich weiß selbst, was ich vertrage!«

Etwas schepperte. Einer schrie.

Jaromir schoss durch die Klappe und fiel fast über Ghizmo.

»Was ist los bei euch?«

»Sie streiten. Sie streiten sich schon ziemlich lange. Ich weiß nicht, was ich machen soll. Der Alte ist so sauer. Und er regt sich furchtbar auf. Und der Junge tobt und schmeißt mit Sachen.«

Wieder ertönte Gebrüll, dann krachte etwas. Ein Schmerzensschrei erklang.

»Er braucht Hilfe«, sagte Ghizmo.

»Hör auf, Marten, verdammt, hör auf!«

Wieder krachte etwas, klirrte und klapperte.

»Nein, nicht!«

Etwas flog gegen die Fensterscheibe. Sie zerbarst, und nur mit schnellen Sprüngen konnten sich die beiden Katzen vor dem Splitterregen in Sicherheit bringen.

»Ich hole Jenny«, sagte Ghizmo, dessen Schwanz sich vor Angst aufgeplustert hatte. Jaromir saß zitternd unter einem Busch und sagte gar nichts.

Ghizmo fand Jenny in ihrem Atelier, wo sie Wäsche aus einem Korb zusammenfaltete. Dezente Körpersprache war hier nicht angesagt. Menschen reagierten am schnellsten auf Laute.

Laute Laute!

Er kreischte aus vollem Hals.

»Ghizmo, was ist los?«

Klappte. Noch mal Kreischen und runter die Treppe.

Sie kam nach. Gut so. Er zur Haustür.

»Ich komm ja schon!«

Sie grapschte nach ihrem Schlüssel und dem Handy. Fuhr in die Gartenschuhe.

Er kratzte wie wild an der Haustür.

Sie machte auf.

Beide hörten sie das Schreien.

»Was ist denn da los? Oh nein!«

Jenny rannte über die Straße, Ghizmo auf ihren Fersen. Sie klingelte wild an der Tür, aber das schien niemand zu registrieren. Dann fummelte sie den Schlüssel ins Schloss und machte auf.

»Du verdammter Hurensohn! Sieh zu, dass du zur Hölle fährst!«

Ächzen und Stöhnen folgten, und als Jenny die Tür zum Wohnzimmer aufmachte, schrie sie ebenfalls auf. Marten hatte seinen Vater im Würgegriff, das gesamte Zimmer war verwüstet, Möbel umgeworfen, zerbrochen. Es roch nach Alkohol, Essen war auf dem Boden verschüttet.

»Aufhören! Sofort aufhören!«

Jennys Stimme krächzte heiser, zu Marten drang sie nicht durch. Der versuchte weiter, seinen Vater zu Boden zu bringen. Die Krücken lagen irgendwo im Raum.

Ghizmo suchte Schutz in einer Ecke.

Und Jenny? Jenny griff nach einer der Krücken und schlug sie mit aller Kraft auf Martens Kopf.

Aus einer Platzwunde strömte Blut, er löste seinen Griff, und Woody glitt auf den Teppich.

»Seid ihr vollends verrückt geworden?«, fragte sie in den Raum.

Von Woody kam nur ein Ächzen.

Marten hielt die Klappe.

»Was mach ich nur?«, flüsterte Jenny. »Was kann ich hier nur tun?«

Sie sah sich um und schüttelte den Kopf. Die Krücke entglitt ihren Händen.

Zittrig holte sie ihr Handy aus der Tasche und starrte es an.

Marten bewegte sich und stöhnte.

Jenny knipste auf den Tasten herum.

»Hallo, Darius. Hier ist Jenny. Bei meinem Nachbarn hat es einen Gewaltausbruch gegeben. Kannst du mir helfen?«

Offenbar konnte er es.

»Danke. Gegenüber von meinem Haus.«

»Nicht die Polizei«, krächzte Woody und versuchte aufzustehen.

»Bleiben Sie liegen. Warten Sie.«

Jenny kniete sich zu dem alten Mann und half ihm, in eine andere Lage zu kommen. Er ächzte vor Schmerzen, als sie sein Bein bewegte.

»Ich rufe die Polizei nicht, das wissen Sie doch.«

»Ist gut. Er ist betrunken.«

»Ja, und deswegen gefährlich. Es kommt Hilfe. Gleich. Und Sie müssen ins Krankenhaus.«

»Nein.«

»Oh doch. Sie bluten am Kopf, und das Bein hat auch Schaden genommen.«

Ghizmo bemerkte den leichten Luftzug, als Jaromir sehr vorsichtig durch die Klappe kroch.

»Ist er tot?«, fragte er, als er Marten auf dem Boden sah. »Hat der Alte ihn totgeschlagen?«

»Nein. Er lebt noch. Jenny hat ihn gehauen. Bleib weg!«

»Ich muss zu meinem Menschen.«

Jaromir schlich in einem weiten Bogen um Marten und den umgestürzten Tisch, vermied es, in die Scherben zu treten, und setzte sich neben den leise stöhnenden Mann.

»Jaromir«, flüsterte der und hob seine Hand, um ihn zu streicheln. »Jaromir, verzeih mir, mein Freund.«

Das Motorrad hielt vor dem Haus, und die Tür flog auf.

»Gott verdammt!«, brüllte Darius. »Jenny, was ist hier los?«

»Herr Woodrow hat erfahren, dass sein Sohn Marten spielsüchtig ist und ihm seine Kreditkarten geklaut hat. Offenbar hat er ihn zur Rede gestellt, und dann ist die Sache etwas aus dem Ruder gelaufen.«

Marten war wieder zu Bewusstsein gekommen und rappelte sich auf. Er saß auf den Knien und betastete seinen Kopf. Dann sah er Jenny und den Mann neben ihr und drehte durch.

»Du Schlampe!«, röhrte er los und kam auf die Beine. »Du hast die Scheiße angezettelt. Du hast meinem Vater diesen Mist erzählt!«

Er sprang auf sie zu, stieß gegen Darius' Brust. Ein dumpfer Fausthieb landete in seinem Magen, und er knickte zusammen. Aber er kam sofort wieder hoch und trat zu. Darius grunzte. Dann krachte seine Faust in Martens Gesicht, und der ging rückwärts zu Boden.

»Vorerst außer Gefecht. Was machen wir jetzt mit denen hier?«

»Wir rufen einen Krankenwagen für Herrn Woodrow. Und den da – ich weiß nicht. Er ist völlig ausgerastet.«

»Das wird nicht ohne Polizei gehen.«

»Möglich. Aber damit will ich nichts zu tun haben.«

»Dann überlass das mir.«

»Darius …«

»Ich weiß. Geh rüber. Ich komme nachher zu dir.«

Ghizmo staunte, wie sanft die Stimme des Vielgesichtigen klang.

Darius legte ihr die Hand auf die Schulter und schob sie zur Tür.

Ghizmo lief zu ihr und schmiegte sich an ihre Beine. Sie bemerkte ihn und sah nach unten.

»Komm mit, Ghizmo. Komm, du hast dir ein Extradöschen verdient.«

Aha, jetzt war wieder alles gut. Ging doch!

42

Klärende Gespräche

Er war schon ein erstaunlicher Kater, mein Ghizmo. Ich sah ihm zu, wie er sich durch seinen Napf wühlte und mit Eifer schmatzte. Mit Futter erreichte man sein Herz. Aber es musste da auch noch mehr geben. Er hatte mein Haus als sein Heim gewählt. Gut, auch schon zu Florians Zeiten hatte er hier gelebt, aber er hatte die ganzen Veränderungen akzeptiert, und in vielen langen Nachtstunden hatte er mir Gesellschaft geleistet. Ein richtiger Schmusekater war er nicht, doch manchmal war er durchaus in der Stimmung, sich streicheln zu lassen.

Er hatte einen ausgeprägten eigenen Willen, über sein Kommen und Gehen entschied nur er. Ganz definitiv aber war er ein kluger Kater. Wieder einmal war etwas in seinem Revier auffällig geworden, und er hatte seinen Unmut darüber laut kreischend zum Ausdruck gebracht. Wie schon zuvor, als er offensichtlich die Pferdemorde beobachtet hatte.

Er kam mit seinem Protest zu mir, und das ehrte mich.

Und darum hielt ich eine kleine, dankbare Rede an ihn, während er sich putzte.

Ob er zuhörte oder nicht, konnte ich nicht feststellen. Putzen ist eine höchst konzentrierte Katzenarbeit. Danach rollte er sich auf seinem Sessel zusammen, schnurrte zufrieden und schlief ein. Milena strich um sein Lager und wagte ganz vorsichtig, die Vorderpfoten auf das Polster zu setzen. Sie schnüffelte an Ghizmos Rücken, traute sich aber dann doch nicht, zu ihm hochzuspringen.

Als die Türglocke erklang, huschte sie wieder in ihr sicheres Versteck.

»Koch uns einen Kaffee, Schwester. Höllenschwarz und höllenheiß«, forderte Darius und warf sich auf das knallblaue Sofa.

»Das geht an die Nerven, was?«

»Idioten gehen mir immer auf die Nerven. Der alte Mann war ungeschickt, dieser Rüpel von einem Sohn, dieser durchgeknallte Rhinestone Cowboy, hat wirklich ein paar Schrauben locker. Er hat den Polizisten versucht zu erklären, dass er, der große CEO, ganz klar die Kontrolle über alles hat und sein Vater nur dumm ausgerutscht sei. Und dann sei ein Verbrecher – nämlich ich – bei ihnen eingedrungen und hätte die ganzen Verwüstungen angerichtet. Dich hat er zuvor gar nicht wahrgenommen.

»Ich habe ihm ja auch gleich die Krücke über den Schädel gezogen.«

»Ah, praktisch.«

»Er hielt seinen Vater im Würgegriff.«

»Nothilfe.«

»So nennt man das wohl.« Der höllenschwarze Kaffee brannte in meinem Mund, aber irgendwie tat er mir gut. »Und wie geht es jetzt mit ihm weiter?«

»Sie haben Marten mitgenommen, er wird erst mal nüchtern werden müssen. Den alten Woodrow haben sie ins Krankenhaus gebracht. Hier ist der Schlüssel. Du sollst dich um Jaromir kümmern. Welcher deiner russischen Schützlinge ist das?«

»Ein rotgetigerter.«

»Okay.«

Siedend heiß fiel mir ein, wie egoistisch ich mit meinem Hilferuf gewesen war.

»Darius, ich bin eine blöde Kuh. Du hast doch heute Abend bestimmt einen Auftritt?«

»Kein Faust heute. Glück gehabt.«

Es klingelte, und ich zuckte irritiert zusammen. Polizei? Würden sie doch eine Aussage von mir haben wollen? Hatte Marten mich beschuldigt, ihn niedergeschlagen zu haben?

Panik stieg auf und würgte mich in der Kehle.

»Jenny, die Türglocke.«

»Ich … ich kann nicht …«

Mühsam versuchte ich mit meinen Übungen meinen Atem zu kontrollieren.

Darius stand auf, um zu öffnen.

Mir wurde kalt.

»Hallo, Jeremyn.«

»Hi, Darius.«

Jeremyn. Den hatte ich völlig vergessen.

Erleichterung durchflutete mich. Niemand würde mich verhören, niemand beschuldigen, niemand einsperren.

Ich musste endlich diese Angst loswerden. Sie lähmte mich zu den unmöglichsten Zeiten.

Darius reichte mir ein Glas Wasser.

»Nichts passiert. Alles gut!«

Wusste er um mein Entsetzen?

Jeremyn hatte nichts von dem bemerkt und sprudelte geradezu über. Er hatte mit Lili und Raoul die Weinberge und die Kelterei besichtigt, eine private Weinprobe erhalten und sich großartig unterhalten. Plötzlich jedoch hielt er inne, und sein Wortschwall versiegte. Er sah zwischen Darius und mir hin und her.

»Entschuldigung. Ist etwas passiert?«

»Der Rhinestone-Cowboy hat seinen Vater verprügelt und die Wohnung ramponiert. Er konnte der Wahrheit nicht ins Gesicht sehen.«

»Oh mein Gott!« Und dann kicherte er. »Strassbesetzter Cowboy – das passt.«

»Tja, mehr Schein als Sein – statt Diamanten Kieselstein«, reimte ich.

»Aber Mann, was ist mit Herrn Woodrow?«

»Im Krankenhaus. Er ist bös gestürzt. Marten sitzt erst mal in der Ausnüchterungszelle, nehme ich an.«

Ich gab Jeremyn eine Zusammenfassung der Ereignisse, angefangen von Milenas Häkelarbeit bis zu Ghizmos Gekreische.

»Ist ja irre!«

»Eigentlich ist es ziemlich traurig, dass es so kommen musste.«

»Eigentlich ist es die natürliche Entwicklung des Dramas. Menschen, die einem Verführer verfallen, können die Folgen irgendwann nicht mehr ertragen«, sagte Darius.

»Sprach Mephisto.«

»Ja, aber er ist ein Großmaul«, meinte Jeremyn, und die Verachtung für Marten klang in seinen Worten mit.

»Weil er vermutlich ein schwacher Mensch ist, Jeremyn, hat er sich ein glitzerndes Selbstbild aufgebaut, und das hat ihn, weil ihm durchaus bewusst war, dass er nicht der strahlende Held war, anfällig für das Spielen gemacht. Hier hatte er Erfolge, nahm an, er habe die Kontrolle, und wenn er verlor, setzte er einfach noch mehr aufs Spiel.«

»Und seinen Vater hat er verprügelt, weil er ihm die Wahrheit ins Gesicht gesagt hat?«

»So ist es.«

»Und nun ist gut damit. Ich habe noch eine erfreulichere Nachricht für euch«, sagte Darius. »Stefan hat für Luca und

Egor eine Pension gefunden, in der sie wohnen können. Ab morgen werden sie für ihn arbeiten.«

»Hoffentlich bleiben sie bei der Stange.«

»Ich denke schon. Die Wirtin ist eine strenge Matrone, die auf Ordnung in ihrem Haus achtet, aber den Jungs ordentliche Mahlzeiten vorsetzt. Nur der Geselle betrachtet die beiden mit Misstrauen.«

»Oh, Bully. Tja, die Zusammenarbeit stelle ich mir apart vor.«

Bully, eigentlich mit dem Namen Kevin geschlagen, war der Metzgerssohn, der als Geselle bei Stefan arbeitete und einen recht rustikalen Charakter wie Körperbau besaß. Aber es schwebte das Damoklesschwert der Anzeige über den beiden Jungs, und sie würden sich wohl zusammenreißen.

Jeremyn bat, sich am Kühlschrank bedienen zu dürfen, und als ich mich umdrehte, war Darius verschwunden. Seine Art musste man wohl mögen.

Ich tat es inzwischen, auch wenn ich mich noch immer fragte, was er eigentlich an mir fand. Er musste etwas von Ignacia wissen. Aber was? Dass er mich mit dem Phönix-Song in Verbindung gebracht hatte, war mir klar. Sonst hätte er mir wohl nicht das Nest aus duftenden Hölzern mit dem Keramikei geschenkt, aus dem sich eine goldene Schnabelspitze hervorwagte – das Sinnbild für die Geburt des Feuervogels.

Aber wusste er auch von den fünf Jahren, die ich in einem türkischen Gefängnis verbracht hatte und die mich so traumatisiert hatten, dass ich noch immer an Panikattacken litt? Dass ich mich im Frühjahr, als Miriam mich endlich freibekommen hatte, in die psychiatrische Klinik eingewiesen hatte?

Vielleicht kannte er jemanden, der ebenfalls dort tätig oder in Therapie war?

Das mochte sein. Oder auch nicht.

Ob ich ihn jemals darauf ansprechen würde, bezweifelte ich. Auf jeden Fall hatte er den Kontakt zu mir gesucht und sich auf seine gewöhnungsbedürftige Art mehr als einmal als mein Schutzengel erwiesen.

Warum?

Jeremyn hatte seine Augen auf sein neues Tablet gerichtet und las etwas, das ihm ein erstauntes »Oh!« entlockte.

»Mein Vater kommt übermorgen zurück«, sagte er. »Ich muss nach Hause.«

Ich musste lächeln. Es hörte sich so entsetzt an.

»Ist das schlimm?«

»Nein, nein, natürlich nicht. Nur …«

»Ich glaube, an einem der Adventssonntage hat Lili ihre Vorführung. Vielleicht solltest du dir den Termin vormerken.«

»Ja, das könnte ich, nicht wahr?«

»Ich bringe dich morgen zum Bahnhof. Such dir eine Verbindung heraus.«

»Mach ich.«

Aber vorher hielt er mir eine glühende Dankesrede.

Er war ein gut erzogener Junge.

43

Kleine Annäherungen

Der Vielgesichtige war wieder da gewesen. Und als Jenny plötzlich wieder in dieser dunklen Wolke zu versinken drohte, hatte er die einfach weggeblasen. Das war erstaunlich. Sie schien ihm zu vertrauen, wenn auch nicht ganz. Ghizmo machte sich auch so seine Gedanken über den Mann. Er schien weder ihn noch Milena zu beachten, und trotzdem wusste er, dass sie in seiner Nähe waren. Manchmal streifte ein Blick unter seinen halb gesenkten Lidern sein Fell. Nicht bedrohlich, nicht ängstlich, nicht neugierig. Einfach nur so.

Jenny guckte er anders an. Als wüsste er etwas von ihr. Zum Beispiel, wo die dunkle Wolke herkam. Aber er hatte nichts dazu gesagt. Anders als diese Miriam mit den Stakselschuhen. Die machte immer großes Gewese darum.

Er würde diesen Mann weiter beobachten und versuchen herauszufinden, welches seiner vielen Gesichter sein echtes und wahres war. Das grundböse, das er manchmal aufsetzte und das ihn erschreckt hatte, war ganz sicher nicht das wahre und echte.

Jeremyn war auch wieder aufgetaucht, aber der hatte nur ein Gesicht. Und das war traurig, als er zu Jenny ins Auto stieg. Aber Katzen mochte er, und Milena hatte das schamlos ausgenutzt. Er hatte sie den halben Vormittag gestreichelt, und dann war er zu Goldbeere hinübergegangen und hatte der erzählt, dass er Lili wiedersehen wollte. Und als er, Ghizmo, an sein Bein gestupst hatte, hatte er ihn auch gekrault. Aber nur kurz. Na ja, immerhin.

Jetzt war er weg und wieder Ruhe im Haus.

Jaromir war auch zufrieden.

Der Alte war um die Mittagszeit zurückgekommen, und kurz darauf hielt ein weiteres Auto vor der Tür, und die zähnefletschende Sandra war mit Sack und Pack ausgestiegen. Jaromir liebte sie nicht, aber dennoch war es allemal besser, dass sie im Haus war, statt dieser schwarzen Hexe, sagte er.

Die Tage wurden kürzer und kürzer, kälter wurde es auch, aber im Haus war es gemütlich warm. Milena wusste das auch zu schätzen und war jetzt häufig neben dem Heizkörper zu finden. Man würde sie wohl nicht mehr vertreiben können.

Jenny konferierte viel mit fremden Leuten. Aber sie lud sie nicht ins Haus ein. Das Wort Bürgerstiftung fiel dabei oft, und irgendwas tat sich bei der Klosterruine. Das interessierte Ghizmo jedoch wenig. Aber er freute sich, wenn Lili vorbeischaute. Das war immer sehr nett. Was er jedoch bedauerte, war, dass sie Goldbeere von der Koppel weggenommen hatte. Sie turnte jetzt irgendwo anders auf ihr herum, erzählte sie. Ghizmo nahm das zum Anlass, im Unterstand für Ordnung zu sorgen. Die Mäuse durften schließlich nicht überhandnehmen!

Manchmal schloss sich ihm sogar Milena an, die mehr und mehr Spaß daran fand, die kleinen Nager zu jagen.

Der Vielgesichtige war nicht wiedergekommen, aber nachts hörte Ghizmo ihn oft langsam an dem Haus vorbeifahren. Marten hingegen war weg. Jaromir hatte aufgeschnappt, dass man ihn zwangseingewiesen hatte, nachdem er in Polizeigewahrsam weiterrandaliert hatte. Was das bedeutete, war ihnen nicht richtig klar, aber sie stellten sich vor, dass er in einem großen Menschenkäfig sitzen musste, wie ein wildes Tier eben, das anderen gefährlich werden konnte.

Ja, das Leben war in seine ruhige Phase getreten. Draußen war es ungemütlich, seine Runden hielt Ghizmo kurz. Die Zeit, die er täglich schlummernd oder nachdenkend im Sessel verbrachte, wurde länger. Dass Milena immer mal wieder vorbeischlich und an seinem Rücken schnüffelte, nahm er hin. Und eines Abends duldete er auch, dass sie zu ihm hochsprang und sich zu ihm legte. Es störte ihn nicht, denn sie verhielt sich ganz ruhig. Eigentlich war es sogar ganz schön, sie so leise an seinem Hals schnurren zu hören. Ja, er schnurrte sogar eine kleine Zeit lang mit.

Und als sie einige Abende später ganz sachte mit ihrer Zunge seinen Nacken bürstete, schnurrte er sogar noch lauter.

Sie mochte ja ein bisschen doof sein, aber sie war wirklich sehr liebevoll.

Und mit den Krallen hatte sie echt was drauf.

»Komm mal mit, Ghizmo«, brummelte sie, als er aus seinem Schlummer erwachte.

Es war völlig ruhig im Haus, Jenny war ausgeflogen.

»Wo willst du hin?«

»In die Küche.«

»Da ist jetzt nichts.«

»Doch. Ich weiß was. Du magst doch diese Knabberdinger mit dem Käse drin?«

Die mochte er sehr, und er bekam immer nur eine winzige Handvoll davon gereicht.

Milena schnurrte: »Die stehen auf der Küchentheke. Ich kann sie runterholen.«

»Das darfst du nicht!«

»Nein? Warum nicht, die gehören doch uns. Jenny frisst die nicht. Die hat ihr eigenes Zeug im Kühlschrank.«

In den Worten steckte für Ghizmo eine gewisse Logik. Aber trotzdem …

Milena sprang auf die Theke.

Das durfte die nicht. Nein, das war verboten. Ganz strikt verboten. Das wurde bestraft!

»Runter da!«

»Warum? Ist doch kein Mensch hier.«

»Milena, das ist verboten!«

»*Mir* hat das niemand verboten.«

Ghizmo fauchte, und seine Rückenhaare sträubten sich.

Völlig unbeeindruckt näherte sich Milena dem Plastikbehälter, in dem die Leckerhäppchen waren. Mit der rechten Pfote, Krallen gespitzt, hakelte sie an der kleinen Klappe oben drauf. Sie musste sehr genau zugesehen haben, wie Jenny sie aufmachte. Es kratzte ein bisschen, dann sprang der Verschluss auf.

Ghizmo gab ein Brummen von sich. Aber dennoch blieb er fasziniert sitzen. Milena angelte mit der Pfote in dem Behälter und bekam ein Knabberding zu fassen. Genüsslich knurpselte sie es auf.

Ghizmo stieg von dem Geruch der Speichel in das Mäulchen.

»Auch eins?«, fragte Milena und angelte weiter.

Ein braunes Leckerchen flog auf den Boden und rutschte durch den Spalt an der Theke. Ghizmo hinterher. Er versuchte, es mit der Pfote zu befreien, aber die war zu dick.

Oben knurpselte Milena weiter.

»Kriegst es nicht?«

Ghizmo fauchte frustriert.

Milena schubste den Behälter. Er kippte um, und ein breiter Strom Leckerchen ergoss sich über die Kante der Theke.

Wer konnte da noch widerstehen?

Einig im Genuss verschlangen beide Katzen den gesamten Vorrat an Käseknuspern.

Sie hatten kaum noch Kraft, sich zu putzen.

Milena krabbelte an ihren Platz an der Heizung, schnurrte wollüstig und schlief ein. Ghizmo krabbelte auf seinen Sessel, rülpste glückselig und wollte einschlafen.

Aber es rumorte in seinem Magen. Rumorte und rumpelte und verlangte …

Er hing wie ein kranker Wasserspeier über den Rand des Sessels, als Jenny eintrat.

»Pfui!«, sagte sie mitleidlos. »Du Ferkel!«

Ein letztes Knabberdings hustete er aus dem Hals. Dann schoss Ghizmo, wie vom schlechten Gewissen gebissen, die Treppe hoch und verkroch sich unter dem Bett. Hier würde sie ihn nicht finden. Hier würde sie ihn nicht beschimpfen. Hier würde ihn die Strafe nicht ereilen.

Bis nach Mitternacht war er in dem Versteck geblieben. Erst als Jenny unter die Decke kroch und ihr sachtes Atmen ihn hoffen ließ, dass sie eingeschlafen war, traute er sich hervor.

Eigentlich hatte er sich nach unten schleichen wollen, aber dann setzte er doch seine Vorderpfoten auf den Bettrand. Seine Jenny sah so lieb aus, wenn sie schlief. So, als würde sie gar nicht schimpfen. So, als könnte man wundervoll neben ihr auf dem Kopfkissen schlafen. Und heimlich ihre Träume bewachen.

Er tat es.

Und Jenny verbrachte eine tief durchgeschlafene Nacht.

Nur die Katzenhaare auf ihrem Kopfkissen verrieten ihr, dass ein kleiner getigerter Kater die Nacht bei ihr verbracht hatte.

Milena kriegte die Schimpfe ab.

Schlaue Jenny!

44

Engelsgesang

Woody war kreuzunglücklich, aber er trug die Konsequenzen aus der Katastrophe mit seinem Sohn Marten gefasst. Der war inzwischen in der psychiatrischen Klinik im Nachbarort untergebracht und erhielt seine Therapie. Ich hoffte für beide, dass er durchhielt. Sandra kümmerte sich wieder um das Haus und Woody, und Inge schmollte ein bisschen, weil sie einen lukrativen Job damit aufgeben musste.

Für mich brach endlich eine ruhige Zeit an. Im Haus wütete keiner der Handwerker mehr, Jeremyn war abgereist, Lili mit ihren Vorbereitungen für das Weihnachtsreiten so beschäftigt, dass sie nur sehr selten vorbeischaute. Goldbeere stand im Reiterhof von Bartels, wo Lili auch trainierte.

Obwohl ich mir die Einsamkeit gewünscht hatte, musste ich doch feststellen, dass mir die Gesellschaft ein bisschen fehlte.

Immerhin hatte ich zwei Katzen, die, weil das Wetter grau und regnerisch war, viel Zeit auf ihren warmen Plätzchen verbrachten. Und sich miteinander anfreundeten. Milena war ein sanftes Wesen, das sich gerne kraulen ließ, mich oft mit ihren schönen goldenen Augen ansah und mich immer wieder mit ihrer Pfotenfertigkeit überraschte. Nichts war vor ihr sicher. Handtaschen bekam sie auf und untersuchte deren Inhalt akribisch, Bücher, Zeitungen und Zeitschriften blätterte sie auf und las darin – nicht ohne gelegentlich Schnipsel zu hinterlassen. Ich lernte, Bücher immer gleich wieder ins Bord zu stellen. Tageszeitungen überließ ich ihr jedoch. Besser, sie reagierte sich daran ab als an anderen Gegenständen. Zum Beispiel Futterbehälter. Meine Schuhe, vor allem die mit Schnürsenkeln, lernte ich im Schuhschank verschwinden zu lassen, sowie ich sie ausgezogen hatte, die Badezimmertür blieb zu, alle Vorräte waren in hohen Schränken verstaut.

Die Kühlschranktür zu öffnen überstieg noch ihre Fähigkeiten, aber ich sah sie oft sinnend davorsitzen.

Ghizmo schien es zu genießen, dass Milena ihm das Fell bürstete. Eine Gegenleistung hatte ich ihn noch nicht erbringen sehen. Aber manchmal spielte er mit ihr Haschen und Verstecken, was zu einer Toberei im ganzen Haus ausartete. Erstaunlicherweise warfen sie dabei nie etwas um.

Ich machte mit meinem Projekt einige kleine Fortschritte. Raoul zeigte sich von der Idee einer Bürgerstiftung angetan, und er und Miriam kümmerten sich um die bürokratische Umsetzung. Ich suchte Sponsoren. Stefan hatte die beiden Jungs zur Fronarbeit abgeordnet, und die Installation von Versorgungsleitungen machte erste Fortschritte. Der Besitzer der Großmetzgerei Bartels, in dessen Reithalle Lili übte, hatte eine großzügige Spende getätigt, die psychiatrische Klinik eine weniger großzügige. Ein Möbelhaus hatte sich bereiterklärt, Tische und Stühle kostenlos zu liefern, eine Schulklasse wollte im Frühjahr helfen, den Kreuzgarten zu bepflanzen, die Eltern spendeten die Pflanzen dazu. Noch suchte ich einen willigen Maurer, die gesamte elektrische Ausrüstung vom Lichtschalter bis zu den Sicherungskästen und Leitungen, einen Küchenbauer und jemanden, der auch diese Einrichtung zur Verfügung stellte. Es zeigte sich, dass es sich allmählich herumsprach, was mit dem Kloster geschehen würde, und Tag für Tag bekam ich Spendenangebote von den unterschiedlichsten Leuten. Nicht alle konnte ich annehmen. Die einen wollten auf diese Weise Omas Haus entrümpeln, andere winkten mit ihrer Altkleidersammlung oder mit Körben gelesener Taschenbücher. Weder alte Nähmaschinen noch defekte Stereoanlagen konnten wir gebrauchen und auch keine rostigen Handrasenmäher. Aber Geldspenden, auch wenn sie noch so klein waren, summierten sich allmählich, und Isabelle hatte mehr als einen Handwerkerkollegen zu freiwilliger Dienstleistung überredet. Mit ihr zusammen machte ich einen groben Plan, in welcher Reihenfolge die wichtigsten Arbeiten zu erledigen waren, und sie stürzte sich mit Feuereifer auf die Organisation. Mich überraschte ein wenig, dass Raoul ihr dabei zur Seite stand.

Und dann näherte sich die Adventszeit. Ich kaufte mir einen aus Reben geflochtenen Kranz mit silbernen Kerzen, den die beiden Katzen zwar begutachteten, aber nicht demolierten. Dass ich jetzt häufiger am Nachmittag den Kamin anmachte, schienen beide ungeheuer zu genießen. Sie lagen aneinandergeschmiegt auf dem Teppich davor und träumten. Ich tat dasselbe auf meinem Sofa. Die erste Kerze hatte ich am vergangenen Wochenende angezündet und Woody mit Sandra zum Kaffee eingeladen. Die Pflegerin hatte zum Dank für die Einladung einen polnischen Meterkuchen hergestellt, ein Gedicht aus hellem und dunklem Teig mit klebrigem Vanillepudding dazwischen. Ich verzieh ihr fast das Zähnefletschen.

Aber nicht ganz, denn als sie die Bilder von Florian bemerkte, die inzwischen im Wohnzimmer an der Wand hingen, machte sie einige abfällige Bemerkungen über den Maler. Ich reagierte nicht darauf, beschloss aber, Woody in ihrem Beisein auch nichts von den Briefen und Fotos zu erzählen, die ich in der Garage gefunden hatte.

In der Woche bis zum zweiten Advent kümmerte ich mich weiter um unsere Sponsoren, aber wichtiger war ein Anruf von Jeremyn. Er teilte mir mit, dass er und seine Eltern am Wochenende nach Feyenbach kommen würden, unter anderem um sich die Vorführung der Reiter zum Nikolausball anzusehen. Sein Vater aber wünschte vor allem mich kennenzulernen und mir seinen Dank für die Rettung seines Sohnes auszusprechen.

Was sein musste, musste sein, aber mehr freute ich mich für Lili. Sie kam auch schon gleich am Nachmittag, übersprudelnd vor Freude auf das Wiedersehen mit Jeremyn. Sie hatte auch die Kostüme dabei, die sie und Joly bei der Vorführung tragen würden. Jolys Mutter war eine Künstlerin. Sie hatte tatsächlich Engelskleider geschneidert, weißgoldene Gewänder, die um weite Pluderhosen wallten und an deren Ärmeln golden schimmernde Schleier befestigt waren.

»Verheddert ihr euch auch nicht bei den Übungen?«

»Nein, wir haben es ausprobiert. Erst waren die Schleier lästig, aber dann hat sie sie anders an die Ärmel angenäht, und jetzt klappt es. Wir machen uns Korkenzieherlocken und flechten Glitzerbänder hinein. Und Goldbeere bekommt die gleichen Bänder in Mähne und Schweif geflochten.«

»Ihr werdet sensationell aussehen.«

»Und Jeremyn ist da!«

»Und du wirst nicht vom Pony fallen.«

»Oh nein, ganz bestimmt nicht!«

Sie kamen am Samstagmorgen, und ich war von dem großen Theater überwältigt. Noch einmal musste ich meine Rettungsaktion erzählen, und dann wurden mir endlose Fragen zu dem

Kloster gestellt. Also schlug ich vor, dass wir uns gemeinsam den Ort von Jeremyns Leiden anschauen sollten. Der Besuch der Klosterruine war ein Erfolg. Und das lag nicht daran, dass zarter Raureif die Kastanienbäume überzogen hatte, der im Sonnenschein wie Diamanten glitzerte. Es lag auch nicht an der wie verzaubert wirkenden Kirchenruine, in der Raoul einen riesigen Rebenkranz auf den Altar gelegt hatte und in dessen gläsernen Windlichtern weiße Kerzen flackerten. Nein, es lag vor allem daran, dass, als wir schweigend in der Kirche standen, plötzlich ein engelsgleicher Gesang ertönte. Es war so überirdisch schön, dass es mir und Frau Selmans die Tränen in die Augen trieb.

»Haben Sie die Himmelsboten herbestellt?«, flüsterte Jeremyns Vater.

»Nein. Ich weiß nicht, wer hier singt. Ich weiß auch nicht, wer die Kerzen angezündet hat.«

Aus dem Bogen, der zum Kreuzgang führte, trat eine Gestalt. Zuerst dachte ich, einer der alten Mönche sei auferstanden, doch dann entpuppte sie sich als Stefan, der ein weites Kapuzenshirt trug.

»Hallo, Jenny. Wollen Sie nach dem Rechten sehen?«

»Nein, heute nicht. Ich zeige Jeremyns Eltern das Kloster. Und wir haben eben ganz verzückt dem Gesang gelauscht.«

»Der hat was, nicht? Das sind Luca und Egor, die oft bei der Arbeit singen. Es hat mich selbst überrascht, dass sie die Weihnachtslieder ihrer Kirche kennen und über derart fantastische Stimmen verfügen.«

»Unglaublich, wirklich.«

»Die beiden Entführer?«, fragte Jeremyns Mutter fassungslos.

Und wieder erklang der Gesang, herzzerreißend schön schwebten die Töne durch das alte Gemäuer.

»Ich hatte vor, sie zur Rede zu stellen und sie für ihre Taten anzuklagen«, murmelte Selmans. »Aber ich fürchte, das wird mir schwerfallen.«

»Tun sie es nicht«, sagte Stefan. »Sie haben sich gut gehalten. Ich werde sehen, ob ich ihnen zu einer festen Anstellung verhelfen kann.«

»Ja, Vater. Sie haben einen Riesenmist gebaut, aber im Grunde sind sie anständige Kerle.«

»Und im Knast wird man ihnen das austreiben«, bemerkte ich leise.

Die Stimmen sangen weiter, in einer Sprache, die ich nicht verstand, doch die Melodie erzählte von Frieden und Barmherzigkeit.

»So soll denn Gnade walten.«

»Danke, Vater.«

Wir fuhren zurück zu meinem Haus und bereiteten uns auf den nächsten kulturellen Höhepunkt des Tages vor. In der Reithalle war es wärmer als in der zugigen Ruine. Ich stellte den Selmans Raoul und Lili vor, die aber sogleich verschwand, um sich auf ihren Auftritt vorzubereiten. Zwischen Selmans und Raoul brauchte ich nicht viel zu vermitteln, das Thema Klosterruine beherrschte sofort die Unterhaltung.

Und dann begann das Programm.

Wir sahen elegante Dressurnummern, eine Quadrille und einen nicht besonders sattelfesten Clown. Der Nikolaus präsentierte sich und seinen schönen schwarzen Hengst in der Hohen Schule. Dann ertönten die ersten Takte von *Jingle Bells*, und mit ihnen kamen Lili und Joly auf der gold schimmernden Goldbeere ins Rund. Es war eine hübsche und sehr gekonnte Voltigierübung, die mit großem Applaus belohnt wurde.

Vor allem Jeremyn klatschte sich die Hände heiß.

Ich dachte an Lilis nächstes, weit anspruchsvolleres Vorhaben – ihre Kür zum Phönix-Song. Ich wusste, dass sie intensiv daran geübt hatte.

Was ich nicht wusste, war, dass sie diese Vorführung schon heute zeigen wollte. Doch dann klangen die ersten Takte des Liedes aus den Lautsprechern. Das Licht ging aus, und nur ein einzelner Scheinwerfer ließ seinen hellen Strahl auf Lili und Goldbeere fallen. Meine Stimme füllte die Halle, kraftvoll, wie sie einst gewesen war. Und das Mädchen ritt eine ruhige Runde.

Als der Refrain einsetzte, stand es plötzlich auf dem Pferderücken. Ihre Sprünge kamen vielleicht nicht immer ganz genau auf den Takt, aber es war eine beeindruckende Vorstellung, die mir die Gänsehaut auf die Arme zauberte.

Diesmal klatschte ich mir auch die Hände heiß.

»Sie weinen ja«, sagte Jeremyn.

»Tu ich das?«

Er reichte mir ein Taschentuch, und ich tupfte mir die nassen Wangen ab.

»Das war grandios«, sagte Frau Selmans. »Ich habe die Lieder von Ignacia immer geliebt. Schade, dass sie nichts Neues mehr produziert hat.«

»Ja, schade«, antwortete ich leise.

Manchmal tat die Erinnerung doch weh.

Ich lehnte die Einladung der Selmans ab, die mich mit Raoul und Lili zum Ball ausführen wollten, und war froh, den Abend allein in meinem Haus verbringen zu können. Ghizmo und Milena fanden es an der Zeit, sich beide zu mir aufs Sofa zu setzen und sich an mich zu schmiegen. Ich träumte ein wenig bei Kerzenschein und Kaminfeuer und bewunderte das zweite Nest aus duftenden Hölzern, in dem die Eierschalen geborsten waren und ein kleiner goldener Vogel hungrig seinen Schnabel aufsperrte.

Es hatte vor der Tür gelegen, als ich nach Hause gekommen war.

Der Phönix war wiedergeboren, doch er war noch hilflos und schutzbedürftig.

War ich das?

Wichtigste Personen:

Jenny van Rosmalen, Bewohnerin des renovierten Feyenhofs und Gastgeberin für mehrere Katzen.

Ghizmo, Herr des Feyenhofs, der gewissenhaft sein Revier kontrolliert und auf Ungereimtheiten stößt.

Milena, obdachlose Katze von großer Krallenfertigkeit, die sich in Ghizmos Revier einschleicht.

James Woodrow (Grandpa Woody), Jennys betagter Nachbar, der von Jaromir, seinem roten Kater, betreut wird.

Marten Woodrow, Woodys Sohn, der eben aus Amerika zurückgekommen ist, um sich in Deutschland eine neue Existenz aufzubauen.

Schwester Immaculata, Gemeindeschwester, derzeitig für Woodys Pflege abgestellt.

Lili Pfeiffer, stolze Besitzerin des Ponys Goldbeere.

Raoul Pfeiffer, Lilis Vater, Weingutbesitzer und Eigentümer einer Klosterruine.

Jeremyn Selmans, ein Entführungsopfer.

Egor und Luca Blinow, zwei ungeschickte Jungverbrecher.

Eric, Virginia und Rebecca Selmans, Jeremyns Familie.

Darius Hellwig, ein teuflischer Biker, der ein Geheimnis hütet.

Inge Olberg, klatschhafte Reinigungskraft.

Miriam Gardner, Anwältin und seit Jahren Jennys Freundin. Die Einzige, die von Jennys Schicksal weiß und ihr oft vergeblich zu helfen versucht.

Nora Sauer-Turgau, Sportlehrerin und Gemeinderätin mit Arbeitsschwerpunkt Bildung.

Sigmar Wolkenschieber, Bürgermeister.

Jean-Luc Bestermann, Galerist.

Tamino Jungmann, Jennys ehemaliger Agent.

Isabelle Boncoeur, hilfsbereite Schreinerin mit überreichlich guten Ideen.

Stefan Albrecht, Installateur, der ebenfalls Ideen hat.

Florian Malchow, verstorbener Kunstmaler, der Katzen und seinen Garten liebte.

Jaromir, Grandpa Woodys Freund und Raufbold.

Selena, siamesische Hochnase mit Problemen.

Boris Halbschwanz, Ghizmos Kumpel.

Der Streuner, schwarzer Kater, der von den Goldenen Steppen träumt.